Frühe Prosa

Printed in Austria by Druckhaus R. Kiesel, Salzburg
ISBN 3-7017-0272-1

PETER ROSEI

Frühe Prosa

Vorbemerkung

Dieser Band enthält meine Erzählungen aus den Jahren 1970–73. Zum einen habe ich sie einfach deshalb versammelt, weil sie zusammengehören. Zum anderen wollte ich damit darlegen, und dieser Grund ist der entscheidende, wie sich meine Ansichten von damals zu denen verhalten, die ich in späteren, inzwischen veröffentlichten Arbeiten entwickelt habe.
Ich meine nämlich, daß die Arbeit eines Künstlers nicht im Erfinden von Neuigkeiten besteht, sondern in der Entwicklung eines Bildes von der Welt, eines Klanges, der trifft. Was ich vom Künstler fordere, könnte man auch so sagen: Er soll uns Augen verschaffen, mit denen wir die Welt sehen können.
Natürlich kann niemand die Welt sehen in dem Sinn, daß er sie so sieht, wie sie ist. Ich meine, niemand kann recht haben mit seinem Bild von der Welt, mit den Ergebnissen seines Blickes. Die Arbeit des Künstlers hat mit der Wahrheit und mit der Unwahrheit nur insofern zu tun, als er unsren Kopf nimmt, ihn in eine Richtung wendet und sagt: Schau!

Ein alter Plan von mir war es, meine Arbeiten einfach in ihrer Entstehungsabfolge zu veröffentlichen, in schwarzen Bänden, die zuletzt so ähnlich ausgeschaut hätten wie abgelegte Auftragsbücher irgendeines Handwerkers. Daraus ist nichts geworden. Warum? Unser Marktsystem verlangt nach Waren, die man anpreisen kann. Früher hätte ich einem Fürsten oder einem Abt dienen müssen. Wäre das angenehmer gewesen?
Zudem wären auch meine schwarzen Bände dem Markt nicht entronnen.
Die Zukunft hat den Vorteil, daß man sie erhoffen kann; und vielleicht auch schaffen. In der Zukunft berühren einander Anschauen und Tun.

Landstriche

Nach Outschena

Outschena ist der letzte Ort im Talschluß. Die Straße hört aber schon lange vorher auf, das heißt, die befahrbare Straße. Nach Outschena gelangt man nur zu Fuß oder auf einem jener Esel, die in Ratten, dem vorletzten Ort, gegen eine geringfügige, ja lächerliche Geldsumme vermietet werden. Die Armut ist überhaupt das Hauptkennzeichen für die Bewohner dieses Tales. Je weiter man in das Tal vordringt, desto ärmer sind die Menschen. Das ist nicht weiter verwunderlich, denn die Bewohner der vorderen Ortschaften können noch einen kleinen Handelsverkehr mit der Welt, mit den größeren Städten aufrechterhalten und Gewinn daraus ziehen. Auch kann man von Poglitsch und Zirten und wie diese Orte heißen, mit geringem Aufwand in die Städte reisen, um dort Arbeit zu suchen. Viele junge Leute versuchen ihr Glück in den Städten. Zu den großen Festtagen kehren sie ins Dorf zurück, erzählen von der Stadt und bringen ein bißchen von ihrem Reichtum mit. Die Bewohner dieses Tales, eigentlich die der vorderen Dörfer, denn nur diese kommen ins Land hinaus, werden überall als verschlossene, tüchtige Menschen geschätzt. Sagt einer, daß er aus diesem Tale sei, dann kann er, wenn nur irgendeine Stelle frei ist, schon auf Arbeit rechnen.
Wenn auch von Reichtum in den ersten Dörfern gesprochen wird, so darf man nicht vergessen, daß dieses Wort hier nur gebraucht ist, um den Unterschied zu den hinteren Dörfern, insbesondere zu Outschena, deutlich zu machen. Dieser Reichtum besteht in vielen Fällen darin, daß man ein Hemd und ein Paar Schuhe für den Winter hat, während die Leute von Outschena mit Lumpen bekleidet sind und auch im Winter nur mit Holzschuhen ihrer Wege gehen, obwohl gerade im Talschluß besonders viel Schnee fällt und die Stürme ohne Ablenkung über die armseligen Häuser herfallen.

Wenn man das Tal betritt, glaubt man, es werde nicht weit führen. Man ist die Ebene allzusehr gewohnt und den Ausblick auf die Dörfer und Straßen, man glaubt, vor diesen Bergen kann nichts bestehen. Manche Reisende haben von einer Angst erzählt, die sie beim Betreten des Tales verspürt hätten. Tatsächlich schließen sich hier die Berge, die man von der Ebene aus nur in ihren fernen, beinahe unwirklichen Gipfeln wahrgenommen hat, vor dem Schritt zusammen wie eine Mauer. Die Weite, die man im flachen Land immer als etwas Selbstverständliches betrachtet hat, ist hier in das Allernächste verwandelt. Ein Schritt, den man in der Ebene doch so leicht setzt, weil er so unbedeutend gegen die Ferne des Zieles wirkt, ist im Tal schon ein großer, entscheidender Vorstoß. Daß ein Bach aus der Dunkelheit des Tales herausfließt, macht einem den Weg leichter. Wenn er von dort kommt, werde ich auch dorthin kommen. Der Bach trägt, wie das letzte Dorf, den Namen Outschena.

Im Winter ist der Unterschied zwischen dem Tal und dem Land draußen womöglich noch größer. Der Schnee läßt die Felder in die Weite des Himmels übergehen, und die Spuren der Menschen führen nur als ein Vorläufiges über die Wege, bis wieder der Schnee kommt und alles verändert. An den Seiten des Tales aber bleibt der Schnee wegen der Steilheit der Hänge kaum liegen. Man sieht das rote, ausgefrorene Gestein. Die Enge des Talgrundes ist von hartgepreßten Schneehaufen erfüllt. Man kann wegen der ununterbrochenen Lawinengefahr nur in der Nacht, wenn die Kälte den Schnee bindet, von einem Dorf zum anderen gelangen. Eine Benützung von Fahrzeugen ist von vornherein ausgeschlossen. Der Winter ist für das Tal die schwerste Zeit.

Etwa fünfzehn Kilometer vom Eingang des Tales entfernt, schon mitten im Flachland, liegt der Marktort Scheifling. Dieser an sich traurige, verwahrloste Ort ist dadurch, daß er an der Eisenbahn liegt, zu einiger Bedeutung aufgestiegen.

Er zeigt die häßlichen Spuren der Vermischung von Landwirtschaft und Industrie. Obzwar der Ort nur eine Dampfsäge, ein damit verbundenes Holzstoffwerk und eine kleine Brauerei beherbergt, sind doch die Arbeiterbaracken im Bild der Ansiedlung nicht zu übersehen. Im Gegenteil, die Bauernhöfe haben neben diesen Baracken selbst das Aussehen von Baracken angenommen. Freitags sind die Wirtshäuser von Scheifling von den Arbeitern überfüllt. Viele Burschen, die aus dem Tal kommen, arbeiten hier ein, zwei Jahre, bevor sie weiter in eine große Stadt fortziehen.
Der Wind bläst feines Sägemehl über die Scheiflinger Hauptstraße. Während der Arbeitszeit trifft man dort kaum einen Menschen. Vom Bahnhof hört man Ho-Ruck-Rufe der Männer, die die Waggons mit Holz beladen. Über dem Tor der Dampfsäge hängt noch immer ein breites, abgeblättertes Schild, auf dem Triest als Stammhaus dieser Holzverarbeitung angeführt ist. Man sieht gleich beim Eintreten in den Fabrikshof, wie veraltet der Betrieb ist. Es geschehen hier auch außergewöhnlich viele Arbeitsunfälle, so mancher hat allerdings seine Ursache in der Trunksucht der Arbeiter. Das Arbeitsinspektorat aus der Kreisstadt hat zwar den Sägewerksbesitzer schon öfter zu Verbesserungen aufgefordert, doch dieser hat sich bis jetzt solchen Vorschlägen stets zu entziehen gewußt. Der Mann selbst lebt im Ausland und wird, was seinen Scheiflinger Besitz anlangt, durch einen Rechtsanwalt vertreten, der aber seinerseits wieder in der weit entfernten Hauptstadt lebt und nur selten nach Scheifling kommt, um hier nach dem Rechten zu sehen. So ist das Geschick der Säge, aber auch der anderen zwei Fabriken, denn sie gehören alle zur selben Hand, einem gewissen Golz aufgetragen, einem an sich tüchtigen Mann, der sogar aus dem Tal herstammen soll, der aber dem Alkohol verfallen ist. Golz ist bis nach Outschena hinein gut bekannt, teils, weil viele Burschen aus dem Tal unter ihm arbeiten oder doch gearbeitet haben,

teils auch, weil Golz zum Abschluß großer Holzkäufe selbst ins Tal hineinkommt. In Outschena war er allerdings noch nie.
Die großen Holzgeschäfte werden in St. Sebastian abgeschlossen. Die Handelstage werden vorher in den Ortschaften des Tales bekanntgemacht, das heißt, das Datum wird am Sägewerk in Scheifling angeschlagen, und von dort dringt die Verlautbarung ins Tal hinein. Wenn Golz in St. Sebastian ist, kommen die Bauern dorthin ins Wirtshaus. In St. Sebastian ist das letzte Wirtshaus im Tal. Die ganze Ortschaft besteht ja nur aus zehn, zwölf Häusern, der Kirche und dem Wirtshaus. Es ist noch nie vorgekommen, daß Golz den Wald abgegangen ist. Er kauft das Holz im Wirtshaus und sagt, die Bäume müssen so und so lang sein und so und so stark, das will er haben. Wie der Wald steht, ist ihm gleichgültig.
Diese Holzgeschäfte sind sicher bedeutend für das Tal, denn die Leute reden lange davon, und man könnte glauben, Golz käme alle Monat nach St. Sebastian hinein; dabei geschieht es einmal im Jahr. Wenn die Leute unter sich sind, spucken sie aus, wenn sie von Golz reden. Im Sommer steigen sie in den Wald hinauf, der oben an der Talschulter steht. Vom Frühjahr bis in den Herbst wird geschlagen. Oft kommt schon Ende Oktober der Schnee. Dann wird das Holz ins Tal hinuntergeschleift. Einmal ist bei einem großen Schlag eine Riese gebaut worden. Dabei ist aber zuviel Holz verkommen, so daß seit damals das Holz wieder mit den Pferden geschleift wird. Schlitten kann man wegen der Steilheit der Talhänge nicht verwenden. Viele Bauern im Tal besitzen kein Stückchen Wald. Die Frau betreibt die Wirtschaft, wenn man diese Hütten mit ein paar Erdäpfeläckern noch als Wirtschaft bezeichnen will. Der Mann arbeitet im Holz. In Outschena, aber auch schon in Ratten leben nur mehr Holzfäller. Im Frühjahr ins Haus, im Frühjahr ins Holz, sagen diese Leute. Solange der Schnee liegt, schleifen sie Holz zu Tal; sobald

es aper wird, beginnen sie wieder mit dem Schlagen. Dazwischen liegen ein paar freie Tage. Die Holzleute sind fast nie daheim.
Wenn man von Scheifling auf das Tal zufährt, ist die Straße noch gut. Die großen Wasserlachen, die sich manchmal darauf hinziehen, spiegeln den klaren, jetzt regenlosen Himmel wider. Wo die Straße von der Hauptstraße abzweigt, hat man eine Tafel mit den Ortsnamen im Tal und den Kilometerentfernungen aufgestellt. Bei Betrachtung dieser Tafel denkt man unwillkürlich an einen, der ruft: »Bitte kommen Sie! Bitte bleiben Sie!« Der erste Teil dieses Rufes ist traurig, denn es kommt niemand und wird auch nie jemand kommen. Der zweite Teil aber ist lächerlich, denn jemand, der nicht einmal kommt, kann doch nicht zum Bleiben aufgefordert werden.
Bevor man das Tal betritt, kreuzt man einen schönen, breiten Fluß, der in die Ebene hinausfließt. Mit seiner hellgrünen Farbe und den anmutig geschwungenen Ufern gehört er schon ganz der Ebene an, noch ehe er sie erreicht hat. Der Bach, der aus dem Tal herauskommt und der einem auf dem weiteren Weg manchmal Zuversicht geben wird, zeigt hier, im Vergleich zu der satten Geschmeidigkeit des großen Flusses, seine ganze Armseligkeit. Es erscheint gerade so, als wollte man ein Glas Wasser ins Meer schütten. Die Zuversicht, von der oben die Rede ist, ist im übrigen nur die Zuversicht der Kinder, die in den Ortschaften am Bach spielen, zum Beispiel, indem sie kleine Mühlräder bauen oder aus Steinen Absperrdämme aufrichten. Für einen erwachsenen Menschen ist dieser Bach eher etwas, das man gar nicht bemerkt. Jedes Tal hat seinen Bach, und dieser entspringt eben oberhalb von Outschena und rinnt durch dieses Tal heraus. Er ist zu nichts gut. Er treibt keine Mühle und keine Säge. Im Frühjahr, wenn er Hochwasser führt, zerstört er jedes Jahr ein, zwei Brücken, reißt die Straße weg und schüttet Schotter auf die Wiesen. Über ihn freuen kann sich nur

ein Kind oder ein Verzweifelter, diese beiden freuen sich aber über beinahe alles.
Gleich am Eingang des Tales hat ehemals eine Siedlung bestanden. Es hat sich aber gezeigt, daß es nur ein Entweder-Oder gibt. Wenn man im Tal wohnt, wohnt man im Tal. Wenn man im Land draußen wohnt, dann wohnt man eben draußen und führt ein anderes Leben, das mit dem Leben im Tal nichts gemein hat. Die Leute von Straschnitz, so hat der Ort geheißen, sind zum Teil nach Scheifling fortgezogen, zum Teil weiter hinaus in die großen Städte. Ins Tal hinein ist keiner gegangen. Diese Leute haben lange genug gesehen, wo es sich leichter leben läßt. Von Straschnitz ist kein Stein mehr übriggeblieben. Eine schüttere Baumgruppe, die rechter Hand vom Weg steht, hat den Namen Straschnitzer Fleck. Dort rasten manchmal die Fuhrleute, bevor sie die erste Steigung nehmen. Gleich nach dem Eintritt ins Tal kriecht der Weg lange an der Bergflanke hinauf. Das Tal ist in seiner gesamten Breite von großen, durcheinandergeworfenen Felstrümmern erfüllt. Immer schon haben die Leute von einem Bergsturz gesprochen. In den letzten Jahren sind diese Reden von einer wissenschaftlichen Untersuchung bestätigt worden. Am Straschnitzer Fleck wird jede Woche ein kleiner Markt abgehalten, der aber durch die zunehmende Technisierung im Land draußen ständig an Bedeutung verliert. Brennholz, Holzspielzeuge, Flechtwerk, Kräuter und Schafwolle werden gehandelt. Aus den hinteren Dörfern kommt kaum jemand auf diesen Markt. Die Gewohnheit dieses Marktes wird sich in ein, zwei Jahren vielleicht überhaupt aufgehört haben. Erst unlängst hat eine Branntweinhütte, das einzige ständige Geschäft am Straschnitzer Fleck, gesperrt.
Nach Poglitsch – es ist der erste Ort im Tal – braucht man von Scheifling etwa zwei Stunden. Wenn man den Bergsturz hinter sich gebracht hat, kommt man auf der ebenso langsam abfallenden wie ansteigenden Straße wieder in

den Talgrund zurück. Der Bach versiegt schon ein Stück weiter hinten im Tal. Seine Wasser versickern. Es ist dies aber nur eine Art Hilfsmittel seiner geringen Kräfte, um den Felssturz zu überwinden. Er hat sich gegen die Gewalt der Felsblöcke keinen Weg durchbrechen können. So rinnt er unterirdisch hindurch; das Tal verengt sich von hier ab immer mehr. Dunkelgrüne Stauden hängen von den Felswänden. Man begegnet keinem Menschen und keinem Tier. Wenn man in der Dunkelheit der Schlucht die Lichter von Poglitsch auftauchen sieht, beschleunigt man unwillkürlich seinen Schritt.
In Poglitsch ist das größte Wirtshaus des Tales. Eigentlich ist es ein Ausschank der Scheiflinger Brauerei. Jeden Abend ist es bis auf den letzten Platz besetzt. Wenn die Holzleute ins Wirtshaus gehen, dann gehen sie dorthin. Das Wirtshaus in St. Sebastian ist viel kleiner und hat, außer in den Tagen, wenn Golz seine Geschäfte dort betreibt, nur geringen Zulauf. Wie so oft sind die Gründe, warum die Leute dorthin gehen und dahin nicht, kaum zu bestimmen. Sicher ist nur, daß Poglitsch das wohlhabendste Dorf im Tal ist, daß daher dort auch am meisten Geld ins Wirtshaus getragen werden kann. Vielleicht verhält es sich einfach so, daß die Leute aus den anderen Dörfern mit den Leuten aus Poglitsch mithalten wollen und daher in dieses Wirtshaus kommen. Aus Ratten und Outschena kommt aber niemand. Diese Leute sind zu arm. Da das Wirtshaus ohnehin großen Zulauf hat, ist es schon seit Jahrzehnten nicht mehr renoviert worden. Der Pächter verläßt sich darauf, daß die Leute auf jeden Fall kommen werden. Tatsächlich ist an Betrunkenen nie ein Mangel. Besonders arg ist es zu den Festtagen, wenn die Burschen aus den großen Städten und aus Scheifling heimkommen. Man könnte weinen, wenn man die jungen Leute in Scharen vollkommen betrunken aus dem Wirtshaus torkeln sieht. Wenn auch schwere Raufhändel und beinahe jedes Jahr ein Totschlag daraus entstehen, an den Zuständen

ändert sich nichts. Die Gendarmerie, die allerdings im Tal keinen Posten hat und in Scheifling sitzt, hat noch nie versucht hier einzugreifen. Anscheinend wartet man dort so lange, bis einmal ein Mord passieren wird.
Die Ortschaft liegt langgestreckt zwischen roten Konglomeratwänden hineingepreßt. Die Häuser stehen links und rechts an der Straße aufgereiht. Die ganze Ortschaft ist nicht länger als hundert Meter. Gleich hinter den Häusern steigen die Felswände auf; gerade so viel Platz ist frei, daß der Bach noch durch kann. Das Dorf hat jedes Jahr unter Vermurungen zu leiden. Oft kommen dabei Menschen ums Leben. So wohlhabend die Ortschaft ist, so gewalttätig ist hier das Leben, sowohl was die Menschen anlangt als auch die Natur.
Es fällt einem nicht schwer, Poglitsch wieder zu verlassen. Die Ortschaft ist häßlich. Die Häuser sind aus Brettern zusammengefügt. Man hat keine Sorgfalt darauf verwendet. Wird ein Brett locker, so nagelt man ein anderes darüber. Die große Feuchtigkeit der Schlucht läßt alles verrosten und verschimmeln. Wer nach Poglitsch kommt, will reich werden. Die meisten bleiben arm, leben zu fünft und sechst in einer schmutzigen Kammer und lassen in ihrem Trachten doch nicht vom Weg zum Reichtum ab. Diese Menschen sind gierige, böse, selbst zum Verbrechen fähige Träumer.
Wegen der Enge des Tales dringt das Sonnenlicht kaum bis zum Grund. Wenn man den Kopf hebt, sieht man nur einen schmalen Streifen Himmel. Die Bewegungen der Wolken und Vögel sind so fern, daß sie keinen Bezug haben zu dem Leben, das man hier im Tal verbringt. Die Menschen leben in einer dunklen Erdspalte wie die Mäuse. Sie geben vor, daß es Tag wird. Die Mäuse sind einen Schritt weiter gegangen und haben die Nacht zum Tag gemacht. In den roten Felswänden haben sich wegen der unterschiedlichen Härte des Konglomerates zahlreiche Höhlen gebildet, die von den Leuten in Poglitsch als

Lagerräume benutzt werden. Am Anfang und am Ende des Dorfes erstrecken sich kilometerweit die Holzlagerplätze. Das zu Tal gebrachte Holz wird hier gesammelt und vermessen, bevor es nach Scheifling abtransportiert wird. Aus diesem Zwischenhandel ziehen die Poglitscher ihren Gewinn. Was nützt aber das Geld. Diese Menschen sind dumpf und ziellos.

Talaufwärts von Poglitsch dringt die Straße in eine weite Natureinsamkeit vor. Hier ist auf einer langen Strecke keinerlei Ansiedlung. Das Tal weitet sich. Rechts und links von der Straße dehnt sich ein sumpfiger, von den Menschen kaum zu nutzender Mischwald. Er besteht hauptsächlich aus Erlen, niederen Eschen und Fichten. Wegen des feuchten, unsicheren Bodens bleiben die Stämme dünn. Ihr Holz ist wertlos. Wenn man aber diese Nützlichkeitserwägungen beiseite schiebt, dann freut man sich über die Stille hier und das warm einströmende Sonnenlicht. Im Winter, wenn der Sumpf zufriert, werden von den Leuten aus Poglitsch Treibjagden abgehalten, denn das Gebiet ist sehr wildreich. Die Treiber tragen die geschossenen Tiere zu Haufen zusammen, die in den Schnee hinein ausbluten. Man kann nur im Winter von der Straße abgehen. Der Sumpf und die sich zum Urwald verfilzende Au bilden selbst dann eine große Gefahr für die Menschen. Die Straße muß hier jedes Jahr durch Tausende Holzknüppel gesichert werden. Der Sumpf ist bodenlos. Jahr für Jahr rammt man Holz hinein. Dennoch ist die Straße im Frühjahr beinahe wieder verschwunden. Die Fuhrleute hassen diese Strecke. Man kann der Schönheit des in der Sonne dampfenden Sumpfes nicht froh werden, wenn man daran denkt, wie viele Menschen hier beim Straßenbau, beim Holzschleifen, bei den Jagden schon umgekommen sind.

Nach etwa eineinhalb Stunden geht der Wald allmählich in feuchte, vermooste Wiesen über. Jetzt erkennt man, wie weit das Tal sich hier geöffnet hat. Der Zirtener Kessel mißt an der breitesten Stelle etwa sechs Kilometer. Ge-

waltig erheben sich ringsum die Berge. Hinter der schmalen Fläche des Kessels steigen sie auf wie eine Wand. In ihrem Anblick kann einem die Existenz von Outschena unsicher werden. Die Gebirgsmassen rufen nicht zum Heldentum auf, sondern zur Angst. Der Wind, der über der Fläche des Kessels seine Kräfte versammelt, wirft einem die Haare in den Nacken. Lange Reihen entwurzelter Bäume zeigen, zu welcher Gewalt sich der Sturm hier steigern kann. Die Sonne kommt aus großer, bleicher Ferne über alles herein.
Mitten im Kessel sieht man den Kirchturm von Zirten. Die Zirtener Kirche ist die größte im Tal. Die Kirche von St. Sebastian ist nicht viel größer als eine Kapelle. Dort gibt es auch keinen Pfarrer. Die hinteren Dörfer und Poglitsch haben keine Kirche. Aber selbst die zwei Kirchen haben keinen Zulauf. Die Leute bleiben einfach aus. Im Diözesanamt draußen im Land hat man schon erwogen, ob man den Pfarrer nicht überhaupt von hier abziehen soll. Es ist dann nicht geschehen, wahrscheinlich, weil man den weit über achtzig Jahre alten Mann nicht mehr wegkommandieren wollte. Wenn er mit seiner fast unhörbaren Stimme zu den wenigen Leuten in der Sonntagsmesse predigt und dabei lächerliche Rednergesten mit den Händen ausführt, bietet er einen erschütternden Anblick. So klein und ungewiß, wie die Kerzen auf dem Altartisch brennen, erscheint einem die Hoffnung auf das Ewige Leben, von dem er spricht.
Der Zirtener Kessel wird zur Ackerwirtschaft genutzt und ist halbwegs fruchtbar. Allerdings können nur Hafer und Kartoffeln gebaut werden. Experimente mit Wintergetreide hat man einstellen müssen. Trotzdem ist hier der beste Boden vom ganzen Tal. Die Leute von Zirten sind fast ausschließlich Bauern, nur wenige gehen ins Holz.
Die Straße windet sich zwischen Birnbäumen hin. Man versteht nicht, warum sie nicht gerade auf die Ortschaft zuführt. Der Grund ist wahrscheinlich der, daß das Land

in unregelmäßigen Stücken trockengelegt wurde. Das Zirtener Becken war noch vor hundert Jahren zum größten Teil versumpft. Die Ortschaft ist, ursprünglich wohl aus Verteidigungsüberlegungen, auf einem künstlichen Hügel mitten im Sumpf erbaut worden. Zirten war einmal der Hauptort des Tales. Heute hat ihm Poglitsch, das näher zur Bahn und damit zur Welt liegt, den Rang abgelaufen. Ein Zentrum in altem Sinne, das heißt mit Kirche, Schule etc., ist Poglitsch freilich nie geworden. Es hat lediglich eine größere Einwohnerzahl, die sich trotz seiner ungünstigen Lage ständig vergrößert, während Zirten, aber auch die anderen Dörfer ständig an Einwohnern verlieren. Viele verlassen überhaupt das Tal und ziehen in eine große Stadt. Die Erzählungen, die von draußen hereindringen, sind zu verlockend. Meist haben diese Menschen keine Ahnung, welchen Weg sie nun eigentlich einschlagen. Warnungen wollen sie nicht hören. Sie glauben, daß es ein guter Weg ist. Der Großteil der Häuser von Zirten steht leer und verkommt. Bestenfalls hat man die alten Wohnhäuser auf Ställe und Scheunen umgebaut. Meist rentiert sich nicht einmal das. Manche Leute wollen nicht verkaufen, kommen aber draußen im Land unter die Räder und wollen nun noch weniger verkaufen, obwohl sie nicht imstande sind, ihr Anwesen zu erhalten oder gar eine neue Wirtschaft zu beginnen. Auch die Zirtener Kirche macht, so mächtig sie von der Ferne wirkt, aus der Nähe einen verwahrlosten Eindruck. Das Dach ist in sich zusammengesunken. An den Kirchenwänden hängen verdorrte Kränze. Auf dem Friedhof sind viele Gräber aufgelassen, weil sich niemand mehr um sie kümmert. Wer aus dem Tal fortgegangen ist, kommt nicht zurück. In Poglitsch nennt man die Zirtener Leute nur die Abgewirtschafteten.

Bevor man in die Ortschaft kommt, sieht man mitten im Feld einen großen Felsblock liegen. Er liegt da, als wäre er vom Himmel gefallen. Ringsherum breiten sich flach die Felder aus. Oft sind Vögel in der Nähe des Steines.

Seine Herkunft ist ungeklärt. Er wird Judenstein genannt. Ein Jude soll hier ein Kind umgebracht und geopfert haben. Wenn man den Stein in seiner unzerstörbaren Wuchtigkeit betrachtet, tritt einem ein rothaariger Jude mit schwarzem Rock und schwarzem Käppi vor das Auge. Durch den Vogelflug ist etwas Ruheloses um diesen Platz. Zur Zeit der Judenverfolgung haben die Zirtener versucht, aus dieser Legende Kapital zu schlagen. Nach kurzer Zeit ist das Ganze jedoch wieder in Vergessenheit geraten. Von dem Bildstock, der einmal das Geschehen um den Judenstein in mehreren Zeichnungen festgehalten hat, ist heute nichts mehr zu sehen. Es gibt auch keinen einzigen Juden im Tal, und wenn man verschiedenen modernen Nachforschungen Glauben schenken will, so hat es hier auch nie einen gegeben.

Beim Stein sind im Sprachenstreit, der im Tal mit großer Erbitterung geführt worden ist, fünfzehn Männer erschossen worden. Ihr Grab liegt nur wenige Schritte von ihm entfernt in einer kleinen Buschgruppe. Damals – es mag etwa fünfzig Jahre her sein – lebte im Tal noch eine starke slawische Minderheit. Die Ortsnamen von Poglitsch und Outschena beweisen es. Die Slawen sind im Verlauf von bürgerkriegsähnlichen Wirren vollständig besiegt und ausgerottet worden. Im Dialekt des Tales finden sich viele slawische Wörter oder doch zumindest verstümmelte Wörter. Aus dieser Quelle erhält er seine fremdartige, für Menschen aus dem Flachland schwer verständliche Musik. So werden zum Beispiel viele Wörter mit einem dumpfen, traurigen Klang ausgesprochen, was oft durchaus nicht ihrem Sinn entspricht.

Wenn man die Feldfrüchte betrachtet, weiß man, daß die Leute in Zirten nicht reich sein können. Selbst wenn der Boden gut wäre, und er ist es nicht einmal, könnte er doch in der kurzen warmen Zeit hier keine hervorragenden Ernten einbringen. Es hat Jahre gegeben, in denen die ganze Ernte durch Herbststürme vernichtet worden ist.

Solche Jahre kann ein Bauer nur schwer wieder ausgleichen. Hier, wo der Ertrag ohnehin gering ist, kann eine Mißernte die Leute für lange Zeit ins Unglück bringen. Aus dem Tal hinaus verkaufen können sie den Hafer und die Kartoffeln nicht, denn in der Ebene werden diese Früchte weit billiger gezogen und gehandelt. So haben sie eine Viehzucht aufgebaut, ursprünglich eine Pferdezucht. Die kleinen, fast schwarzen Pferde aus dem Tal waren einmal sehr bekannt. Heute ist nach Pferden kaum mehr Nachfrage. Für die Pferde, die im Tal selbst gebraucht werden, lohnt sich keine Zucht. Den Bauern ist es aber nur zum Teil gelungen, sich auf die rentablere Rinderzucht umzustellen. Die ärmeren züchten weiterhin Pferde, weil sie die Geldreserven, die eine Umstellung erfordert, nicht aufbringen. Sie wissen, daß ihre Bemühungen sinnlos sind. Trotzdem arbeiten sie weiter. Die Pferdemärkte sind seltener geworden, und sie müssen weit dahin reisen. Die Schraube, die sie immer stärker anziehen, wird bald zerreißen. Rechts und links von der Straße sieht man weitläufige Koppeln. Der Himmel ist hier meistens vollkommen leer und blau. An dem Auf und Ab der Zäune erkennt man die Formation des Geländes. Der Wind, der nie ruhig ist, treibt die Wolken davon.
Zirten selbst ist dicht, Haus an Haus, auf jenem flachen, künstlichen Hügel erbaut. Die äußersten Häuser sind so angeordnet, daß sie einen Wall rings um den Hügel bilden. Da der Talkessel vollkommen waldlos ist, ist das Dorf wie eine Burg weithin sichtbar. Die Leute von Zirten bilden einen Fremdkörper im Tal. Wohl dadurch, daß sie immer Ackerbau und Viehzucht betrieben haben, haben sich ihre Sitten, ihr Gemüt, ihre Sprache, ja selbst ihr Aussehen in eine andere Richtung entwickelt als die der übrigen Talbewohner, die im Holz arbeiten und davon leben. Mit ihren lederbespannten Hüten und den breiten Stiefeln fallen sie überall auf. Ihr Stolz, der ja doch, zumindest wenn man es mit den Augen der Holzleute betrachtet, keine

rechte Grundlage hat, hat ihnen nie viele Freunde gemacht. Sie haben die Holzleute, insbesondere die aus den hinteren Dörfern, früher sogar mit Verachtung behandelt. Auch dadurch, daß sie immer ärmer geworden sind, hat sich an ihrer Art nicht viel geändert. Einerseits muß man solcher Unbeugsamkeit Achtung zollen, andererseits wird sie, wenn sie in allzu krassem Gegensatz zur Wirklichkeit steht, lächerlich. Vergangenes Jahr zum Beispiel hat ein Zirtener Bauer, der vor Not nicht mehr aus noch ein wußte, seine letzten Pferde in Poglitsch verschenkt, weil ihm niemand den Preis dafür zahlen wollte, der ihm angemessen schien. Später hat er sich und seine fünfköpfige Familie erschossen.

Im Dorf fällt einem auf, daß kaum ein Kind zu sehen ist. Überhaupt stellen alte und uralte Leute hier die Mehrheit. Die Abwanderung ist in Zirten besonders stark. Wenn man zwischen den Häusern durchgeht, die auf dem Hügel ein Gewirr steiniger Gassen bilden, spürt man, daß die Stille, die dort herrscht, nichts Gesundes ist. Große Mäusescharen flüchten in die Hauseingänge und Kellerluken, wenn man des Weges kommt. Weil der Zirtener Hügel aus Felsbrocken aufgeschichtet ist, können die Toten hier nicht begraben werden, sondern sie werden mit Steinen zugedeckt, danach mit Stroh und danach wieder mit Steinen. Vom Friedhof sieht man über den von Feldern durchzogenen Kessel hin und in die Steinwüsten in den Bergen oben. Man erkennt den vielfach gekrümmten Weg, der ins hintere Tal führt. Hunde, die niemand füttert, jagen über die steinernen Treppen des Dorfes.

Je weiter man von Zirten talauf wandert, desto armseliger wird das Land. Es gehört den Bewohnern von St. Sebastian. Die Felder und Wiesen sieht man hier in ein steinübersätes Grasland verwandelt. Die Berge haben sich langsam wieder zusammengeschlossen. Der Nadelwald steht an den Bergflanken hinunter bis ins Tal. Die Streifen der Kahlschläge erzeugen unregelmäßige Muster.

Öfter entdeckt man Leute, die hoch oben im Holz an der Arbeit sind.
Auf weiten Gebieten hat man die Steine zusammengetragen und zu niederen Mauern aufgeschichtet. Dadurch ist der Talgrund in viele kleine Gevierte aufgeteilt, die teils zum Futterbau, teils zur Viehhaltung verwendet werden. Die geringe nutzbare Fläche erlaubt jedoch keine großzügige Aufzucht. Die Leute von St. Sebastian sind froh, daß jede Familie gerade eine Kuh halten kann. Der Eigenbedarf ist gedeckt. Darüber hinaus wird ein topfenartiger Käse erzeugt, der in die anderen Orte des Tales verkauft wird. Die Tiere hat man zu einer einzigen Herde zusammengefügt. Dazu braucht es nur einen Hirten; die anderen Männer können ins Holz arbeiten gehen. Wenn die Tiere ein Geviert abgeweidet haben, treibt sie der Hirt ins nächste. Die Arbeit ist leicht, und man wählt den zum Hirten, der zu keiner anderen taugt. Meist ist es ein Narr oder ein Rauschkind. Begegnet man diesen Leuten am Weg, so bekommt man auf jede Frage nur ein Lachen zur Antwort, oder man wird um etwas Tabak angebettelt. Für die Tiere haben gerade solche Menschen oft eine gute Hand. Sie sind immer ruhig. Im Regen sitzen sie unbeweglich auf einer Steinmauer und spielen mit ihrer Gerte. Wer hat schon einen traurigen Narren gesehen?
Streckenweise sind die Berghänge völlig kahl. Noch vor fünfzig Jahren hat man derartigen Raubbau am Wald betrieben. Man hat einfach eine lange Schneise ausgeschlagen bis auf den kleinsten Baum. Für die Aufforstung hat man teils aus Unwissenheit, teils aus Not, teils aber auch aus Raffgier nichts getan. In der Folge ist der Boden bis auf den Felsen abgeschwemmt worden. Große Geröllhalden breiten sich bis ins Tal hinunter aus. Im Winter kann man dort wegen Lawinengefahr kaum passieren. Heute wird aufgeforstet. Diese Gebiete sind aber für immer verloren. Totenkar, wie man sie im Tal nennt, ist der richtige Name.

Schon gegen Ende des Kessels steigt die Straße dauernd an. Sie verschlechtert sich hier herauf von Stufe zu Stufe. Niemand schert sich darum. Wenn man Wagenspuren sieht, weiß man, daß man auf dem Weg ist. Jetzt geht es in drei langen Kehren den Hang hinauf. Auf der etwa zweihundert Meter sich vom Boden des Zirtener Kessels erhebenden Talstufe, nur ein kurzes Wegstück von der Kante weggerückt, liegt St. Sebastian. In den Steilhängen der Talstufe sieht man die ersten Schafe. Hier kann man keine Rinder halten. Früher hat man Schafwolle leicht und mit gutem Gewinn verkaufen können. Jetzt führen die großen Spinnereien draußen im Land Baumwollfaser und auch Schafwolle aus Übersee ein. Da können die Leute aus dem Tal freilich nicht mit. Dennoch haben sie die Schafzucht nicht ganz eingestellt. Solange auch nur der geringste Sinn darin zu erblicken ist, geben sie nicht auf. Manchmal werden sie unsicher und beraten im Wirtshaus, ob man nicht mit den Schafen aufhören sollte. – Futter muß für den Winter eingebracht werden. Zäune müssen gebaut und ausgebessert werden. Ein Hirt muß bestellt werden. – Wäre es nicht besser, all die Kräfte, die man auf die Schafe verwendet, für andere, nutzbringendere Dinge einzusetzen? Andererseits hat man Fleisch und Wolle, ein kleiner, wenn auch dem Arbeitsaufwand nicht entsprechender Gewinn kann doch gemacht werden. So beraten die Leute, aber es kommt zu keiner Entscheidung. Jede Woche geht ein Mann aus St. Sebastian zum Straschnitzer Fleck hinunter. Des öfteren bringt er die Wolle wieder herauf, die er hinuntergetragen hat. Den Himmel verändert es nicht.

Die Häuser von St. Sebastian sind aus unverputzten Steinen errichtet. Die Ortschaft liegt in einer Mulde zusammengedrängt. Taleinwärts dehnt sich ein flaches, von kleinen Wiesenstücken durchsetztes Geröllfeld. Man blickt auf ein stilles, ausdrucksloses Gesicht. Hier sind die Steine nicht mehr auf Mauern zusammengeschichtet. Diese Felswüste

ist jeder Menschenarbeit feindlich. Die Schafe finden darin noch ein wenig Futter, zur Mahd reicht es nicht. Ganz nahe sieht man hier die Berge aufsteigen. Streckt man eine Hand vor, so glaubt man, sie sei in dieser stillen Luft eingeschlossen wie in Glas.
Der Wald beginnt sich in einzelne Gruppen und Wetterbäume aufzulösen. Soweit es geht, holzen die Leute die Windschattenhänge hinauf. Jeder Baum, der geschlagen wird, bereitet wegen der Steilheit des Geländes doppelte Arbeit. Viele Männer sind schon bei der Arbeit im Holz umgekommen. Dadurch, daß der Wald hier heroben dem Wetter rücksichtslos ausgesetzt ist, wird das Holz besonders hart und widerstandsfähig. Es wird gerne gekauft. Etwas außerhalb von St. Sebastian, in der Nähe des Waldes, stehen die Baracken der Holzarbeiter, die aus Ratten und Outschena hierher zur Arbeit kommen. Nach zehn bis fünfzehn Jahren sind die Leute von der Arbeit und vom Rum zerstört. Wenn es nicht mehr weitergeht, versuchen sie draußen in Scheifling eine Beschäftigung zu finden. Die meisten werden nicht aufgenommen und kehren in ihre Ortschaft zurück. Wenn Golz im Hof der Scheiflinger Dampfsäge die angetretenen Arbeiter mustert, läßt er den und den vortreten. Sie marschieren dann im Block auf die Lagerplätze hinaus und werden den verschiedenen Arbeitspartien zugeteilt. Die anderen schließen sich zusammen und gehen in ein Wirtshaus. Es sieht so aus, als hätten sie etwas zu besprechen, aber es gibt nichts zu besprechen. Sie sitzen hinter ihrem Bier und schauen in die dunkle Wirtsstube.
Wenn man die Talstufe erklommen hat, sieht man weit in den Kessel hinunter bis nach Zirten. Der Bach hat eine steile Schlucht in die Talstufe eingeschnitten. Eine Familie aus Zirten hat dort einmal eine Mühle betrieben, es hat sich aber nicht rentiert. Jetzt schlafen die Hirten in der Mühle. Ringsherum liegt ein großer, vollkommen kahler Platz. Dort werden die Schafe und Rinder über die Nacht

zusammengetrieben. Die Erde ist abgeweidet und rot. Abends sieht man schon von weitem die Hirten mit ihren braunen, gelben und gestreiften Überwürfen auf das Haus zustreben. Alle tragen flache, aus Stroh geflochtene Hüte. Dort unten wird es schnell dunkel. Der Kessel versinkt im Schatten der Berge. Einen Augenblick lang glaubt man, daß jetzt die Finsternis endgültig da ist. Dann geht der Mond auf, hell wie eine Sonne.
Die zwei Türme der Kirche St. Sebastian erheben sich nur wenig über den Rand der Mulde. Dennoch beherrschen sie den weiten Umkreis, denn es gibt nichts, was den Blick ablenkt. Die Felswüste wird Plana genannt. Die Straße läuft geradewegs auf die Senke zu. Zum Namensfest des heiligen Sebastian kommen die Leute aus dem ganzen Tal hierher. Über die Mulde hinaus lagern sie auf dem freien Feld. Kleine, bunte Zeltplanen werden aufgeschlagen. Früher haben die kirchlichen Feiern den Mittelpunkt gebildet, heute ist es der Rum. Alle tragen ihre schwarzen Festtagshüte. Das ganze Feld ist in ein Meer von sich bewegenden Hüten verwandelt. In der Mehrzahl haben die Leute ihre dunkelblauen oder rostbraunen Wetterflecke, die sie alle Tage tragen, übergeworfen, denn sie haben keine anderen Kleider. Die schmutzigsten, abgerissensten Gestalten kommen aus Outschena. Sie haben kein Geld, aber für ihre Tänze und Mutproben, die sie mit ihren Holzmessern ausführen, zahlt ihnen der und jener einen Schnaps. Unter dem Einfluß des Rums werden diese Leute wild wie Tiere. Sie reißen den Frauen die Kleider herunter und gehen über sie her. Niemand hindert sie. Die Menge ist zu betrunken, um einzugreifen. Die Leute aus Poglitsch tragen, um ihren Reichtum zu zeigen, rote Filzjacken und bringen ein Faß nach dem anderen vor das Wirtshaus. Die Häuser sind an diesem Tag alle leer. Selbst die alten, kranken Leute sitzen vor den Türen. Rings um das Dorf sind große Feuer angezündet. Teils um die Kälte der Nacht abzuhalten, teils einfach aus der Freude daran, ein großes Feuer brennen

zu sehen. Der Hauptzweck ist freilich der: Schon vor dem Fest sind breite Gruben ausgehoben worden. In den Feuern werden Steinbrocken bis zur Glut heiß gemacht. Dann wirft man sie in die Gruben und deckt sie mit ein wenig Erde zu, damit sie die Hitze halten. Darauf werfen die Leute nun große Fleischstücke. Rum wird in die Gruben geschüttet. Die Frauen zerkauen eine starkriechende Wurzel und spucken den Brei hinunter. Sie stehen um die Gruben, lachen, kauen und spucken das Gekaute auf das Fleisch. Zum Schluß wird alles wieder mit heißen Steinen und mit Erde bedeckt. Nach Stunden, wenn der Rum die Menschen bis an den Rand der Besinnung getrieben hat, werden die Gruben aufgerissen, und das geröstete, heiße Fleisch wird verteilt. Jeder bekommt davon, ob er etwas beigetragen hat oder nicht.

Das Sebastiansfest dauert zwei Tage. Die Nacht dazwischen ist von Tanz und Geschrei erfüllt. Die Feuer brennen haushoch in die Nacht. Mitten im Wirbel der Tanzenden gehen die Männer über die Frauen her. In der Früh des zweiten Tages liegt eine tiefe Bewußtlosigkeit über dem Feld, bis die Musik und der Rum die Leute wieder aufpeitschen. Die Flötenspieler spielen den ganzen Tag. Der Ton der Doppelflöte, bei der der Spieler zwei Rohre im Mund hat, dringt einem durch Mark und Bein. Gegen Mittag des zweiten Tages steigert sich die Betrunkenheit zu furchtbaren Exzessen. Betrunkene laufen durch die großen Feuer oder sie kämpfen mit ihren Hacken Zweikämpfe aus. Die Frauen haben sich in großen Haufen zusammengefunden. Auch sie sind alle betrunken. Um die Kinder kümmert sich niemand. Sie stochern im Feuer herum oder suchen in den leeren Gruben nach einem vergessenen Stück Fleisch. Bewußtlosen schütten sie Rum in die Augen und lachen, wenn sie dadurch wieder zu sich kommen. In der nächsten Nacht wird es eiskalt auf dem Feld. Keiner trägt mehr Holz in die Feuer. Die meisten liegen erschöpft aneinandergepreßt und schlafen. Auf der Suche

nach Rum werden die leeren Fässer zerschlagen und fortgeworfen. Am Morgen ziehen die Leute heim. Wenn sie an der Kirche vorbeikommen, schlagen sie ein Kreuz.
Die Kirche ist im Sprachenstreit schwer beschädigt worden. Eine slawische Familie hat sich darin verbarrikadiert und so lange verteidigt, bis die ganze Kirche in Brand geschossen war. Die Familie ist, als sie aus den Flammen flüchtete, vor der Kirche massakriert worden. Das alte Kupferdach, von dem man auf den Türmen noch Stückchen erkennen kann, ist durch Wellblech ersetzt worden. Rostspuren ziehen breit über die Mauern herab. Stellenweise erkennt man noch die Einschläge der Kugeln. Überall sind jetzt diese Farben, das Grau, das Rostrot und ein blasses Gelb: im Gemäuer der Kirche und der Häuser, auf den im Wind knatternden Wellblechdächern, in der Felsenwüste, die sich ringsherum ausbreitet. Die Menschen fügen sich mit ihren staubigen, dunkelbraunen Umhängen in das Bild ein. Ihre Stimmen verschwinden vor der ungeheuren Stille, die das Dorf umstellt. Jeder Windstoß erzeugt in den vom Winter arg hergenommenen Dächern ein hartes Geräusch. Dann ist wieder vollkommene Lautlosigkeit. Es ist keine Ruhe, es ist gebannte Stille, die über dem Dorf liegt, so als dürfe sich niemand regen, um nicht den Zorn des reinen, eiskalten Himmels auf sich zu rufen.
Die Mauern der Kirche sind von hunderten Votivtafeln bedeckt, die durch den Brand und die Witterungseinflüsse unleserlich geworden sind. Die slawischen Tafeln hat man überdies zerschossen oder zerschlagen; dennoch haben sich einige erhalten. Früher sind die Leute aus dem ganzen Tal hierher gepilgert. Man hat eine Tafel mit seinen Bitten an der Kirche anbringen lassen und um Erfüllung gebetet. Es soll auch Tafeln mit Danksagungen gegeben haben. Der heilige Sebastian ist der Schutzheilige des Tales. Der Brauch der Votivtafeln ist heute zur Gänze außer Übung gekommen. Man läßt die alten Tafeln nur hängen, weil man sich um das Geschick der Kirche überhaupt nicht küm-

mert. Wenn sie einstürzt, was bei ihrem Zustand jeden Tag erfolgen kann, wird es niemand bedauern. Neben der Kirche stehen zwei Fichten, die so alt sein sollen wie das Dorf.

Wenn man das Wirtshaus von St. Sebastian betritt, hat man das Dorf in seinem eigentlichen Kern betreten. Der Raum ist groß und rechteckig, gute zwanzig Meter lang und zehn Meter breit. Oben sieht man den Dachstuhl und das aufgenagelte Wellblechdach. Er ist leer bis auf eine Sitzbank, die sich an der Wand entlangzieht. Der Holzboden glänzt schwarz von Öl, mit dem man ihn durchtränkt hat. Außer in den paar Tagen, die Golz in St. Sebastian ist, ist das Wirtshaus kaum besucht. An den winzigen Fenstern erkennt man, daß es einmal eine Scheune war. Auch im Winter wird nicht geheizt. Die Holzarbeiter kommen selten von ihren Baracken herüber. Sonntags gehen sie nach Poglitsch hinunter. Die Leute von St. Sebastian versammeln sich jeden Abend im Wirtshaus. Sie stehen in der Tiefe des Raumes und trinken ihren Rum. Es wird nur eine Lampe angezündet, um Petroleum zu sparen. Manchmal, wenn sie viel getrunken haben, singen sie. Meist singen sie ein langes, vielstrophiges Lied. Die Kinder, die in einem Winkel gespielt haben, sind eingeschlafen.

Mit Golz kommt ein anderes Leben nach St. Sebastian. Er fährt mit dem Wagen, den er selbst lenkt, bis direkt vor das Wirtshaus. Wenn er vom Bock springt, wirft er einfach dem nächsten die Zügel zu. Drinnen hat man schon einen großen Tisch aufgestellt, an den sich Golz hinsetzt. Die Leute, die vorher draußen gewartet haben, drängen nun auch hinein. Sie stehen in Gruppen beisammen und besprechen das Angebot, das sie Golz machen werden. Golz sitzt allein an seinem Tisch, betrachtet die Leute und grüßt zurück, wenn er gegrüßt wird. Er kennt beinahe jeden, der im Tal zu Hause ist. Oft sitzt er einen ganzen Vormittag allein am Tisch, und die Leute besprechen sich und

horchen herum, welche Angebote die anderen machen werden. Wenn aber der erste zum Tisch getreten ist, folgt ihm sofort der nächste, so daß sich im Nu eine Schlange bildet. Neben Golz steht ein Sessel, auf den sich der Bieter setzt. Hinter seinem Rücken drängen sich die Holzleute, denn jeder will hören, was Golz zu dem Angebot sagen wird. Das erste Angebot ist immer das schwerste. Wenn man mehrere Angebote gehört hat, kann man eher abschätzen, wie Golz auf das eigene reagieren wird. Meist schaut er starr vor sich auf die Tischplatte hin, wo seine große, fleischige Hand beim Rumglas liegt, und sagt, ohne den Blick zu heben: »Das geht nicht«, oder überhaupt nur »Nein«. Fast möchte man glauben, er habe das Angebot nicht gehört oder nicht verstanden. Alle, die Golz kennen, versuchen in einem solchen Fall gar nicht, ihn umzustimmen. Es wäre sinnlos. Die ersten Angebote lehnt Golz fast ausnahmslos ab.
Manchmal sagt er zur Begrüßung des Mannes, der sein Angebot vorbringen will, dessen Namen. In dieser Geste steckt keine Freundlichkeit. Es klingt eher so, als hätte Golz gesagt: »Gerade der?« oder »Wieso denn der?«. Er schiebt sein Glas von sich weg und stellt es wieder näher zu sich. Wenn ein Mann von Golz mit dem Namen angesprochen wird, schickt er beim zweiten Mal einen anderen an seiner Statt. Es soll aber vorgekommen sein, daß Golz gerade das Angebot eines Angesprochenen in voller Höhe angenommen hat. Die Holzleute haben eine Unzahl von Regeln aufgestellt, etwa wie man sein Angebot vortragen soll, wie man sich auf eine erste, eine zweite, eine dritte Ablehnung hin verhalten soll, wie man grüßen, sich hinsetzen, weggehen soll. Teilweise widersprechen einander diese Regeln. Alle Regeln beachten, hieße vom Angebot abstehen und verzweifeln.
Mittags sitzen die Leute auf dem Boden und essen, was sie sich mitgebracht haben. Oft ist bis dahin noch kein Angebot angenommen. Sie verhalten sich leise und besprechen

sich im Flüsterton. Manchmal tauchen Kinder in der Tür auf und beobachten die Versammlung. Stets ist eine schmale Gasse vom Tisch, wo Golz sitzt, zur Tür freigelassen. Draußen wird sein Wagen bereitgehalten. Solange Golz im Wirtshaus ist, sitzt er an seinem Platz und schaut vor sich hin. Vielleicht schläft er. Wer wollte das entscheiden. Niemand beginnt ein Gespräch mit ihm, und er beginnt auch keines. Manchmal hebt er den Kopf, fast sieht es so aus, als wolle er sich aus seiner Erstarrung reißen, aber gleich darauf sinkt er wieder über dem Tisch zusammen. Die Leute beobachten von Jahr zu Jahr, wie Golz altert. Er trinkt immer weniger. Seine Augen verschwinden beinahe hinter den angeschwollenen Lidern. Seine Augenbrauen sind dünn. Wenn er schwerfällig das Schnapsglas abstellt, sieht man, wie müde dieser Mann schon ist. Er hat keine Familie. In seinem Büro in der Scheiflinger Säge hat er hinter dem Schreibtisch ein Feldbett aufgeschlagen, wo er schläft. Manchmal kommt er auf die Lagerplätze hinaus und spricht mit den Arbeitern. Bei besonders schwierigen Arbeiten setzt er eine Kiste Bier aus. Wenn man mit einer Bitte zu ihm kommt, ist es beinahe sicher, daß er sie abschlägt. Im Winter versperrt er oft tagelang sein Büro. Es laufen viele Geschichten über ihn um, aber kaum eine entspricht der Wahrheit. Golz ist in der einen Geschichte soviel wie in der anderen. Sein eigentliches Wesen wird dadurch eher verschleiert als ans Licht gebracht. Eine Geschichte sagt zum Beispiel, daß er bewußtlos auf der Straße zwischen Poglitsch und Zirten gefunden worden sei. Das kann viel bedeuten, zumindest kann man allerlei Vermutungen anstellen. Über Mutmaßungen kommt man aber nicht hinaus. Die meisten Erzählungen über Golz sollte man gar nicht anhören, denn sie gehen an der Sache vorbei und besagen eigentlich nichts.

Wenn Golz ein Angebot annimmt, notiert er es mit Kreide auf den Tisch. Dabei wiederholt er den Wortlaut des An-

gebots, aber er verändert in seiner Rede einfach die Zahlen der Kubikmeter und den Preis. Die Differenz ist meist nicht groß, und die Leute lassen es hingehen. Wer würde das Holz auch kaufen, wenn Golz es nicht kaufen würde. Jedes Jahr kommt es vor, daß er einige Angebote um keinen Preis annehmen will, obwohl sie sich in nichts von den anderen unterscheiden. Diejenigen, die schon verkauft haben, holen sich ein Glas Rum. Es kommt keine Fröhlichkeit auf. Die Leute hocken in einer etwas entfernteren Ecke auf ihren Fersen und betrachten Golz, wie er die Angebote annimmt oder abschlägt. »Sieh, wie er jetzt den Arm gehoben hat!« sagt einer zum anderen und versucht daraus zu erklären, warum Golz das betreffende Angebot abgelehnt hat. Manches Angebot nimmt er erst beim fünften oder sechsten Mal an, obwohl es sich nicht verändert hat. Natürlich gibt es immer Veränderungen, das bestreitet keiner. Ein Windstoß rüttelt am Dach, auf dem Tisch läuft jetzt eine Fliege herum.
Für ein Glas Rum bringt einer, der schon Erfolg hatte, ein mehrmals abgewiesenes Angebot wieder vor. Dabei muß er eine strenge Wortformel beachten, die allerdings nicht unbestritten ist. Damit soll verhindert werden, daß Golz das schon gebilligte Angebot wieder streicht und auch das neue nicht annimmt. Wenn diese Männer in abgehackten, rhythmisierten Sätzen das Angebot vorbringen, klingt es beinahe feierlich. Das Nein, das Golz in die Stille hinein sagt, reißt die Leute wieder in die Wirklichkeit zurück.
Plötzlich, ohne sich darum zu kümmern, wie viele Leute noch Angebote stellen wollen, erhebt sich Golz. Früher haben die Holzgeschäfte zwei Tage gedauert. Jetzt sind sie oft schon am Nachmittag des ersten Tages zu Ende. Keiner will das erste Angebot stellen, weil es sicher abgewiesen wird und außerdem Unglück bringen soll. Trotzdem drängen die Leute zum Tisch, weil jeder Angst davor hat, daß Golz aufstehen könnte. Jeder weiß, in diesem Moment kann kein Geschäft mehr abgeschlossen werden.

Zwar ist es schon vorgekommen, daß ein Bauer versucht hat, Golz aufzuhalten, aber es hat noch nie geholfen.
Wenn Golz aufsteht und aus der Wirtsstube taumelt, merken die Leute, wie betrunken er ist. Kaum hat er die Tür hinter sich zugeschlagen, scharen sie sich um den Tisch und zeigen einander, wo und wieviel Golz für sie aufgeschrieben hat. »So wahr es steht«, beginnt einer nach dem anderen und zeigt mit der Hand auf den Tisch. Die anderen bezeugen es durch das Wort »Ot«. Manche, deren Angebot er nicht angenommen hat, laufen weinend aus dem Dorf und beobachten vom Abbruch der Talstufe, wie Golz gegen Zirten fährt. Wahrscheinlich hoffen sie mit der Unlogik der Verzweiflung, er könnte noch einmal umkehren. Das geschieht aber nie. Niemand weiß, warum die Holzgeschäfte in St. Sebastian abgeschlossen werden.
Von St. Sebastian nach Ratten braucht man mit dem Wagen zwei Stunden. Gleich hinter dem Dorf wird die Straße endgültig zu einem Karrenweg. Obwohl das Gelände hier herum flach ist, zieht er sich in vielen Schleifen dahin. Wegen großer Felstrümmer, die man nicht von der Stelle bewegen konnte, müssen oft weite Umwege gemacht werden. Diese Felsen liegen wie verlassene Häuser in der Steinwüste. Rechts und links erheben sich die Bergflanken ohne jeden Bewuchs. Im Winter ist dieses Stück das gefährlichste. In der Plana herrscht meist ein solches Schneetreiben, daß jede Orientierung unmöglich wird. Nur in unaufschiebbaren Angelegenheiten entschließt man sich zu einem Weg, der von St. Sebastian taleinwärts führt. Eine Zeitlang haben sich Männer aus der Ortschaft als Führer verdingt. Aber selbst diese Wegkundigen haben sich verirrt. Was nützt der Führer, wenn der Weg nicht zu finden ist, lautet ein Scherz der Leute von St. Sebastian. Auch im Sommer sind die höchsten Berge von Schnee bedeckt. Die Gipfel sind von den Wolken kaum zu unterscheiden. Im Slawischen heißt einer von ihnen »Der Schwebende«.
Am Weg trifft man Frauen, die inmitten einer Geröllhalde

ein vier oder fünf Quadratmeter großes Feld bestellen. Wenn es nicht grausam gegen diese armen, abgearbeiteten Geschöpfe wäre, würde man sie auslachen; so grotesk ist ihr Anblick. Aller menschlicher Jammer ist darin versammelt. Ein Stück Erde, das man mit drei, vier Schritten abgehen kann, wird mit Steinen eingefriedet, und ein Graben wird ringsherum ausgehoben, damit es nicht abgeschwemmt werden kann. Könnten sich diese Frauen, einfach so wie sie sind, vor ihr Stückchen Erde stellen und alles Unglück davon mit bloßen Händen abwehren, sie täten es ohne Zögern. Schon lange bevor man nach Ratten selbst gelangt, begegnet man ihnen mitten in der Einöde. Da selbst solch winzige Erdflecken hier heroben nur selten zu finden sind, scheut man keinen Weg, um sie zu erreichen. Zumeist werden Kartoffeln angebaut. Selbst diese Frucht gedeiht hier nur kümmerlich. Kaum daß der Schnee weg ist, vergraben die Frauen die kleingeschnittenen Setzlinge im Boden. Mit Reisig, das sie über weite Strecken heranschaffen müssen, wird die Erde bedeckt, um das Gefrieren zu verhindern. Erst wenn diese Gefahr gebannt ist, kann man einige Hoffnung auf eine Ernte haben. Wenn aber im August plötzlich der Schnee von den Bergen kommt, und selbst wenn es nur ein halber Zentimeter ist, dann ist alles verloren. Die Kartoffeln, die man in solchen Unglücksjahren erntet, sind nicht größer als der kleine Fingernagel. In der warmen Zeit tragen die Frauen in Buckelkörben Erde von St. Sebastian und oft von noch weiter unten herauf. Auf diese Weise machen sie den Verlust wett, der jedes Jahr durch Abschwemmung und Abtragung durch den Wind auftritt. Wenn man die Mauern um die Felder verstärkt und die Abflußgräben mit Stein auskleidet, glaubt man, daß man gesichert ist. Am nächsten Tag kann der Acker von einem Unwetter einfach ausgelöscht worden sein. Man erkennt die Stelle nicht wieder, wo er gewesen ist.

Wie stolz sind die Frauen, wenn sie im September ihre

Kartoffeln mit den Buckelkörben heimtragen. Gewiß, auch diese Kartoffeln sind winzig klein, ihr Geschmack ist für einen Menschen aus der Ebene abscheulich, aber immerhin, es sind Kartoffeln, die man essen, die man auf den Boden ausschütten kann, so daß die Kinder vor Freude aufschreien. In Ratten ist das ganze Jahr über kaum ein arbeitsfähiger Mann zu sehen. Alle gehen ins Holz. Es ist nicht leicht, dauernd von Frau und Kindern getrennt zu leben, aber was soll man tun, wenn man den Lebensunterhalt nicht anders verdienen kann. Die Trennung bewirkt nichts Gutes. Die Holzleute vertrinken einen Großteil ihrer Löhnung. Selbst die paar Tage, die sie im Dorf sind, sind sie betrunken. Wen wundert es da, daß über die Heimkehr der Männer keine Freude aufkommt. Für manche Frau sind es die traurigsten Tage im Jahr. So gutmütig die Holzleute an sich sind, so grausam und hart werden sie im Rausch.

Ratten ist keine zusammenhängende Ortschaft. Die Häuser, aus denen es besteht, liegen weite Strecken auseinander. Sie sind über den ganzen Talgrund verstreut. Würden nicht Wege zu den Häusern führen, man würde sie nicht entdecken. Der Dachfirst erhebt sich kaum drei Meter über den Erdboden. Tritt man ins Innere, so geht es hinab wie in eine Grube. Meist besteht das Haus aus einem einzigen Raum, in dessen Ecke ein großer, aufgemauerter Herd steht. Dort, wo die Dachbalken am Gemäuer aufliegen, hat man einen Bretterboden eingezogen, zu dem eine Leiter hinaufführt. Dort liegen in einem Verschlag die Vorräte für den Winter. Meist sind es ohnehin nur Erdäpfel. Daneben sind aus Stroh und Lumpen die Schlafstellen gerichtet. Hier oben ist es, obwohl man nicht aufrecht stehen kann, gemütlicher als unten, denn der Bretterboden wird von der aufsteigenden Luft durchwärmt. Im Hauptraum gibt es außer einem Tisch und zwei, drei Bänken keine Einrichtung. Im Winter sitzen alle um den Ofen, nur die Frau verläßt hin und wieder ihren Platz, um von draußen

Holz hereinzutragen. Der Schnee läßt die Entfernungen zwischen den Häusern noch größer werden. Gegen die Verlassenheit gerechnet, die man hier überall antrifft, könnte man diese paar Seelen fast vergessen und sagen, es gibt keinerlei Ansiedlung.

Wenn die Leute von Ratten etwas verbindet, dann ist es die Armut. Hat man selbst nur gerade genug, so läßt man den anderen nicht verhungern. Es kommt oft vor, daß eine Familie durch den Tod des Mannes oder der Frau in ein Unglück gestürzt wird, aus dem sie allein nicht mehr herauskäme. Ohne gegenseitige Hilfe wäre in Ratten kein Leben möglich. Hilfe tut not.

In den anderen Dörfern des Tales kann man immer noch aufgeben und sein Glück draußen in einer der großen Städte versuchen. Ratten aber liegt schon zu weit ab, es ist, was Auswanderungspläne betrifft, rettungslos in der Bergwildnis verloren. Die Leute hier können weder lesen noch schreiben. Ihr Dialekt ist, von der Sprache der Ebene kaum berührt, für die Leute dort unverständlich. Selbst wenn einer aus Ratten aus dem Tal hinauskäme, was könnte er dann tun? – Alle wirtschaftlichen Verschlechterungen, die das Tal treffen, treffen diese Leute besonders hart. Sie sind ohnehin zur niedrigsten Knechtsarbeit verurteilt. Geht es den Herren schlecht, dann geht es den Knechten noch viel schlechter. Für sie gibt es keinen Ausweg. Der Name Ratten ist nichts als ein böser Scherz. Ratten müßten hier verhungern.

Hinter der Siedlung schließen sich die Berge zu einem steilen Abhang zusammen. An schattigen Stellen liegt dort auch im Sommer der Schnee. Der Hang hat keinerlei Bewuchs. Er besteht aus dunkelgrauem, bis ins Schwarze sich verdunkelndem Fels. Wenn ein schöner Tag ist, möchte man zu der gewaltigen Sonne seine Hände aufheben. Die Gipfel der Berge lassen die Menschen stumm werden. Im Vergleich mit der Sonne wirkt auch der mächtigste Gipfel klein. An Sturmtagen erscheint sie in unendlicher Ferne.

Es ist nichts, was sie betreffen könnte.
Wenn man in Ratten von einem Haus zum anderen seinen Weg sucht, glaubt man, man werde nie an sein Ziel gelangen. Selbst wenn man das Haus schon vor Augen hat, zweifelt man daran. – Wenn man es erreicht, wird man nicht eintreten können. Wenn man eintreten kann, wird man nicht reden können. – Zwischen die nächsten Dinge ist die Ferne eingedrungen. Rum können die Leute von Ratten nicht kaufen. Sie stopfen sich die zu Kugeln gedrehten Blätter einer bestimmten Pflanze in die Nase. Von ihrem Gift ist man tagelang betrunken. Vor jeder Hütte steht ein zwei Meter langer Stab. An seinem Schatten wird die Zeit gemessen.
Von Ratten braucht man fünf Stunden nach Outschena. Es ist eine Entfernung, die man in der Zeit kaum ausdrükken kann. Der Weg, den manche da, manche dort erkennen wollen, führt in den Felshang hinein. Oben an der Geländekante beginnt unvermittelt der Himmel.

Ja und Nein

Quer über den Himmel zogen die Wolken herein. An einer schiffsbugartigen Linie, die steil hinauflief ins nicht mehr Sichtbare, schnürte sich der Himmel in dunklen, jäh nach oben verworfenen Streifen zusammen. Die hier kaum bewachsenen Hügel breiteten sich – es war schwer zu sagen, welche Formen sie dabei annahmen – zu dem von Regengüssen schon verwischten Horizont hin aus. Da, wo er ging, war also der Weg, und rechter Hand erhob sich, knapp drei Meter höher als die Sohle des Weges, ein gelber, flachkuppiger Hügel – braunes, zähes Unkraut hatte sich auf ihm anzusiedeln vermocht – und fiel dann in weitem Bogen hinab. Dort lagen einige Felstrümmer, dann begann der Sumpf. Links, mit einer immer mehr sich verstärkenden Krümmung, schnitt der Weg in den Rücken eines Hügels hinein, der sich beinahe im rechten Winkel von ihm wegzog, langgestreckt und gespannt wie eine Katze. Kleinere Erhebungen bildeten einen buckligen Grat, der allmählich in einem flachen Rücken verlief und dessen Form durch die großen, schwarzen Flecke der abgebrannten Herbstfeuer noch betont wurde.
Er ging jetzt sehr schnell. Der Weg, der sich langsam und mit immer mehr sich verkleinerndem Radius den Hügel hinaufwand, verschwand beinahe unter dem überhängenden dürren Gestrüpp und war zwischen den Steinen, die herumlagen, oft kaum mehr erkennbar. Vom Sumpf her drang ein schriller, langgezogener Ton zu ihm; jetzt singt das Schilf, dachte er. Die Luft hatte sich vor ihm mit Erde und Gras zu einem Hindernis verbunden. Zwischen den tiefhängenden Wolken und den Hügelkämmen weit draußen war kaum mehr ein lidbreiter Raum offen, der von Blitzschlägen manchmal scharf ausgeleuchtet wurde, um danach wieder in um so dichteres Dunkel zu fallen. Der Geruch von verbranntem Holz war in der Luft, die sich

mit vielen kleinen Widerständen ihm entgegenstellte wie starkes Schneetreiben. Die Wolken hatten sich immer steiler aufbäumend zu einer wie aus gelbem Stein gefügten Bastei aufgebaut, sie waren von Lärm erfüllt, der von weither kam und weithin ertönte, Musik und Kampflärm in einem. Das am Rand der Niederungen sich ausbreitende Riedgras, ein hartes, von Schilf durchsetztes Gras, wurde niedergepreßt, und schwarze Vögel flogen knapp über dem Boden dahin, mit blitzartigen Flügelschlägen, es waren drei oder vier, aber da verschwanden sie schon im Gestein eines nackt sich erhebenden Hügels, der weiß aus der Dunkelheit herausleuchtete wie ein ungeheurer Zahn.
Die niedrigen Bäume schlugen mit ihren Ästen zusammen, als er unter ihnen durchlief. Der ansteigende Weg schien weiter oben von niedergepeitschtem Astwerk versperrt zu sein. Es war dunkel hier, oben aber ging es in bleierne Finsternis über. Er blieb stehen, er keuchte; die Luft schien jetzt über dem Land gefroren zu sein, die Hügelzungen lagen erstarrt da mit ihrem harten Gestrüpp, das sich nicht mehr bewegte. Das Schilf war braun, ja schwarz geworden, wie der Himmel, je näher er dem Boden war und je weiter draußen über dem Land.
Ein leichter Windstoß ließ die Äste erzittern. Dann heulte der Sturm über die Hänge – es klang wie der Schrei aus einem ungeheuren, tierischen Maul – und machte die Baumstämme wanken. So urplötzlich war auch der Himmel aufgerissen, und der aus den Wolken hervorbrechende Regen mischte sich mit den ganz in der Nähe niederstürzenden Blitzen und einem gelblichen, aus weitester Ferne kommenden Licht. Er hatte jetzt den zweifelhaften Schutz von Eichenbäumen verlassen und lief über ein sandiges Wegstück, das sich an einer Hügelflanke entlangzog. Der nasse Sand war schwer und grundlos, und der Wind erhob sich so mächtig gegen ihn, daß er kaum mehr vorwärts kam. Der immer unerträglicher anschwellende Sturmeslärm machte ihn schwindlig, und er lief mit geschlossenen

Augen; er fürchtete zu stürzen und sich nicht mehr erheben zu können.
Vielleicht hört das Gewitter bald auf, dachte er, vielleicht dreht der Wind gegen Süden ab. Ich bin in der Mitte des Sturmes. – Heranwirbelnde Blätter klatschten an sein Gesicht, er lief gegen mauerartig vor ihm aufstehende Wasserfontänen. – Wenn man wie ich hier von unberechenbaren Kräften abhängig ist, so hat man nur wenig Hoffnung. Man sucht aus den kleinsten Anzeichen schon auf Sicherheit zu schließen, man rechnet immerfort, aber man hat kein Vertrauen. Dabei würde eine einzige Sicherheit genügen, ein Stück Erde zum Festhalten. Es ist verführerisch, an einen Himmel zu denken, der immer ohne Wolken ist, aber das ist bloße Spekulation, und so bleibt es beim »Vielleicht«.
Er lehnte sich an einen Baum, der jedoch keinen Schutz mehr gegen den Regen bot, im Gegenteil, der Sturm schüttelte das Wasser von den Blättern bachweise herab. – Wozu bin ich gelaufen, dachte er, hier habe ich dasselbe wie dort, ja, wäre ich am Schilf unten geblieben, wäre ich wenigstens nur naß, so aber bin ich naß und müde. Er griff in seine Tasche, die er an der Seite trug, und holte ein Stück altes Brot hervor, das er zu kauen begann.
Hier herum gibt es kaum Dörfer. Ein paar Hütten hat man auf den höchsten Hügelkämmen aufgestellt. Dort essen die Schilfschneider, dort bringen sie das geschnittene Schilf ein und verwahren ihr Werkzeug. Bei diesem Wetter werden sie auch in den Hütten sein. Die Schilfschneider sind schwerfällige Menschen; viele sind durch ihre stumpfsinnige Arbeit fast auf die Stufe der Idioten herabgesunken. Dennoch ist es besser, wenn sie mich nicht sehen. Hat man mich erst einmal entdeckt, so werden auch die Dümmsten voller Argwohn gegen mich sein.
Er blickte über die von wechselnden Blitzen fast taghell erleuchtete Landschaft, aber so weit er auch mit den Augen herumstreifte, er konnte keine Schilfschneiderhütte ent-

decken. Zuerst glaubte er, daß er infolge seiner allzu hastigen Suche nichts gesehen hätte – auch hoben sich die Hütten ja kaum von ihrer Umgebung ab –, doch er konnte auch weiterhin keinerlei Anzeichen für den Aufenthalt von Menschen finden. An der Färbung der Schilfwiesen erkannte er, wo geschnitten worden war und wo nicht; das junge, ungeschnittene Schilf war grün, das bereits geschnittene war gelb; auch zeigten schwarze, gewundene Schlammspuren an, daß dort Menschen gewesen waren. Jetzt erinnerte er sich, daß er etwa vor einer Stunde einen schweren Karren auf dem Weg gesehen hatte. Vielleicht waren die Schneider in jenem Teil des Sumpfes an der Arbeit, den er schon lange hinter sich gelassen hatte? Allein, ihre Arbeitsweise ließ keinen Schluß auf ihren Verbleib zu. Fast nirgends konnten sie zusammenhängende Flächen abmähen; zeitweise stieg das Grundwasser an manchen Stellen so hoch an, daß selbst der stärkste und größte Mäher sich nicht in den Sumpf vorwagen konnte. Dann wurden die höher gelegenen Teile abgemäht – hier entschieden ja geringfügigste Höhenunterschiede über die Trockenheit –, und man wartete auf ein Absinken des Wasserspiegels, um auch die tiefer gelegenen Teile in Angriff nehmen zu können. Daher rührte jenes für den nicht Eingeweihten so erstaunliche Durcheinander von gemähten und ungemähten Flächen. Freilich kam es vor, daß das Wasser den ganzen Sommer und Herbst über hoch blieb, so daß man zum Schilf nicht vordringen konnte; war das Rohr einmal schwarz, dann war es ohnehin schon für den Menschen verloren.

Er erschrak. Keine fünfzig Meter von seinem Standpunkt entfernt hatte er eine kleine Hütte entdeckt. Langsam glitt er hinter den Stamm, an dem er angelehnt war, um aus dem Blickfeld zu kommen. Er hatte Angst, und sie war doppelt groß, weil er nicht wußte, ob sie begründet war oder nicht, und weil er sie sich nicht eingestand. Jetzt bemerkte er auch zwei schwarzgefleckte Hunde, die trotz des

Gewitters vor der Hütte herumstrichen, zum Schilf hinunterliefen, scheinbar absichtslos eine Strecke daran entlangjagten, um wieder zur Hütte zurückzukehren. Manchmal sprangen sie wie auf Kommando zur Tür der Hütte, wobei einer dem anderen zuvorzukommen trachtete. Wahrscheinlich warfen ihnen die Männer aus der Hütte die Abfälle ihrer Jause zu.
Je länger er aber die Hütte beobachtete, desto sicherer war er, daß ihn niemand gesehen hatte. Es müßte schon eine List sein, wenn sie, nachdem sie mich gesehen haben, so lange in der Hütte bleiben, aber zu solchen Überlegungen sind diese Leute nicht imstande; ihre Art ist es eher, wie eine Meute hervorzubrechen und ohne langes Prüfen des Woher und Wohin mit ihren Sensen dreinzuschlagen. – Es geschah aus Nervosität, daß er nun – zur Sicherheit, wie er sagte – sein Messer hervorholte und wieder einsteckte, um es wieder von neuem hervorzuholen. Selbst mit zehn Messern wäre er gegen die Schilfleute verloren gewesen. Er lachte und steckte das Messer jetzt endgültig ein.
Der Wind hatte sich gelegt, und der immer schwächer werdende Regen fiel in feinen, in der Luft sich zerstäubenden Tropfen zu Boden. Obwohl dabei ein Geräusch entstand, lag es eher der Stille zu als einem Laut. Bis zu ihm herauf drang das Bellen der Hunde. In der Hütte hörte er die Männer husten und spucken. Wahrscheinlich rauchten sie und spuckten dabei auf den Boden, wie es ihre Art war.
Draußen, in der Weite der Landschaft, begann sich ein geradstrahliges, sanftes Licht zu verbreiten. Von den Wolken verdeckt, sah er die Sonne leuchten. Aus den Sümpfen erhob sich feiner, silbern aufglänzender Nebel. Bald wird er wieder verschwunden sein, dachte er. Jetzt konzentrierte er seine Aufmerksamkeit auf die Hütte; einer der Männer, wahrscheinlich der Vorarbeiter, war schon vor die Tür getreten und blickte prüfend gegen den Himmel. Hoch oben zogen die Vögel dahin. Jetzt rief der Mann in die Hütte hinein – man hörte seinen kurzen, scharfen Schrei –,

dann richtete er mit einigen Griffen seine schilffarbene Jacke, zog den Gürtel zurecht, so als wolle er den anderen auch in der Korrektheit seiner Kleidung voraus sein.
Nur langsam kamen die Männer aus der Hütte. Ihr Aussehen war ärmlich; kaum einer hatte ein flickenloses Hemd; manche hatten nicht einmal das. Er sah ihre starken Oberkörper, die Muskeln an ihren Armen und Nacken. Während der Vorarbeiter hüfthohe Stiefel trug, waren die Männer allesamt barfuß; er hatte gehört, ihre Sohlen seien wie Leder, kein Schilfrohr könne sie verletzen, und selbst die Giftschlangen, deren es hier viele gab, hätten sie nicht zu fürchten. Letzteres war wohl Legende, aber dennoch gebot es Ehrfurcht vor diesen starken, gegen alles gefeiten Männern. Jetzt schwangen sie ihre langstieligen Sensen über und folgten dem Ruf des Vorarbeiters. Nun sah er, wie sehr diese Männer den Sumpf und seine Gefahren kannten: Schnell, so als gingen sie auf sicherem Boden, schritten sie vorwärts. Durch einen ausgewogenen, mit breiter Sohle aufsetzenden Schritt sanken sie kaum ein. Schon von weitem merkten sie ein Unsicher-Werden des Bodens, ohne auch nur den Kopf nach vorne zu wenden. Sank aber tatsächlich einmal einer ein und drohte zu versinken, so warfen sich zwei oder drei Kameraden flach auf den Boden und hielten ihm ihre Sensenstiele hin, die wohl aus diesem Grund so außerordentlich lang waren. Mit vereinter Kraft hatte man den Mann schnell geborgen, sichere Hände waren am Werk, gegenseitige Hilfe war hier an der Tagesordnung. Dabei gingen diese Manöver so schnell vor sich, daß die Kolonne kaum stockte, es durfte ja auch nicht sein, denn jedes Warten bedeutete hier Versinken, und Versinken bedeutete Tod.
Jetzt werden sie nicht so schnell zur Hütte zurückkehren, dachte er, als er die Männer in immer höher werdenden Schilfgürteln verschwinden sah. Vor der Hütte, die schräg vor ihm lag, liefen die beiden Hunde auf und ab. Man hatte sie zur Bewachung zurückgelassen; Mensch war wohl

keiner in der Hütte. Schnell und ohne sich weiterhin zu verbergen – welchen Sinn hätte das auch gehabt –, schritt er nun auf die Hütte zu. Als die Hunde ihn bemerkten, liefen sie ihm zutraulich entgegen. Sie hielten ihn wohl für einen der Schilfschneider. Erst als sie ganz nahe an ihn herangekommen waren, merkten sie ihren Irrtum und begannen zu bellen. Nun stürmte er auf die Hunde zu, das Messer groß in der rechten Hand. Als der erste Hund ihn ansprang, stach er ihm von unten her in den Leib. Der Kopf des Hundes, seine Zähne waren ganz nahe vor seinen Augen. Mit der Faust stieß er ihn weg, und noch im Fallen stach er ihm zum zweiten Mal in den Leib, diesmal beinahe an der Kehle. Indessen hatte er den Angriff des zweiten Hundes mit einem Fußtritt abgewehrt; jetzt sprang er nach vorn und stieß das Messer in den Brustkorb des Hundes. Er spürte, daß dieser Stich tödlich gewesen war; der Hund lief mit zitternden Flanken von ihm weg und stürzte dann nieder.

Das Gebell wird man nicht gehört haben, sie haben ja kaum ein-, zweimal gebellt, dachte er. Vorne an Brust und Händen war er voller Blut. Erst aber reinigte er sein Messer von den Haaren und dem Blut, bevor es eintrocknete. Er hoffte, in der Hütte ein paar Lumpen zu finden, gegen die er seine Kleider vertauschen wollte. Als er eintrat, machte ihn die Dunkelheit blind, auch strömte ein scharfer, ekelerregender Geruch nach Schweiß und Urin aus der Hütte. Dennoch drang er ein, er durfte hier keine Zeit verlieren. Der Raum war beinahe leer. Auf dem Boden, der aus gestampftem Lehm bestand, fand er ein paar Lumpen, die von Schmutz und Asche starrten. Er hob sie auf, raffte dann Brot und Fleisch, die auf einem Brett an der Wand lagen, an sich, eine Pfeife, auch etwas Tabak war da, er blickte herum, mehr war nicht zu holen. Als er wieder vor der Hütte stand, schaute er lange ins Schilf hinunter, aber nirgends war einer der Schilfschneider zu sehen. – Vielleicht haben sie das Gebell doch gehört und sind

nur zu weit von hier entfernt, um so schnell zurückkehren zu können, dachte er und lief vom Haus fort. Er lachte, als er die Beute an seiner Brust spürte, aber die Angst machte seinen Rücken kalt. Es ist gutgegangen, sagte er.
Er war noch nicht allzuweit von der Hütte fort, als er beschloß, erst einmal zu essen. Zwar zeigte sich jetzt, daß das Fleisch, das er gestohlen hatte, von Maden zerfressen war. Das Brot hatte in der starken Feuchtigkeit, die rings um den Sumpf herrscht, Schimmel angesetzt, wie ja überhaupt jedes Lebensmittel hier in kürzester Zeit verdirbt, doch sein Hunger war zu groß, und hatte er früher noch den Plan gehabt, nicht alles aufzuessen und einen kleinen Vorrat sich anzulegen, so war dieser Vorsatz jetzt vergessen.
Als er alles verzehrt hatte, zog er seine blutigen Kleider aus, zerschnitt das Hemd und warf die blutbefleckten Teile fort. Die übrigen Stücke heftete er mit den in der Hütte gefundenen Lumpen zu einem Überwurf zusammen, wie ihn ähnlich die ärmsten Schilfschneider tragen. Die Hose rieb er so lange mit feuchter Erde ein, bis die Blutflecken unkenntlich waren.
In dieser Kleidung wird mich jeder für einen Schilfschneider halten, dachte er, aber es ist besser, wenn ich dennoch die Wege und Straßen meide. Wie leicht erregt ein Fremder hier Aufsehen, auch wenn er ein Schilfschneider ist. Einer näheren Überprüfung könnte ich wohl kaum standhalten. Ich besitze keine Sense, die auch der Ärmste hier noch besitzt, ist sie doch der einzige Garant dafür, Arbeit zu finden. Wohl sind die Allerjüngsten, die im Sumpf arbeiten, die Schilfzieher, ohne Sense, diese aber wandern niemals allein herum, sie haben stets einen Herrn, dem sie überall, wie auch bei der Arbeit, nachfolgen, wo sie das geschnittene Schilf hinter ihm wegziehen und zu Rollen zusammenbinden.
Ich weiß wenig über die Gebräuche dieser Leute, dachte er, so viel aber weiß ich doch, daß ich niemals werde als einer von ihnen gelten können. – Die Schilfzieher etwa

haben große, von den vielen, tiefgehenden Schnitten aufgeschwollene Hände, ihre Schultern sind trotz ihrer Jugend breit, ihr Gang ist gebückt. Meine Hände sind schmal, ich bin ein guter Läufer, man sieht, daß ich zu schwerer Arbeit nicht tauge, dachte er, dann, was soll das, ich werde mich auf den Wegen und in keinem Dorf zeigen können, so ist es eben. – Die blutigen Fetzen seines Hemdes vergrub er sorgsam im Laub.

Als er unter den Bäumen hervortrat, sah er, daß es jetzt wieder schön geworden war. In sattem Grün dehnte sich das Schilf in großen Flächen zwischen den niedrigen, abgeplatteten Hügelkuppen hin, die mit braunem, gelbem und rotem Kraut bewachsen waren. Vereinzelt standen verkrümmte Eichenbäume auf den Hügeln, deren Äste ohne genaue Begrenzung mit dem braunen, schimmernden Licht des Himmels verschmolzen. Strahlenförmig liefen die Hügelketten in die Ebene hinaus; manchmal türmte sich einer aus weißem Gestein höher auf. Dort wuchs nichts. Es schien, als dulde der ungeheure Himmel die Pflanzen nur bis zu einer bestimmten, äußersten Grenzlinie. Einzelne, von den Ketten abgeschnittene Hügel trieben inselgleich im Schilf, dessen Musik, die durch Aneinanderreiben im Wind entstand, die Luft erfüllte. Punktförmig, wie auch die Vögel unter den fernen Wolken, nahm er die Schilfschneider aus; er konnte aber nicht erkennen, woher sie ihren Weg genommen hatten und welche Flächen sie geschnitten hatten und welche nicht.

Es wird auch die Nacht über schön bleiben, dachte er. Dann ging er wieder hinein unter die tief herab sich streckenden Eichenäste, wo er gegen die Sicht vom Weg her besser geschützt war. In einem gleichmäßigen, dabei aber auf höchste Vorsicht bedachten Schritt wanderte er jetzt parallel zum Weg weiter, einmal sich von ihm entfernend, einmal wieder näher hinzukommend, wie es das Gelände und der Baumwuchs erlaubten. Abgesehen von kleineren

Streifzügen in die vom Weg abliegenden Gebiete, blieb er doch immer in dessen Nähe, denn nur dort lebten Menschen, dort hatten sie ihre Hütten, wo er Lebensmittel fand und alles, was er sonst zum Leben brauchte. So gut es ging, ernährte er sich von Waldfrüchten. Wenn er Hunger hatte, aß er auch Schnecken und Würmer, doch nicht einmal von diesen Dingen bot das Land genug, als daß er davon hätte satt werden können. Selten glückte es ihm, ein größeres Tier, etwa ein Reh oder einen Hasen, zu fangen; meist waren es kranke oder verstümmelte Tiere, die er erlegte. Damit allein war aber noch nichts getan. Nun mußte er erst einen Platz finden, an dem er ungestört ein Feuer unterhalten konnte. So kam es öfter dazu, daß er das rohe Fleisch aß, weil er kein Feuer zu entzünden wagte. – Manchmal trieb es ihn auch den Hütten zu, ohne daß dieses Vorgehen im Hunger seinen Grund gehabt hätte.

Es wird wieder kalt werden, dachte er. Bald ist es dunkel. Jetzt entdeckte er eine Schar von Schilfschneidern; sie waren noch weit von ihm entfernt. Er sah das Blitzen ihrer Sensen, den Staub, den ihre Füße aufwirbelten. – Heute kehren sie vom Sumpf heim, morgen gehen sie wieder hinaus.

Als die Männer näher gekommen waren und er schon die Farben ihrer Hemden und Hosen unterscheiden konnte, verbarg er sich in einem Gebüsch. Er verstand sich darauf, langsam und ohne den Feind aus den Augen zu lassen zu verschwinden. – Es mochten etwa zwanzig Männer sein, gewiß mehrere Arbeitspartien, die sich hier zum Heimmarsch zusammengefunden hatten. Vorn an der Spitze gingen drei Vorarbeiter in breiter Front; sie übertrafen alles, was ihnen nachfolgte, an Größe und Kraft, an Sauberkeit der Kleidung, an straffer Haltung. Es sind geachtete Männer, die den Sumpf kennen; hier bei den Schilfschneidern gilt ein Mann soviel, als er es im Sumpf beweisen kann.

Er blickte über das weite Schilf hin, das nun beinahe schwarz in Ebene und Himmel sich hinauszog, ohne Richtung als der des Windes, der es bewegte.
Eben jetzt rückten die Vorarbeiter näher zusammen. Ihre Körper bildeten einen einzigen, riesigen, gebuckelten Nakken. Ein Mann aus der ersten Reihe hinter ihnen drängte nach vorne; anscheinend wollte er das Kommando übernehmen, ja, er winkte tatsächlich mit dem Arm, mit der Sense, doch die Schneider, die in losem Block hinterdrein marschierten, lachten nur darüber. Dabei war jener Mann gewiß nicht schwächlich oder klein, dennoch sahen seine unsicheren, zappelnden Gesten im Vergleich zu den weitausholenden Schritten der Vorarbeiter lächerlich aus. Bis zu ihm her drang das Gelächter der Schneider, es war allerdings so leise, daß er nicht hätte entscheiden können, ob das, was er hörte, Einbildung oder Wirklichkeit war.
Wenn sie auch jetzt lachen, dachte er, ihre Müdigkeit ist doch nicht zu übersehen. Die Vorarbeiter verlangen ihnen das letzte ab; unablässig erschallen ihre Rufe; trotz der feuchten Hitze, die über dem Sumpf herrscht, wird nur einmal im Tag gerastet; dann wird wieder gearbeitet. Das Wort der Vorarbeiter gilt. Allerdings kennt der Vorarbeiter seine Leute, er weiß, der leistet mir das und der leistet mir das nicht, jeder bleibt innerhalb seiner Grenzen, aber jeder geht bis an den äußersten Rand. Trotzdem sind die Schneider stolz darauf, unter diesem oder jenem Vorarbeiter geschnitten zu haben. Rauschend ziehen sie ihre Sensenspur durch das Schilf, der Vorarbeiter prüft den Boden, beachtet Höhe und Qualität des Rohres, bald ruft er: »Mehr nach links!« bald ruft er: »Nur weiter, weiter!« – Ohne Vorarbeiter gibt es im Schilf kein Arbeiten.
Ihre langen Sensen trugen sie schräg nach oben über die Schulter geworfen. Beinahe gleichmäßig gingen die Schneiden im Takt der Schritte auf und ab. An der Seite herab trug jeder den schweren Wetzstein, manche hatten gar

einen auf jeder Seite. Dies war ihr Werkzeug; jetzt aber machte es ihm eher den Eindruck einer kriegerischen Rüstung.
Den Abschluß der Kolonne bildeten die Zieher, und wenn er auch nichts über die Schilfleute gewußt hätte – dieser Unterschied wäre ihm ins Auge gestochen: Hatte er die Müdigkeit bei den Schilfschneidern vorn mehr angenommen als tatsächlich feststellen können, so war sie hier bei den Ziehern deutlich zu merken. Es waren junge, hohlwangige Burschen, von Schweiß und Hitze aufgezehrt. Ihre Arbeit war nicht die leichteste. Jedem mußten sie gehorchen, dabei gab es für sie keinerlei Vorzüge, etwa wegen ihrer Jugend oder aus sonstigen Gründen. – Willst du Schneider werden, mußt du Zieher sein, heißt ein Sprichwort der Schilfleute.
Verbissen marschierten sie am Schluß. Manche hielten sich untergehakt, um im Gehen dösen zu können; immer wieder rief einer der Schneider aufmunternde Worte nach hinten, wenn der eine oder andere Zieher zurückzubleiben drohte. Hier wurde nichts gesprochen, jeder war froh, wenn er im Marsch mitkam. Eine kleine Gruppe lediglich versuchte mit den Schilfschneidern mitzuhalten, was Schritt und Haltung anlangte. Wie groß war die Freude, wenn einer der Schilfschneider ihnen für ein paar Schritte seine Sense überließ. Jeder wollte sie auf der Schulter probieren; wer die Sense gerade hatte, zeigte den anderen, wie sie zu tragen sei, bis der Schneider sie wieder zurückverlangte.
Jetzt waren die Vorarbeiter wieder auseinandergegangen, ihre Besprechung war offensichtlich zu Ende. Der in der Mitte Marschierende, ein riesenhafter, kahlgeschorener Mann, warf mit einem Mal beide Hände hoch in die Luft, die Schilfschneider sangen nun, wie er an ihren Lippen erkannte. Die Melodie nahm der Wind mit sich hinaus über das dunkle Schilf, und er hörte nichts, es blieb still hier bei ihm; starr blickte er den Weg hinab, wo die Schilfleute verschwanden. Es war kalt.

Jetzt wanderte er weiter, nicht etwa weil er ein Ziel erreichen wollte; es geschah aus Gewohnheit. Als er Schwarzbeeren fand, war er froh, denn er hatte Hunger. Die Nahrungssuche war einer der Hauptgründe seines Wanderns. Auf den Beeren lag schon der Tau, das Kraut war naß, und er beschloß, auf den Weg hinunterzusteigen, um seine Kleider trocken zu halten. Um diese Zeit war niemand mehr unterwegs. Die Schilfleute waren schon daheim in ihren Hütten. Sonst aber zog hier niemand herum.
Gerade als er den steilen, sandigen Abhang zum Weg hinunterglitt, entdeckte er keine hundert Meter entfernt einen Mann, der ihn offensichtlich noch nicht gesehen hatte. Die Dämmerung kam ihm zu Hilfe. Er preßte sich flach an den Erdboden, das Weiß des Gesichtes verbarg er hinter seinem Umhang; das kann dich verraten, dachte er und strich sich das Haar in die Stirn, die Hand lag schon am Messer.
Es war ein junger Mann. Sicher ist es ein Zieher. Er hinkt. Wahrscheinlich ist er zurückgeblieben, in der Kolonne ist es keinem aufgefallen, dachte er. Der Zieher kam langsam den Weg herab. Seine Silhouette stach jetzt scharf in den dämmrigen Himmel, er hatte den Kopf gesenkt, er kam schwer vorwärts. – Wahrscheinlich hat ihm das Rohr eine Sehne durchschnitten, das kommt öfter vor, viele Schilfleute hinken. Mit dem Ellbogen und dem Knie stieß er sich ab, es geschah schnell und leicht. Der Schilfzieher blickte auf, einen Augenblick wollten sich die Zähne zeigen. Er stach ihm links in die Brust, der Zieher taumelte nach hinten, kaum daß er die Hände noch heben konnte, dann rechts, es kam viel Blut, der verblutet, dachte er.
Jetzt riß er dem Gefallenen die Kleider vom Leib; jeder Schilfmann hat sein Versteck, der eine unter der Achsel, der andere am Geschlecht. Er fand einen kleinen Sack, der mit einem schräg über Brust und Rücken laufenden, um die Schulter eine Schlinge bildenden Riemen an der Hüfte befestigt war; auf einen Blick sah er Brot,

Käse, ein Messer, eine Spiegelscherbe. Er zog sie vorsichtig heraus und betrachtete sein langes, ziegenbärtiges, blondes Gesicht. Dann warf er sie wieder in den Sack, das Eßbare räumte er in seinen. Jetzt machte er allerlei Risse in die Lumpen des Ziehers, warf Staub darüber und verstreute sie ringsherum. Mit dem Messer vergrößerte er die Wunden in der Brust, so daß man sie für die Schläge von Raubtieren hätte halten können, deren es in der Gegend zahlreiche gab. Von der Höhe der Böschung betrachtete er den Gefallenen. Er lag auf der Seite, Fußspuren waren keine zu sehen. Geraubt hatte er nichts außer dem Brot und dem Käse.

Vom Schilf stieg schon der Nebel auf, er mußte noch weiter, er hoffte auf die verlassenen Arbeitshütten der Schilfleute zu treffen. Dort gab es manchmal größere Vorräte. Im Gehen aß er vom Brot. Vorn auf einem langen Hügelrücken standen die Hütten. Es waren zwei, es würde sich etwas finden. – Soll ich sie nachher anzünden, dachte er. Ja und nein, dachte er.

Unterwegs

Nach soviel Sonnenschein hatte er Durst, und als er in der Ferne, wie ihm schien mitten aus den Feldern, einen spitzen Kirchturm auftauchen sah, dachte er an die Brunnen vor den Häusern; vielleicht war auch nur ein einziger, dafür aber großer, alter Brunnen in der Mitte des Dorfes. Die Gegend war von grausamer Trockenheit. Den ganzen Tag hatte er nirgends einen Bach oder auch nur das kleinste Rinnsal gesehen. Getreidefelder standen neben dem staubigen, gelben Weg und zogen sich bis an den Horizont hin, scheinbar ohne die geringste Unregelmäßigkeit in Bewuchs oder Bodenform. Staub und Hitze hatten die Bäume, auf die er selten genug getroffen war, verkümmern lassen; ihre dünnen, hartberindeten Stämme boten kaum Schutz gegen die scharf aus der Tiefe des Himmels leuchtende Sonne. Manchmal kreuzte unvermutet ein Weg den seinen, von Wagenspuren gezeichnet wie der seine, ebenso gerade und zu keinem erkennbaren Ziel führend. Anfangs hatte er sich gewundert, nirgends auch nur einen Bauern auf dem Feld zu sehen, doch das Korn war noch nicht reif, es waren noch einige Wochen bis dahin. Sonst aber gab es nirgendwo etwas für einen Bauern zu tun. Zudem gehörte sämtliches Land hier zu einer großen Gutsherrschaft; die Bauern besaßen nichts und wurden bald in diesen, bald in jenen Teil der Besitzungen zur Arbeit kommandiert. Schon in den vergangenen Tagen war er durch Ortschaften gekommen, wo keine arbeitsfähigen Männer oder Frauen zu sehen gewesen waren. Die niedrigen, im übrigen verkommenen Hütten wurden von den Alten und den kleinen Kindern gehütet, die meist vor ihm die Flucht ergriffen hatten. Wahrscheinlich kam hier selten ein Fremder durch, so daß es nur zu verständlich war, daß sein Erscheinen Furcht verbreitet hatte. Nirgends aber hatte man ihm eine Schlafstelle im Stall verwehrt. Auch die Pferde und Zug-

ochsen waren mit zur Arbeit gezogen, so daß er stets Platz genug gefunden hatte.
Als er über die in der Hitze zitternden Felder hinblickte, dachte er, wie groß muß diese Herrschaft sein, daß ich nun schon tagelang hier durchziehe und nirgends auf Menschen stoße, nirgends auf das Zentrum treffe. Vielleicht war jenes ferne Dorf der Sitz der Gutsherren. Er schritt rasch dahin. Die in seinem Rücken stehende Sonne warf seinen Schatten lang vor ihm her, und er beobachtete, wie dieser bald jenen Stein im Weg erfaßte, bald den nächsten, noch weit vor ihm liegenden. Sperlinge, die aus den Feldern links und rechts aufflogen und seinen Weg kreuzten, deutete er, er wußte nicht warum, als ein gutes Zeichen.
Nach etwa einer halben Stunde raschen Marsches erblickte er die ersten Häuser des Dorfes. Es waren dieselben niederen, mit vom Wetter grau gewordenem Stroh gedeckten Hütten, die er bereits aus den anderen Dörfern kannte. Nur die Kirche, die jetzt aus der Nähe eher wie eine Kapelle wirkte, war mit Ziegeln gedeckt, auch schienen ihre Mauern aus festem, weißem Stein gefügt, während die Hütten aus Lehmziegeln erbaut waren, die man notdürftig mit Kalk verputzt hatte. Ehe er die ersten Häuser erreichte, traf er auf einen alten Mann, der bei seinem Näherkommen aus dem staubigen Unkraut aufstand, das neben dem Weg wucherte. Der Mann hob seine Hand an die Augen, um ihn gegen die Sonne betrachten zu können. Als er sich bis auf wenige Schritte genähert hatte, spuckte der Alte aus, dann sagte er, ohne die Hand von den Augen zu nehmen, in dem für ihn kaum verständlichen Dialekt dieses Landstriches: »Grüß Gott! – Woher kommt Ihr?«
So feindselig das Ausspucken gewirkt hatte, so freundlich klang dieser Gruß, klang die Frage. »Ich komme von Bodenbach und weiters von Kolman, von Illmen«, sagte er, obwohl ihm dies alles überflüssig dünkte, denn er kam diesen Weg, und wer diesen Weg kam, der mußte von Bodenbach kommen, und wer in Bodenbach war, der

mußte wiederum von Kolman kommen, es gab keine andere Möglichkeit, denn die nächsten Dörfer, die im Süden und Norden lagen, waren so weit entfernt, daß diese Strecken zu Fuß nicht zu bewältigen waren; auch waren die Wege schwer begehbar, da sie kaum jemals benutzt wurden. Zum Teil waren sie auch von der Herrschaft einfach unter den Pflug genommen worden, da sie ohnehin nicht gebraucht wurden, so daß zwischen manchen Dörfern überhaupt keine Verbindung bestand. In Bodenbach etwa hatte er einen alten Mann gefragt, wie denn die Dörfer im Süden hießen, dieser aber hatte kaum einen der Namen gewußt, auch erinnerte er sich nicht daran, daß jemals einer von seinem Dorf dort gewesen wäre. – Was sollte also die Frage, woher er denn komme?
»Da seid Ihr ja von weit her«, sagte jetzt der Alte und lachte. Seine Augen, die tief im Fleisch saßen, waren dabei kaum zu sehen. Noch immer lachend, fragte er dann: »Als Ihr in Bodenbach wart, habt Ihr da vielleicht einen gewissen Habermann getroffen? Er ist mein Bruder und wohnt im letzten Haus, wenn man von Bodenbach hierher zu uns wandert.« Da der Alte auch jetzt noch in seiner lauten, übertriebenen Art lachte, schien es ihm, als sei er an einer Antwort nicht interessiert. Es hätte auch ein großer Zufall sein müssen, wenn er diesen Habermann tatsächlich getroffen hätte, denn das Dorf zählte etwa zehn bis zwanzig Häuser. Warum hätte er gerade im letzten haltmachen sollen? Auch ähnelten sich hier die alten Leute sehr stark, wie es auf dem Land infolge der schweren Arbeit und dem ständig der Witterung Unterworfensein öfter der Fall ist. Die Besonderheiten der Familien vermischen sich hier im Angesicht der Sonne und der Wetterschläge, kaum einer unterscheidet sich vom anderen, wozu auch die vom Gutshof einheitlich vorgeschriebene Kleidung, die aus gelber, starkleinener Pluderhose und einem grauen, kragenlosen Hemd besteht, das Ihre dazu beiträgt. Allein bei den Kindern sind die charakteristischen Merk-

male dieser oder jener Sippe noch zu bemerken, sobald sie aber in das Arbeitsheer der Gutsherrschaft eingereiht werden, verschwinden sie darin. Ein anderer Grund für die Ähnlichkeit ist der, daß des öfteren heiratsfähige Männer zwangsweise von einem Ort in einen weit entlegenen geschickt werden, wenn dort die Zahl der Frauen eine Verstärkung der männlichen Bevölkerung verlangt. Der Gutsherrschaft ist eben nichts am einzelnen, alles aber an der Erhaltung der gesamten Arbeiterschaft gelegen.
»Nein, ich habe keinen Mann namens Habermann getroffen«, sagte er arglos; dennoch dachte er daran, wie er dieses Nicht-Wissen abschwächen könnte, um sein Herkommen von Bodenbach glaubwürdig zu machen. »Mag sein, daß ich ihn gesehen, vielleicht sogar mit ihm gesprochen habe, aber ich verstehe euren Dialekt hier nur sehr mangelhaft, so daß mir oft das eine oder andere Wort unverständlich bleibt«, fügte er hinzu. Der Alte hatte zu lachen aufgehört und blickte ihm jetzt mit seinen kleinen, wie es schien, gelblichen Augen scharf ins Gesicht. Unter diesem Blick kroch er förmlich den staubigen Weg nach Bodenbach zurück wie eine Schlange, suchte dort nach Gesichtern, nach unverwechselbaren Abbildern von Gesichtszügen. Er hoffte auf eine Schar eindeutiger Bilder in seiner Erinnerung, die er hätte herkommandieren können, um zu sagen: Ja, das ist er! und, Nein, das ist er nicht! – Aber er fand nichts dergleichen, er fand lediglich das Abbild eines Knaben, der einen Stein nach ihm geworfen hatte, dessen unschuldiges und doch von Angst und Zorn schon entstelltes Gesicht. »Man hat mich nicht gerade freundlich behandelt dort, in Bodenbach«, sagte er und ärgerte sich sogleich darüber, denn im großen und ganzen war er so behandelt worden, wie man es als Wanderer zu erwarten hat in einem kleinen, von aller Welt vergessenen, abgeschnittenen Dorf.
»Ihr habt meinen Bruder also nicht getroffen«, sagte der Alte. »Vielleicht war er gar nicht da, vielleicht ist er mit

den anderen zur Arbeit befohlen worden«, fügte er beiläufig hinzu. Er hatte dabei sein Gesicht abgewandt, es war, als spräche er gar nicht mehr mit ihm, sondern mit sich selbst. »Dabei ist mein Bruder nicht zu übersehen; ständig ist er betrunken und bettelt jeden im Dorf an; um wieviel mehr hätte er Euch angebettelt.« Während er den letzten Satz sagte, hatte er sich nach einem Stein gebückt, den er unter Schimpfworten nach einem der Sperlinge warf, die schreiend allesamt aufflogen, um sich aber alsbald ein Stückchen weiter im Feld wieder niederzulassen. Er war zusammengezuckt; der Stein war über ihn hinweg ins Feld geschleudert worden.
»Ich muß jetzt weiter«, sagte er ärgerlich. »Ich bin müde und habe Durst. Nirgends habe ich Wasser gefunden.« Damit wollte er an dem Alten vorbei auf das Dorf zugehen, aber dieser ergriff seinen Ärmel und sagte: »Man sieht, daß Ihr nicht aus der Gegend seid. Unsereiner nimmt einen Kiesel unter die Zunge und leidet nie Durst. Auch in jenen Teilen der Gutsherrschaft nicht, wo man im Tag bloß eine Flasche Wasser pro Kopf zugeteilt bekommt.« Dabei streckte der Alte seine rissige, breite Zunge so weit aus dem Mund, daß er den Kiesel unterhalb aufblitzen sah. »Hier ist die Gegend noch fruchtbar, man sagt sogar, es wäre das reichste Gebiet der Herrschaft; im Süden aber ist es wirklich trocken, die Menschen leben dort verstreut in der großen Sandwüste, überallhin dringt der feine Sandstaub, und die Leute müssen Tücher vor Mund und Augen binden. – Man sieht, Ihr seid noch nicht weit herumgekommen!« schloß der Alte und spuckte aus.
»Jetzt muß ich aber wirklich gehen!« rief er nun fast im Zorn und riß sich von dem Alten los. Als er diesen in seinem Rücken schimpfen hörte, beschloß er, nichts mehr darauf zu erwidern, er wollte hier vorsichtig sein. – Du mußt achtgeben, daß du nicht ins Unrecht kommst, dachte er. Sind die anderen im Unrecht, so bist du immerhin unschuldig, wenn es nicht schon Schuld ist, daß du überhaupt

diese Herrschaft betreten hast. Das aber kann nicht Schuld sein.
Nun lief er beinahe auf das Dorf zu. Seine schwere Tasche, die er über der Schulter trug und an die er durch seine beinahe lebenslangen Wanderungen gewöhnt war, drückte ihn nieder und schlug ihm beim Laufen schmerzhaft an die Schenkel. Kam er sonst in ein Dorf, so begann er gleich bei den ersten Häusern mit seinen Rufen: »Der Kramer ist da! Kramerwaren, schöne Sachen, kommt und kauft!« Diese Rufe waren ihm in Fleisch und Blut übergegangen, er rief mit der Gleichmäßigkeit einer Drehorgel. Es kümmerte ihn nicht, daß seine Worte den Leuten kaum verständlich waren, sei es, weil er undeutlich schrie, sei es, daß sie seine Ausdrücke nicht kannten. Das Geschrei lockte die Leute jedenfalls vor die Türen. Dann sahen sie, was er zu verkaufen hatte, und dann kauften sie auch. Zwar hatte er schon bald nach dem Betreten dieser Gutsherrschaft bereut, seine Schritte hierher gelenkt zu haben, doch eine ihm manchmal selbst unverständliche Zähigkeit ließ ihn an seinem Vorhaben festhalten. Bereits in den ersten Dörfern hatte er kaum etwas absetzen können. Die Bauern betrachteten wohl aufmerksam seine Waren, zum Kauf konnte sich jedoch kaum einer entschließen. Eine große, über das normale Maß hinausgehende Armut mochte der Grund sein, doch hatte er schon weit ärmere Landstriche bereist und dennoch gute Geschäfte gemacht. Hier aber waren die Bauern auch durch die schönsten Messerchen, Schleifsteine, Hirschhornknöpfe und was er sonst noch auslegte, nicht zum Kauf zu verführen. Anfangs dachte er, daß hier an den äußersten Grenzen der Herrschaft wahrscheinlich öfter Hausierer durchwanderten, daß also die Leute ihren ohnehin geringen Bedarf schon gedeckt hätten; im Inneren aber, je weiter er sich von den viel begangenen Händlerwegen wegbewegte, mußte doch ein Geschäft, ein gutes Geschäft, wie er hoffte, zu machen sein. Allmählich aber hatte er erkennen müssen, daß dem

nicht so war. Seine Lage wurde dadurch verschärft – das hatte er noch weniger voraussehen können –, daß es zwischen den Dörfern im Norden und Süden keine Verbindungsstraßen gab, daß er also, hätte er umkehren wollen, durch dieselben, für seinen Handel unergiebigen Dörfer hätte ziehen müssen. – Schon beim ersten Mal habe ich kaum etwas verkauft, vom Erlös habe ich kaum meinen Unterhalt bestreiten können; beim zweiten Mal aber werde ich gar nichts mehr verkaufen, ich werde wenig, schließlich überhaupt nichts mehr zu essen haben, mit Diebereien und Bettelei müßte ich mich durchbringen oder verhungern, so dachte er und beschloß, weiter hinein zu wandern in diese schier grenzenlose Herrschaft. Er wußte, daß er alles auf eine Karte setzte, denn je weiter er sich ins Innere fortbewegte, desto unmöglicher wurde eine Umkehr. Auch schienen die einzelnen Orte immer weiter auseinander zu liegen. Hatte er anfangs noch drei oder vier Ortschaften an einem Tag durchwandern können, so mußte er jetzt froh sein, wenn er vom Tagesanbruch bis zur Nacht noch die nächste Ortschaft erreichte, obzwar er alle Kräfte anstrengte, um möglichst früh an sein jeweiliges Tagesziel zu kommen, war es doch für den Verkauf ungleich günstiger, wenn er bei hellem Tageslicht durch die Gassen ging und seine Waren feilbot, als in der bereits hereinbrechenden Nacht. Zu dieser Stunde waren die Bauern von vornherein mißtrauisch, manche öffneten nicht einmal mehr ihre Tür, so laut er auch schrie.

Auch jetzt waren die Schatten schon sehr lang. Sie erschienen ihm für sein Vorhaben fast zu lang zu sein, waren sie doch durch einen gewissen Aberglauben der Wanderkaufleute zu entscheidender, in seinem Fall vernichtender Bedeutung für Erfolg und Mißerfolg geworden. Sein Durst war nun, in der Nähe der Brunnen, quälend geworden; er verwünschte sich dafür, daß er sich von dem Alten hatte aufhalten lassen; auch war zu befürchten, daß sich, wie in den früheren Ortschaften, nur Greise und Kinder im Dorf aufhielten, die ohnehin nichts kaufen konnten. Er beschloß, vorerst einmal einen Brunnen zu suchen. Nachher wollte er seine Waren auslegen und sehen, ob sich ein Käufer dafür fände.

Doch bereits bei den ersten Häusern empfing ihn eine große Schar von Männern und Frauen. Es schien, als hätte der alte Mann auf einem geheimen Abkürzungsweg vor ihm das Dorf erreicht und den Leuten sein Kommen gemeldet. Obschon er auf seinen Geschäftsreisen viel gesehen und erlebt hatte – solches war ihm noch nie vorgekommen: Etwa zehn Männer und wohl ebenso viele Frauen, dazwischen Kinder, Hunde, Gänse, Hühner, standen abwartend in der Tiefe der sich hier etwas verbreiternden Dorfstraße und bildeten einen beinahe lautlosen Riegel von Haus zu Haus. Als er sich näherte, zogen die Frauen ihre Kinder an sich, einige Mädchen hatten zu weinen begonnen und versteckten sich an der Schürze der Mutter. – Wenn ich jetzt zögere, kann es mir schlecht ergehen, dachte er. Ich muß ruhig und geradewegs auf sie zugehen; ich bin ein ehrlicher Kaufmann.

»Grüß Gott!« rief er schon von weitem, und als ihm niemand antwortete, rief er wieder: »Grüß Gott!« so als sei er gewöhnt, daß man seinen Gruß nicht erwidere. Im Gehen schob er den Tragriemen über die Schulter, so daß er jetzt nur um den Hals lief, klappte seine hölzerne, kofferartige Tasche auf, er war ganz ruhig und prüfte, ob die kleinen Häkchen an der Seite wohl eingeschnappt waren, und richtete dann das Tragbrett so, daß es auf den Hüften auflag; mit einigen Griffen, die er geradezu ohne Hinschauen vollbrachte, hatte er die Ware auf seinem Bauchladen geordnet. Seine taschenspielerhafte Sicherheit in allen diesen Verrichtungen gab ihm die Ruhe bis in die letzten Fasern seiner Fingerspitzen zurück. Fast war es ihm eine kleine Freude, als er nun seinen Ruf ertönen ließ, wobei er das A in Kramer! nach Art dieser Leute besonders lang ausdehnte.

Einer der Männer begann zu lachen, die Hunde liefen ihm schwanzwedelnd entgegen, bald folgten die größeren Knaben, die ihren Mut beweisen wollten. Gebell und Schreien erfüllten auf einmal die vorher so stille Dorfstraße. Die Männer kamen, kleine Gruppen bildend, auf ihn zu; kurze, beinahe schwarze Pfeifchen wurden aus den Hosensäcken geholt und angezündet, schon sprangen die Hunde an ihm empor, und die Kinder begannen, seine in ihren Ohren wohl fremdartig klingenden Worte nachzuahmen. Einen der Hunde, der sich, sei es aus Übermut oder aus Bösartigkeit, in seinem Hosenbein festgebissen hatte, schleuderte er mit einem Fußtritt weit von sich, was jedoch in der allgemeinen Fröhlichkeit unbeachtet blieb. Er spürte, wie Blut an seiner Wade hinablief, aber hätte er sich jetzt um seine Wunde gekümmert, so hätte er wahrscheinlich wieder alles verdorben. Schon das Absetzen des aufgeklappten Bauchladens wäre hier in dem Kindergedränge nicht möglich gewesen; Diebstähle waren bei der kleinsten Unachtsamkeit zu befürchten, zudem waren jetzt auch die Frauen langsam herangetreten, und diese, das wußte er, würden ihm das Geschäft einbringen.
Durst und Müdigkeit waren wie verflogen, als er die drängende, kauflustige Menge um sich sah. Die Anzahl der Menschen hatte sich verdoppelt, und noch immer strömten, durch das Geschrei und Getriebe angelockt, Neugierige aus den Häusern.
Vielleicht konnte er hier die Ausfälle von Kolman, Bodenbach und wie diese dürren Orte alle hießen, wettmachen? Während er mit den Messerchen klapperte – er tat so, als prüfe er in sich versunken die Schärfe der Schneiden –, überdachte er, wie hoch sein Erlös sein müßte, um ihm die Umkehr auf dieser erfolglosen Reise zu ermöglichen. Langsam fuhr er mit dem Daumen über die Schneide, zuckte zurück, damit die gefährliche Schärfe andeutend. – Ich muß wenigstens fünf Gulden pro Tag rechnen; ich bin bis jetzt sechs, nein sieben Tage in dieser Guts-

herrschaft unterwegs; rechne ich den Weg zurück mit derselben Zeit – ich weiß, das wird über meine Kräfte gehen, aber ich will annehmen, daß es mir gelingt –, dann brauche ich mindestens fünfunddreißig Gulden. Das ist viel Geld. – So rechnete er, ließ die kleinen, runden Spiegel in der Sonne blitzen, besah sich darin, schien über seinen Anblick höchst erfreut zu sein, obwohl er merkte, daß die Strapazen der letzten Tage sein Gesicht gelb und ledern gemacht hatten. – Gewinn werde ich wohl keinen erzielen, ich mühe mich umsonst ab. Was nützt es, daß ich mein Geschäft verstehe, diese Tölpel werden dennoch nichts kaufen. Fünfunddreißig Gulden, sage ich, aber ich werde mit fünfen mich schon freuen müssen. – Jetzt hielt er den Bund mit den Tabaksbeuteln in die Höhe, roch daran, hängte ihn wie im Spiel um den Hals eines Knaben, der aufschrie. Einer der Männer hatte ein Messerchen zur Hand genommen. Langsam klappte er die Klinge aus dem Holzgriff und hielt sie nahe vor seine kleinen, durch rote Aderlinien gezeichneten Augen. Dann bohrte er die Spitze ganz leicht in die Seite des Händlers, dessen Zur-Seite-Springen die Kinder und Frauen belustigte. Von überall her regnete es jetzt Fragen, was denn dieser Gürtel koste, was diese Schnalle, die Frauen probierten die Nadeln mit den Glasdiamanten im Haar, eine beriet die andere; er mußte seine Augen und Ohren überall haben, mußte jedem Auskunft geben und darauf achten, daß nichts verschwand. Ich werde weiterziehen müssen, es wird kein Geschäft, diese Leute hier haben weniger als die in den Grenzdörfern, aber sie sind einfältiger, aufdringlicher, widerlicher, dachte er. Woher sollen sie Sitten haben, wenn auch nur die einfachsten, wohnen sie doch tageweit von der Grenze entfernt und wer weiß wie weit entfernt von der Herrschaft.

Als jetzt ein vierschrötiger Mann ganz nahe an ihn herantrat und ihm vertraulich etwas ins Ohr flüsterte, das er überdies nicht verstand, wurde er geradezu von Abscheu erfüllt. Der Zwiebelgeruch, der dem Atem des Mannes anhaftete, bereitete ihm Übelkeit; außerdem fürchtete er, daß der Mann, dessen langer, von schmutzigen Falten zerfurchter Schädel durch einige weit hinten ansetzende Haarbüschel noch länger gemacht wurde, durch sein lästiges Nähertreten nur die Aufmerksamkeit von Diebereien ablenken wolle, zu denen er seine Kinder angestiftet hatte. Tatsächlich versuchte ein kleiner, wohl wegen der hier herrschenden Wanzenplage kahlgeschorener Junge mit einem Tonpfeifchen in einem Hausflur zu verschwinden. Zwar erstarrte er unter seinem Schrei und wandte ihm schuldbewußt das Gesicht zu, das Pfeifchen aber hatte er schon an eine ihm aus dem Dunkel des Hauses entgegengestreckte Hand weitergegeben. Er wußte, daß alles Geschrei in diesem Fall sinnlos war. Niemand würde etwas bemerkt haben, niemand würde ihm zu seinem guten Recht verhelfen. Der neben ihm stehende Mann hielt ihm nun zudem ein Geldstück hin; er wollte ein Messerchen kaufen, das war der erste Verkauf, Ware und Geld wechselten ihre Besitzer. – Als er aufsah, war der Knabe verschwunden.

Nun umdrängten die Männer jenen, der gekauft hatte. Jeder wollte das Messerchen ausprobieren; er wußte, jetzt oder nie geht das Geschäft, breitete die Messerchen vor sich aus und ordnete sie nach den Farben der Holzgriffe: Schon war ein zweites verkauft, ein drittes. Eine alte, durch ihre bis an den Bauch herabhängende Brust entstellte Frau kaufte eine Schnalle, er ließ zum Entzücken der Frauen lange Glasperlenschnüre durch die Finger gleiten, legte sie einem Mädchen, das ihn schon die längste Zeit bewundernd angestarrt hatte, um den Hals, schon war die Schnur verkauft, obwohl sie zwei Gulden kostete und das Prachtstück seiner Kollektion war.

Wenn es nur so weitergeht, dachte er; es wird schon werden, es muß. – Bei den Dingen, die noch niemand gekauft hatte, erhöhte er geringfügig die Preise. – Das ist alther-

gebrachte Geschäftsübung der Wanderhändler. Man muß nur sorgfältig vorgehen, dachte er.
Plötzlich erhob sich Gemurre unter den Leuten. Als wäre ein diesbezügliches Kommando ertönt, so schnell wichen die Kinder vor ihm zurück, und die Frauen scharten sich wieder zusammen. Bald erkannte er den Ausgangspunkt dieser Unruhe. Ein verkrümmter, buckliger Mann, dessen verwachsene Gestalt aber einen jugendlichen, fast schön zu nennenden Kopf trug, fuchtelte mit seinem eben erst gekauften Messerchen herum. Die anderen Männer klopften ihm scheinbar begütigend auf die Schultern, ihre Absicht war jedoch eine andere: Sie wollten den armen Kerl durch ihre besänftigenden Gesten noch mehr in Zorn bringen, ja, einige verlachten ihn ungeniert und klopften sich an die Stirn, was wohl heißen sollte, daß sie klüger gewesen wären und nichts gekauft hätten. Andere wieder wollten ihm das Messerchen entwinden, indem sie vorgaben, den Fehler für ihn beheben zu wollen. Als sie es aber in Händen hatten, hielten sie es lachend hoch als Beweisstück für seine Dummheit.
Die Klinge hatte sich – es handelte sich gewiß um einen Fabrikationsfehler – vom Holzgriff gelöst. Er wußte, dies bedeutete das Ende seines Geschäftes hier; er mußte froh sein, wenn man ihn ungeschoren davonließ.
Nicht nur die Anstrengungen der Reise haben wir zu tragen und die Beschwernis, sich dauernd mit dummem, ja bösartigem Volk herumschlagen zu müssen, zu allem Überfluß sind auch noch die Fabrikanten unsere Feinde. Die Ware geben sie so teuer an uns weiter, daß kaum ein Gewinn zu machen ist. Damit nicht genug, ist sie noch schlecht dazu, und auch diese Ausfälle treffen unsere Tasche. – So dachte er, und verzweifelt blickte er auf den Bauchladen nieder, der doch sein einziges Erwerbsinstrument war, ein mangelhaftes, von allem Anfang an schäbiges, ja tückisches, wie er jetzt sah. Beinahe weinend hob er ein grünes, wie ihm schien, herrliches Messerchen empor

und rief: »Ich tausche es gerne um! Fehler gibt es überall! – Kommt, Ihr sollt dieses schöne Messerchen haben, meine Geschäfte sind reell!«
Schon wollte der Bucklige zu ihm herkommen, ein freundliches, verständnisvolles Lächeln war auf seinem Gesicht erschienen. Auch er war, wohl infolge der Verhöhnung durch die anderen Männer, den Tränen nahe.
Fast glaubte er, es würde alles noch einmal gutgehen, und das Vertrauen der Leute könnte wiederhergestellt werden. – Vielleicht würde er sogar noch etwas verkaufen. – Aber das lag schon in weiter, wie unter Regenwolken unsichtbar gemachter Ferne.
Die Männer jedoch – ein großer, fetter, dessen schmierige Bluse über dem Bauch zu platzen drohte, tat sich besonders hervor – hielten den Buckligen zurück; ein Knabe stellte ihm ein Bein, so daß er beinahe hingefallen wäre. »Das Geld zurück! Verlang das Geld zurück!« riefen die Männer, die den Buckligen bei den Armen ergriffen hatten; der Dicke schrie mit seiner schrillen, quiekenden Stimme: »Schwindel! Schwindel!« Andere wieder wandten sich mit gespielter Entrüstung ab, so als wollten sie mit solch unheilbarer Dummheit nichts, auch schon gar nichts gemein haben. Der Bucklige weinte jetzt. Sein Blick lief vom Messerchen, das er fest in der Hand vergraben hielt, zu ihm her, dann zu den Männern, um wieder zu der Hand zurückzukehren, die alles Unglück barg. Schließlich krümmte er sich wie ein Hund zusammen, wodurch sein Buckel hoch und spitz aus der Bluse stach. Er rührte sich nicht von der Stelle und reagierte auch nicht auf die immer lauter werdenden Rufe, auf die Püffe und Schläge, die auf ihn niedergingen. Der Dicke, der sich jetzt ganz zu ihm hinuntergebeugt und immer wieder geschrien hatte: »Idiot! So gib doch das Messer her!«, ließ plötzlich von ihm ab, machte ein, zwei durch ihre Behendigkeit verblüffende Schritte und stand nun direkt vor dem Händler.
»Gib das Geld heraus, Gauner!« schrie er immer wieder.

Die anderen Männer folgten ihm bald. Nun fühlte er sich doppelt sicher und gab ihm einen Stoß vor die Brust, so daß er nach hinten taumelte. – Ich muß das Geld hergeben, dachte er, so ungerecht es ist. – Schon hatte er die Hand am Geldbeutel, aber dem Dicken ging es dennoch zu langsam. – »Seht, er will nichts zurückgeben! Es ist ein richtiges Gaunerstück!« rief er nun und schlug auf ihn ein. Was nützte es, wenn er laut ausrief: »Hier! Da ist der Gulden!« und das Geldstück allen sichtbar in die Höhe hielt. Keiner wollte es mehr hören, Gelächter war die Antwort. Er wurde an die Hausmauer gedrängt, und während ihn zwei Männer festhielten, wurde ihm der Laden entrissen. Im Fallen sah er noch, wie die Perlenschnüre glitzernd durch die Luft flogen und zerrissen.

Die Dorfstraße war menschenleer. Nur ein paar Gänse spielten in der schlammigen Lache, die sich rings um den Dorfbrunnen ausbreitete. Dort öffnete sich die Straße zu einem kleinen, runden Platz. Die Sonne strich mit ihren letzten, gelblichen Strahlen über die abbröckelnden Häuserwände, kleine Rinnsale, die vom Brunnen wegliefen, leuchteten darin auf; der Wasserstrahl fiel klar und unbewegt in ein steinernes Becken. – Er war aufgestanden und betrachtete den Frieden des Dorfes mit verständnislosen Augen. Rings um ihn lagen seine Waren verstreut, teils waren sie zerbrochen oder in den Boden gestampft. Das leere Ladenbrett lag in der Mitte der Straße, es schien zumindest noch ganz zu sein. Er spuckte einen Klumpen schwarzen, geronnenen Blutes aus und klopfte dann den Staub von seinen Kleidern. Zwei Sperlinge, die wohl durch das Glitzern der Glasperlen angelockt worden waren, flogen die Straße hinunter und zogen dann mit einer anmutigen Bewegung über die flachen Häuser hin in die Tiefe des Abendhimmels.

Ich habe nicht viel verloren, sagte er, um sich zu beruhigen. Als er die verstreuten Dinge einzusammeln begann, konnte er die Tränen nicht zurückhalten. Das Geld wenigstens

hatte er noch, bloß der eine Gulden war verschwunden. – Jetzt ist alles vorbei, dachte er, die Ware ist fast vollständig verdorben, meine Kleider sind zerrissen, wer wird mir in einem solchen Zustand noch über den Weg trauen, wer wird mir helfen? Was nützt es mir, daß ich im Recht bin, daß ich unschuldig in diese Lage gekommen bin?
Weit unten in der Straße erschienen jetzt ein paar Dorfjungen, die ihn schweigend beobachteten. Er hob einen Stein auf und warf damit nach ihnen, doch sein Wurf war viel zu schwach, der Stein rollte den Jungen vor die Füße, sie lachten und begannen mit dem Stein zu spielen. – Ich kann nichts machen, sagte er immer wieder; das Gelächter der Knaben hatte ihm seine Ohnmacht deutlich vor Augen geführt. Müde warf er die noch brauchbaren Sachen auf sein Brett. Es war nicht viel. Ich habe nicht schwer zu tragen, dachte er und klappte das Brett zusammen. Als er den Holzkoffer über die Schulter schwang, faßte er aus dieser ihm so vertrauten, unternehmungslustigen Bewegung wieder ein bißchen Mut. Wir werden ja sehen, sagte er, aber er weinte trotzdem, als er nun zum Brunnen hinunterging, um sich zu waschen und um zu trinken. In den Häusern, an denen er vorbeiging, füllten sich blitzschnell Fenster und Türen mit Gesichtern. Es schien, als bestünden zwischen den Häusern Verbindungsgänge, denn die Gaffer wurden immer zahlreicher. Wahrscheinlich hörten die Leute seinen Schritt in der verlassenen Straße und liefen deshalb zum Fenster. Er hielt seinen Kopf gesenkt und zeigte auch dann keine Regung, als da und dort Schimpfworte und Verhöhnungen laut wurden. Wie kindisch schienen ihm diese Späße gegen die Schwere des Unglücks, das ihn getroffen hatte. Lange tauchte er sein Gesicht in das eiskalte Wasser des Brunnens, dann zog er Rock und Hemd aus und wusch sich Staub und Blut ab. Ihn fröstelte; jetzt war die Nacht schon da. Sie war mit einer Geschwindigkeit gekommen, die ihn in diesen ebenen Landstrichen immer wieder überraschte. – Wo sollte er schlafen?

Der Brunnensockel, auf dem er saß, war eiskalt. Seinen Holzkoffer hatte er ganz nahe an sich herangezogen, so als könnte ihm dieser Wärme geben. Er war müde und kraftlos von all den Mühseligkeiten der Wanderung, von den Schlägen; dazu kam der Hunger, er hatte seit der Früh nichts gegessen. Hier im Dorf würde ihm wohl niemand etwas verkaufen, keiner würde ihm ein Nachtlager gewähren. Die Häuserzeilen lagen jetzt dunkel und gänzlich stumm in der Nacht. Vor den Türen hatte man Hunde angekettet, die zusammengerollt im Schmutz der Straße schliefen. Ab und zu sah er noch das Licht einer Petroleumlampe oder Kerze hinter einem der Fenster aufleuchten, bis schließlich auch diese Bewegungen im Dunkel verschwanden. – Hier konnte er nicht bleiben, er mußte weiter. Er trank noch einmal am Brunnen, um den Magen wenigstens mit Wasser zu füllen. Dann ging er langsam die Straße hinunter, seinen Koffer mehr nachschleppend als tragend. Hier und dort hob einer der Hunde seinen Kopf und klimperte dabei mit seiner Kette, aber selbst den Hunden schien er nicht des Aufstehens wert. Von ihm drohte keine Gefahr.

Schon war er am Ausgang des Dorfes angelangt. Die Nacht lag undurchdringlich über der Ebene, vom Rauschen der Getreidefelder erfüllt. Dort mußte er also hinaus. Das nächste Dorf, Kulmlach, lag eine Tagreise entfernt. Da entdeckte er ein kleines, schwarzes Bündel, das auf der Schwelle eines Hauses lag. Nirgends war hier ein Hund oder ein Mensch zu sehen, und er schlich näher, in der Hoffnung, daß dieses Bündel vielleicht etwas Eßbares enthalte, mochten es auch nur Abfälle sein. Langsam, so als träume er, blickte er die Dorfstraße hinauf, aber es war niemand zu sehen, und so bückte er sich schnell nach dem Bündel, raffte es an sich und wollte schon wieder das Weite suchen, als aus der Dunkelheit des Hausflures eine Stimme ertönte: »Kommen Sie! Schnell, kommen Sie herein!« – Er erschrak, dachte an eine Falle, die man ihm

hier gestellt haben könnte, doch als eine Hand sich ihm entgegenstreckte, ergriff er sie und trat ins Haus.
Die Dunkelheit im Flur war vollkommen; gleichwohl erkannte er am Druck der fremden Hand, daß ihn ein Mann führte. Anscheinend hatte auch dieser die Finsternis nicht mit den Augen zu durchdringen vermocht, er stieß irgendwo an und schimpfte. Dann öffnete er eine Tür, die, wie er beim Durchgehen merkte, niedrig und eng war. Plötzlich flammte ein Licht auf, der Mann hatte eine Petroleumlampe entzündet. Geblendet schloß er die Augen. Er mußte sich am Türstock anhalten, um in seiner Blindheit nicht zu stürzen.
Als der Mann die Lampe an einem Haken aufhängte, wandte er ihm dabei den Rücken zu; daraus schloß er, daß er hier nichts zu befürchten hatte. Dieses Den-Rücken-Kehren war sicherlich kein Beweis für die Lauterkeit des Fremden, aber es genügte ihm schon, um Hoffnung zu fassen, es hätte ihm weniger auch schon genügt. Er stellte seinen Holzkoffer nieder, und da er nicht achtgab, fiel dieser um. »Still!« flüsterte der Mann, der auf der Stelle herumgefahren war. »Wollen Sie mich verraten?« Seine Augen waren groß und hell von der Angst, ein dichter, brauner Bart verhüllte das übrige Gesicht fast vollständig. Auf der Straße hatte er diesen Mann gewiß nicht gesehen, er wäre ihm sicherlich aufgefallen, denn Bärte waren unter der Landbevölkerung eine große Seltenheit, ja er hatte gedacht, sie wären dem einfachen Mann zu tragen verboten und ein Privileg der Herren.
»Hier können Sie über Nacht bleiben«, sagte er jetzt und wies auf einen Haufen Stroh, der in einer Ecke dieses kleinen, fensterlosen Raumes lag. »Wenn Sie Lärm machen, ziehen Sie sich und auch mich und meine Familie ins Unglück.«
Er blickte in der staubigen, wenig einladenden Kammer herum, die mit allerlei Gerümpel des Hauses und der Wirtschaft vollgeräumt war. Doch wie herrlich war diese

klägliche Unterkunft, verglichen mit einer Nacht unter freiem Himmel. »Ich schulde Ihnen Dank und Geld«, sagte er und griff zu seinem Beutel am Hals. »Wieviel?«
Der Mann schien ihn nicht verstanden zu haben. Vielleicht hatte er auch gar nicht zugehört, denn er hatte die Tür auf den Gang geöffnet und rief nun leise hinaus ins Dunkel: »Anna! Anna!« Die Lampe warf seinen Schatten weit in den Gang hinaus, der für die Häuser dieses Landstriches ungewöhnlich geräumig und sauber war. Als das Geräusch von Schritten zu hören war, schloß der Mann die Tür bis auf einen kleinen Spalt, wohl weil er befürchtete, der Lichtschein könnte auf der Straße bemerkt werden. Mit einer Handbewegung bedeutete er ihm, er möge auf dem Strohhaufen Platz nehmen; er selbst ging unruhig auf und ab, es waren kaum zwei, drei Schritte hin und zurück. Den Kopf hatte er gesenkt.
»Ist denn die Gefahr nicht zu groß, die Sie meinetwegen auf sich nehmen?« fragte er, um den Mann zum Sprechen zu bringen. – Wenn er das Geld nicht haben will, so wird er vielleicht etwas aus meinem Koffer wollen, dachte er, schlug den Deckel zurück und legte die wenigen Dinge, die er noch hatte, fein säuberlich aus, wie er es von den Marktplätzen gewohnt war. Eben als der Mann dies merkte und, ohne den Kopf zu heben, sagte, er solle es nur lassen, es sei schon gut, öffnete sich die Tür und ein Mädchen schlüpfte herein. Sie mochte die Tochter des Bärtigen sein. Ihre Wangen waren vor Aufregung gerötet. Wahrscheinlich war sie direkt aus dem Bett hierher gekommen, denn sie trug ein langes, gelbes Wollhemd, und ihr Haar war ungeordnet.
»Bring ihm etwas zu essen«, sagte der Mann. Sie nickte zwar mit dem Kopf, aber ihre Augen waren bei den auf dem Boden ausgebreiteten Waren. »Geh schon, geh schon!« rief der Mann nun beinahe zornig, ohne auf die Lautstärke zu achten. Mit dem Fuß schob er die Waren zusammen und sagte: »Wir brauchen nichts. An solchen Din-

gen haben wir keinen Bedarf!« Ein wenig Verächtlichkeit hatte in diesen Worten mitgeklungen, ein unbegreiflicher Stolz, wie er ihn unter diesem Volk noch nicht gefunden hatte. – Vielleicht wollte er auch nur deshalb nichts annehmen, um sich nicht eines Tages mit dem Besitz dieser Dinge zu verraten. – Ihm war alles recht. In seiner Lage konnte er nicht jedes Wort auf die Waagschale legen, er mußte für die geringste Hilfe noch dankbar sein, mochte sie auch Demütigungen für ihn bringen.

Jetzt erschien das Mädchen wieder. Sie hatte ihr Haar geordnet, ihr Nachthemd hatte sie mit Rock und Bluse vertauscht. Jetzt, wo ihr schwarzes, im Licht glänzendes Haar rund um das Gesicht lag, erschien sie älter. Unter dem Arm hielt sie das Bündel, das vor der Tür gelegen war und das also tatsächlich Lebensmittel enthielt. Sie hatte es ihm kaum hergerichtet, als der Mann sagte: »Gute Nacht! Sie müssen gleich mit dem Essen beginnen. Es ist nur mehr wenig Petroleum in der Lampe, bald wird es finster sein!« Er stand schon in der Tür, als er hinzufügte: »Morgen früh wecke ich Sie!« dann verschwand er im Flur. Das Mädchen, das ihm mit der Hand im Rücken Zeichen machte, ging hinterdrein.

Als die Tür geschlossen war, riß er das Bündel auf und schlang Brot und Fleisch, ohne es mit dem Messer zu zerteilen, in sich hinein. Die Hitze des Nachmittags, der mißglückte Handel, die unerwartete Aufnahme hier, alles ging wirr in seinem Kopf durcheinander. Wahrscheinlich bin ich ruiniert, man hat mich ruiniert, wodurch habe ich das verdient, es muß nicht so arg sein, ich habe Möglichkeiten, ich bin freier Kaufmann, was soll dieses Volk, diese elende Gutsherrschaft, ich ziehe weiter, so dachte er, aber keiner dieser Gedanken gewann die Oberhand. Als sich die Tür seiner Kammer öffnete, war er gar nicht erstaunt, das Mädchen wiederzusehen.

Heute bin ich aufgenommen, morgen muß ich fort, dachte er und öffnete mit ruhigen Griffen seinen Koffer und legte die Gürtelschnallen, Halsbänder und Glasperlenketten aus. »Such dir nur aus!« sagte er zu dem Mädchen, das, kaum hatte er es gesagt, schon eine Kette um den Hals gelegt hatte und sich in einem Spiegelchen betrachtete. Er stand auf, noch wußte er nicht warum, dann legte er seine Hände um den Hals des Mädchens und warf es mit einem Ruck auf den Boden. – Sie wehrt sich ja gar nicht, sagte er halblaut zu sich. Sie spuckte ihm ins Gesicht. Er kniete zwischen ihren Schenkeln nieder, hielt ihre Hände hinter dem Kopf fest, weit hinter dem Kopf, und nahm sie in Besitz.

Jetzt weint sie, gleich aber wird sie schreien, dachte er, riß die nur noch schwach brennende Lampe vom Haken und warf sie ins Stroh, das sofort aufflammte und einen stinkenden Rauch verströmte. Ohne seinen Koffer noch zusammenzuklappen und aufzunehmen, öffnete er die Tür. Das Mädchen lag jetzt still, ganz still auf dem Boden. Er war schon im Flur, die Haustür gab unter seinem Ansturm nach, er war auf der Straße und lief sie hinab, den Feldern zu. In einem dünnen Lichtstreifen, der sich über dem Horizont hinzog, vermeinte er Lanzen und ein Meer von weißen Fähnchen zu sehen, einen Heerzug mit weißen Fähnchen.

Fragen der Forschung

Diese Menschen kann man nur mit Wölfen vergleichen. Es haben sich wenige Zeugnisse von ihrer Lebensweise erhalten und auch diese wenigen nur vermöge eines undurchschaubaren Geschicks. In diesen Überlieferungen steckt nichts, was der Bewahrung wert wäre. Man muß froh sein, daß nicht mehr von diesem Volk auf uns gekommen ist. Jene Fragmente allein zeugen von solcher Sinnlosigkeit und Verlorenheit, daß man, wäre ein reicheres Material zu durchforschen, es schwerlich mehr ertragen könnte. – So sagt eine radikale Gruppe von Gelehrten, die sich »die Reinen« nennen.

Viele Wissenschaftler lehnen eine Befassung mit jenem Abschnitt unserer Geschichte überhaupt ab. Zum Teil geben sie vor, daß die Echtheit des Materials nicht erwiesen sei. Dabei berufen sie sich mit einiger Überzeugungskraft auf den Tatbestand, daß sich die Fundstücke und Quellen ohne Ausnahme auf einen Zeitraum von knapp hundert Jahren beziehen. Weder mit den weiter zurückliegenden Perioden unserer Geschichte noch mit den später folgenden besteht ein Zusammenhang. Das ist vom Standpunkt der Wissenschaftler aus freilich eine merkwürdige Erscheinung, die dadurch noch undurchsichtiger wird, daß man für denselben Zeitraum auch auf andere Fundstücke verweisen kann – sie sind allerdings sehr selten, aber, und allein das ist hier maßgebend, es gibt sie –, die gerade das Gegenteil über die damaligen Vorgänge überliefern. Noch dazu steht die Echtheit dieser Funde außer Zweifel. Das allein beweist aber in Hinsicht auf die anderen Funde nichts.

Manche Wissenschaftler wieder leugnen die Echtheit der Materialien – es sind einige Gesetzestafeln und Geräte, über die noch zu sprechen sein wird – nicht. Sie wollen jedoch die Aussage der Funde dadurch entkräften, daß sie sie für zu gering und widersprüchlich erklären, um neben oder entgegen der orthodoxen Geschichtstheorie einen Platz behaupten zu können. Freilich, so sagen diese Gelehrten etwa, das Material ist echt, daran besteht kein Zweifel, wer aber wollte aus diesen ungereimten Brocken auch nur einen einzigen für die Forschung tragfähigen Schluß ziehen? Wissenschaftliches Denken, und solches muß bei diesen zu Trugschlüssen geradezu einladenden Fragmenten Platz greifen, kennt seine Grenzen und weist das Unerklärbare von sich fort in das Gebiet der Spekulation. – Man hat diese Gelehrten als Heuchler bezeichnet. Das mag stimmen. Die Frage nach der Relevanz der Funde hat man dadurch nicht gelöst.

Eine dritte Gruppe von Gelehrten – sie hat in der jüngsten Zeit starken Zulauf erhalten – fordert die Vernichtung der Fragmente. Diese Forderung wird auf verschiedenste, manchmal beinahe absurde Überlegungen gegründet. Die einen sprechen von offenkundiger Fälschung, die anderen sehen darin ein Werk Wahnsinniger, das man zur wissenschaftlichen Sensation aufgebauscht hat. Einig sind diese Gelehrten nur in der Forderung nach Vernichtung des Materials.

All diesen Theorien und Meinungen, die, so ehrlich und überzeugend sie auch zuweilen vorgetragen werden, doch nur im letzten machtlose Gedankengebäude sind, stehen die Funde in ihrer handgreiflichen Wirklichkeit gegenüber. Ursprünglich waren sie in einem unserer größten Museen aufgestellt, doch hat schon vor Jahren die letztgenannte, kämpferische Gruppe der Gelehrten durchgesetzt, daß sie in einen jener unübersehbaren, der Öffentlichkeit nicht zugänglichen Museumskeller verbracht wurden. Ausländische Kapazitäten haben diesen Vorgang als barbarische Geschichtsverfälschung gebrandmarkt. Obwohl gegen das Ausland selten einmütig – es ist eine Sache, die allein unser Volk angeht –, haben die Wissenschaftler in den Fachgremien einen erbitterten Streit um dieses Problem: Entfernung aus den öffentlichen Hallen, ja oder nein, ausge-

fochten. Unverantwortliche Journalisten haben diesen Gelehrtenstreit leider dazu benutzt, um die Wissenschaftler dem Volk als lächerliche, weltfremde Bücherwürmer darzustellen. Es bedarf zu solcher Verdrehung keiner großen Kunst, denn das Mißtrauen zwischen Volk und Gelehrten besteht nun einmal und wird immer bestehen. Wäre es doch den einfachen Leuten möglich gewesen, die Gelehrten im Streit zu beobachten, diese Männer, die trotz der Anstrengungen eines endlosen Studiums nichts an Kraft verbraucht zu haben scheinen und die sich um das Geschick dieser Fundstücke so verzweifelt bemühen, als gelte es ihr Leben. – Wenn sie manchmal in die Weite ihrer Gelehrsamkeit abschweifen, so ist es doch meist nur eine Finte, die den Laien zwar langweilt, den Fachmann aber die Ohren spitzen läßt, denn aus eben dieser Weite werden Argumente und Waffen heraufgeführt, die, setzt man sich nicht sofort gegen sie zur Wehr, sich zuletzt unüberwindbar vor einem auftürmen. Gerade in der Frage der Aufstellung der Funde haben die Gelehrten ihren Krieg für das ganze Volk geführt. Es wäre eine Gelegenheit gewesen, diese durch Vorurteile so weit voneinander entfernten Stände einander näher zu bringen. Statt dessen hat die Presse den Graben noch weiter aufgerissen. Spricht man einen Mann von der Straße auf die Funde hin an, so wird er nur in den seltensten Fällen ein Lachen unterdrücken können. Eine Witzzeichnung in einem der hauptstädtischen Blätter zeigt die Gelehrten mit bodenlangen Bärten, wie sie sich aus den Funden ihre eigene Gruft aufmauern. So verblödet man das Volk.
Die Funde bestehen in der Hauptsache aus vier Steintafeln. Freilich, wenn man an Steintafeln denkt, stellt man sich polierte Grabsteine vor oder den Rosettastein, anhand dessen Champollion die Hieroglyphen entzifferte. Die Funde, die von jenem Volk Botschaft geben, sind roh zubehauene Felsbrocken und ähneln den Feldsteinen, wie sie die Bauern aus dem Boden graben und an den Wegrändern

aufschichten. Die Gesetztafeln sind in der Ebene, die sich von der heutigen Hauptstadt aus nach Süden hin erstreckt, gefunden worden. Ohne eine Abwechslung in Gestalt oder Bewuchs verläuft das Land dort in den Dunst. Der Wind treibt Staubfahnen über den Himmel. – Wie trefflich gibt jene Stelle des Kodex den Charakter unseres Landes wieder: »In den Steinfeldern stellt Eure Hütten auf und richtet die Tore und Steinsäulen gegen Osten.« Die Wüste nimmt gut zwei Drittel unseres Landes ein. Gegen Norden wandelt sich ihr Charakter allmählich zur Salz-, dann zur Grassteppe. Heute sind diese Gebiete von Beduinenstämmen dünn besiedelt. Das Nordgebirge, das, grob gesprochen, das restliche Drittel unseres Landes bedeckt, ist nahezu menschenleer. Nur die Hauptstadt, die sich an der Berührungslinie von Gebirge und Steppenland an einem Flußübergang entwickelt hat, ist voller Leben. Dort drängen sich die Menschen. Dort gibt es Kaufhäuser, Manufakturen, Zeitungen, Schulen usf. Freilich ist auch die Hauptstadt von der Kultur europäischer Metropolen noch weit entfernt.
In der Wüste kann man die Wolken betrachten, die ewig über den Himmel treiben. Es fällt aber kein Regen. An ihren Bewohnern ist die Zeit spurlos vorübergegangen. Die Flüsse, die aus dem Nordgebirge herkommen, sammeln sich in der Ebene zu einem langgezogenen See, dem Tachosch. Wenn man von den letzten Berggipfeln über die Ebene hinblickt, denkt man, der See müsse von Metallen erfüllt sein, so gewaltig widerstrahlt er das Licht der Sonne. Sein Wasser ist, aus der Nähe betrachtet, von schwarzem Grün, das sich, je weiter das Auge gegen den Horizont hin vordringt, mit dem gelblichen Schimmer des Himmels allmählich zu einer Einheit verbindet. Immer wieder versucht man, sich seine Kontur zu verdeutlichen, aber sie entzieht sich immer wieder dem Blick. In seiner Größe erscheint einem dieses Gewässer als Bruder des Mondes. Das Land rund um den See ist von grausamer

Trockenheit. Salzkrusten bedecken den Boden. Gestrüpp ringelt seine Zweige im Sand fort. Die Fische, die von den Flüssen in seine Wasser getrieben werden, kommen um. Er ist das Paradies der Hölle, hat ein Gelehrter einmal vom Tachosch gesagt. Tachosch heißt dürrer Baum, und es gibt eine Stelle in den Anhängen zum Kodex, die dieses Wort nennt, wenn auch mit anderem Sinn. Es ist eine der zahlreichen Verfluchungen, die lautet: »Wer seinen Teil verweigert, wird Eisen in den Augen und in allen Löchern des Leibes haben, und Tachosch! werden alle rufen, das heißt: Macht ihn tot!«
Die Wissenschaft hat die vier Steintafeln mit verschiedenen Bezeichnungen belegt. Der erste und der zweite Stein werden als Kodex bezeichnet. Ihre Zusammengehörigkeit ist leicht zu erkennen. Sie sind aus demselben weißen Gestein gehauen und fügen sich zu einem Kreis zusammen. Jeder der Steine bildet einen Halbkreis von ungefähr einem Meter im Durchmesser. Die beiden sich zum Kreis zusammenfügenden Steine sollten wahrscheinlich die Weisheit symbolisieren. Jeder Stein, für sich genommen, ist nur unvollkommener Teil. – So sagt auch die herrschende Lehre. Man könnte hinzufügen: Beide Steine zusammen sind auch unvollkommen. »Das Haus ist es nicht, es ist nur der Vogel auf dem Dach«, sagt der Kodex zur Frage des Gewichtes der Gesetze. Aus einer winzigen, auf einer Messerscheide gefundenen Darstellung weiß man, daß der König jenes vergangenen Volkes zum Zeichen seiner Weisheit zwischen den Steinhälften saß und sie, wenn er ein Urteil sprach oder einen Befehl erteilte, mit den Händen ergriff. Wenn man den weißen, bröseligen Stein betrachtet, glaubt man die Hitze zu verspüren, die über der Steppe liegt und im Sommer das nördlich gelegene Grasland ausdorrt. In der Mitte der Steine ist als runde Mulde die Sonnenscheibe dargestellt, wie auch ihr äußerer Umriß die Gestalt der Sonne bezeichnet. Rund um die zentrale Mulde sind die Worte des Gesetzes in den Stein eingegra-

ben. Ursprünglich waren die Schriftzeichen mit zinnoberroter Farbe nachgezogen. Das ist die der Sonne zugeordnete Farbe. Es ist auch die Farbe des Königs. »Wer die Steine Euch vorzeigt, der ist der Erste«, sagt der Gesetzestext in einem der Anhänge. Scheinbar dazu in Widerspruch steht Satz fünfundzwanzig des Kodex: »Er liest das Gesetz nicht. Er weiß es bei sich.«

Wie die wissenschaftliche Forschung festgestellt hat, stammen die beiden Steine, die die kahle, farblose Sprache der Gelehrten als Anhang bezeichnet, aus einer späteren Zeit als der Kodex. Verschiedene Gesetzesstellen im Anhang deuten auf Uneinigkeit im Volk hin, auf Sektenwesen und inneren Krieg, die wahrscheinlich auch das Ende dieser Kultur heraufgeführt haben. Eine für solche Zustände charakteristische Stelle lautet: »Wer zwei Finger zum Gruß hebt, soll eintreten. Die anderen töte.«

Vielleicht war der Bestand des Volkes aber auch von außen bedroht. Wenn dem so gewesen wäre, wären freilich viele Gesetzesstellen des Anhanges unverständlich. – »Die Sonne ist über uns. Niemand hat uns besiegt.« Mit diesen Worten beginnt der Anhang. Hier wird niemand die Möglichkeit einer Bedrohung oder gar einer Niederlage erwägen. Diese Stelle läßt nur eine Auslegung zu. Eine Stelle ist aber nur eine Stelle und nicht der Sinn des Gesetzes. In ihren Reden weisen die Gelehrten immer wieder darauf hin, daß Einsicht nur aus dem Zusammenhang der Gesetze möglich ist. Dennoch zitieren sie einzelne Textstellen. So widersprüchlich bewegen sie sich fort.

Eine andere Textstelle lautet: »Tötet Eure Kinder, sonst werden sie Euch getötet.« – Da das Volk nicht besiegt wurde, es aber doch für seine Kinder fürchten mußte, und zwar in einem solchen Maße, daß es als besser angesehen wurde, sie selbst zu töten, als sie einem anderen Tod auszuliefern, drängt sich die Vorstellung eines Bürgerkrieges förmlich auf. Die Forschung hat gerade in der letzten Zeit auch andere Möglichkeiten in Erwägung gezogen, etwa

Seuchen oder Hungersnot, die das Verlöschen jenes Volkes bewirkt hätten. Diese Theorien stoßen bei den Vertretern der überkommenen Lehre auf starken Widerstand, obwohl man ihnen gewiß nicht jede Berechtigung absprechen kann. Zum Beispiel deutet eine Stelle des Anhanges – manche Gelehrte wollen sie allerdings als eine für Naturvölker ganz selbstverständliche sanitäre Vorschrift abtun – ohne Zweifel in jene Richtung. Dort wird es jedermann zur Pflicht gemacht, Feuer an die Toten zu legen. Aus den umgebenden Textstellen ergibt sich, daß diese Vorschrift nur für Massenbestattungen Geltung hatte. Die konservativen Gelehrten wiederum stützen sich gerade auf diese Stelle, wenn sie den Nachweis führen, daß in der Spätzeit jener Kultur ein Verzweiflungskampf gegen fremde Völker geführt wurde.
Es könnte sein. – So beginnen die meisten Reden der Gelehrten. Ohne Hypothesen können sie nicht arbeiten. Ständig springen sie zwischen dem Möglichen und dem Unmöglichen herum. Sie wissen, daß ihr Ziel unerreichbar ist. Deshalb sind sie aber nicht ohne Ziel. Im Falle der Steintafeln des Anhanges muß selbst die angestrengteste Forschung vieles im Ungewissen lassen, will sie nicht auf Krücken voranschreiten, die nur einen scheinbaren Fortschritt bringen, in Wirklichkeit aber vom Ziel abführen. Über das Ziel der Forschung bestehen naturgemäß die verschiedensten Vorstellungen.
Die zwei Steine des Anhanges sind durch Zufall im Salzschlamm des Tachosch gefunden worden. Ihre Schriftzeichen sind, obgleich jünger, viel schwerer zu lesen als die des Kodex. Vom Salzwasser sind größere Textstellen überhaupt ausgelöscht worden. Die moderne Wissenschaft hat versucht, diese Stellen zu interpolieren. Durch die Beobachtung von heute noch im Naturzustand lebenden Völkern, insbesondere durch die Beobachtung der Beduinenstämme, hat man versucht, sich einen Begriff von der Lebensweise des Kodex-Volkes zu machen. Im Studium

von Funden aus anderen Kulturkreisen hat man sich bemüht, Parallelen zum Kodex und zu den Steinen des Anhangs zu finden. Alle Möglichkeiten, die die logisch-grammatikalische Analyse des vorhandenen Textes bietet, hat man ausgenützt, um den Urtext vollständig rekonstruieren zu können. Die Schwierigkeiten der Interpolationenforschung sind für den Laien kaum vorstellbar. Im Unsicheren soll ein noch Unsichereres gefaßt werden. Das sind keine Schritte im Licht des Verstandes. Es ist ein Trippeln im Dunklen. Bis heute wird um eine verbindliche Textedition gekämpft.
Phänomene der Lichtbrechung, die durch schwebende Staubteilchen hervorgerufen werden, lassen die Beduinen an Erscheinungen glauben. Noch heute leben im Volksmund Erzählungen, die von der Begegnung mit einem juwelenbedeckten Gesicht berichten. Gerade in den großen Wüstengebieten der Erde stößt die Forschung immer wieder auf solche Berichte. Wenn man einen Beduinen beim Erzählen beobachtet, fällt es einem schwer, nüchtern zu bleiben. Die knappen, dennoch mit tänzerischer Beweglichkeit ausgeführten Gesten, der Sing-Sang der langgezogenen Vokale, das Klirren des Schmuckes und der Waffen, all das begleitet und verwirrt den Sinn der Erzählung. Das Volk der Steppe liebt die ausgeschmückte Rede. Dem freien Assoziieren dieser Menschen stellt die Wissenschaft ihr systematisches Denken gegenüber. Wie sie ihr Leben lang herumziehen, so denken sie auch, sagen die Forscher über die Beduinen. Auf sie selbst trifft das Gegenteil zu.
Die Farben der Steppenlandschaft sind Gelb und Braun. Im Frühjahr – es ist eine kurze Zeit – glänzt auf den langgezogenen Bodenwellen das Gras. Schafe und Ziegen weiden über große Flächen verstreut. Wenn man sich gegen Süden wendet, blickt man in die Wüste hinaus. Im Norden steht das Gebirge. Das Weiß des Schnees ist für die Beduinen unbegreiflich. Wenn man ihnen vom Gebirge erzählt, schütteln sie den Kopf und wenden sich ab.

Die Tafeln des Kodex sind auf einer Geröllhalde am Rand des Gebirges gefunden worden. Theorien, die auf dem verschiedenen Fundort von Kodex und Anhang begründet waren, haben sich als Sackgassen erwiesen. Schon vor Jahrhunderten ist die linke Hälfte des Kodex entdeckt worden, die rechte erst vor knapp fünfzig Jahren. Dieser neueste Fund ist auch die Ursache dafür, daß die Tafeln in das Blickfeld der Wissenschaft gerückt sind. Früher hat sich die Forschung mit den Funden aus jener Kultur kaum beschäftigt. Mit der linken Hälfte allein konnte die Wissenschaft wenig anfangen. Der Gesetzestext läuft, wie schon gesagt, in einer eng gewundenen Spirale von der inneren Mulde nach außen. Die herrschende Lehre vertritt die Meinung, der Text sei absichtlich so angeordnet und eingemeißelt worden, um nur demjenigen die Kenntnis der Gesetze zu vermitteln, der beide Steine besitzt. Dagegen spricht zwar der Kodex selbst, denn er sagt ja, daß der König das Gesetz nicht liest, sondern bei sich weiß. Andererseits können die Gelehrten zahlreiche Beispiele für die Richtigkeit ihrer Theorie ins Treffen führen: Es gibt mehrere Stellen, an denen sich der Sinn des Gesetzes geradezu in sein Gegenteil verkehrt, wenn man zuerst nur einen der Steine liest und danach beide zusammen. Zum Beispiel steht auf der linken Hälfte: »Werft kein Feuer in die Hütten Eurer Feinde!« – das könnte man als Verbot des totalen Krieges auffassen –, auf der rechten Seite aber steht: »Nein, zerstampft sie, damit sie weggetilgt sind von der Erde.« – Oder es heißt: »Wer tötet, stirbt!« auf dem anderen Stein aber heißt es: »Wer nicht tötet, stirbt!« Natürlich wird man gerade beim letzten Beispiel einwenden, daß der erste Satz die Todesstrafe für den Mörder bestimmt, also dem Strafrecht zugehört, während der zweite ein kriegerischer Ratschlag ist: Wer den Feind nicht tötet, wird selber fallen. Dennoch ergibt sich die Frage, ob nicht durch das Nebeneinanderstellen dieser Sätze noch etwas Drittes ausgesagt werden sollte. Der letzte Satz des

Kodex, der von den meisten Gelehrten als Auslegungsregel verstanden wird, obwohl er auch nur Schmuckfloskel sein könnte, lautet: »Was innerhalb des Gesetzes ist, ist weit davon ab, wie der Himmel von der Erde ab ist, so wahr Euch dieses Gesetz vorgeschrieben ist.«
Wenn man diese Beispiele betrachtet, möchte man trotz aller Einwände der herrschenden Lehre zustimmen. Daß die Bildhauerkunst, die solches vollbracht hat, nämlich die genaue Verteilung des Textes auf die beiden Steine, sich in der äußeren Gestaltung der Steine kaum entfaltet hat – fast erweckt es den Eindruck, daß man die Steine schon in ihrer abgerundeten Form gefunden hat –, dieses Argument schiebt man beiseite, ebenso die Tatsache, daß beide Steine das Signum des Königs eingemeißelt tragen. Hätte er nur einen Auftrag, nur ein Vermächtnis an sein Volk gehabt, so hätte er zum Zeichen dieses Umstandes nur einmal sein Zeichen zu setzen brauchen. Dadurch, daß er beide Steine mit seinem Namen bezeichnen ließ, hat er geradezu erst die Möglichkeit eines Schismas geschaffen. Jeder, der einen der Steine in seine Hand brachte, konnte sich dadurch auf den Namen des Königs berufen. Es mag sein, daß solche Überlegungen den König nicht gekümmert haben. Das Gesetz bleibt durch solche Manipulationen unberührt.
Die Forschung um die Steine des Kodex ist in unübersehbarem Schrifttum vor uns ausgebreitet. Immer wieder verfolgt man eine der Theorien. Fast vergißt man dabei, daß es deren so zahlreiche gibt. Was mit geradlinigen Gedanken beginnt, läuft früher oder später in einen jener Plätze aus, wie man sie in der Wüste finden kann. Von überall her führen Spuren dorthin. Der Boden ist von Fußspuren zertrampelt. Wenn man lange unterwegs ist, kann man diesen Anblick kaum fassen. Man fühlt sogar ein wenig Glück: So viele Wege führen also durch diese Wüste! – Keiner trägt eine größere Wahrscheinlichkeit auf die Erreichung des Zieles in sich als die anderen. Sie sind, was

die Ungewißheit ihrer Richtung angeht, gleichwertig. Alle laufen in die gelbliche Ferne hinaus, aus der sie von der anderen Seite hergekommen sind. Es zeigt sich, daß selbst der Platz, auf dem man steht, nur durch einen Zufall hervorgebracht worden ist. Wo sich die Spuren kreuzen, dort ist der Platz. Der Weg, den man einschlägt, ist der Weg.
Die Wüste, die sich rund um den Tachosch ausbreitet, ist kaum besiedelt. Nur ein einziges Dorf liegt an seinem Ufer. Es ist Kadafe, das sich mitten in der gelben und orangebraunen Wüste aus flachen, fensterlosen Quadern aufbaut. Verglichen mit der Einförmigkeit der Landschaft hat die Anordnung der Häuser etwas Wirres wie die Bewegung von Insekten. Die Bewohner von Kadafe leben von der Salzgewinnung. Das Wasser des Sees wird in flache Mulden geleitet. Nach der Verdunstung bleibt das Salz als schlammiger Rückstand übrig. Mit schwarzen Fahnen werden die ausgetrockneten Gevierte abgesteckt. Die Salzleute vermummen ihre Gesichter. Selbst über die Augen binden sie ein feines, durchsichtiges Tuch. Der Wind treibt Sand und Salz über sie hinweg. Bei der Arbeit reden diese Leute nichts miteinander. Einige knappe Handzeichen sind ihre ganze Verständigung. Kadaf heißt stumm.
Mitten aus der Wüste bauen sich haushohe Felstürme auf. Manchen von ihnen hat der Wind eine seltsame Form gegeben. In der Umgebung der Felstürme begraben die Kadafe-Leute ihre Toten. Sie glauben, daß die Seele des Toten mit dem Sand davontreibt. Eine ähnliche Vorstellung spiegelt sich in einem Satz des Kodex wider: »Wessen Name im Wind ist, der ist tot.«
Die Ansiedlung dürfte schon zur Zeit der Tafeln bestanden haben. Wenn man über den Tachosch hinblickt, und man erkennt Kadafe am anderen Ufer – die Wasser des Tachosch sind vom Wind bewegt –, so denkt man, diese Menschen sind verflucht. Die Kleidung der Kadafe-Leute ist aus rostbraunem Leinen, die Kopftücher sind schwarz. Ganz im Gegensatz dazu steht die Tracht der Steppen-

völker. Die Hirten tragen ein aus verschiedenfarbigen Schafwollstreifen zusammengenähtes, gegürtetes Hemd, das bis zu den Waden reicht. Ein Lederband läuft um die Stirne. Vorne ist durch eine kreisförmige Verbreiterung des Bandes die Sonne dargestellt. Die Tracht der Nomaden hat sich bis auf den heutigen Tag nur geringfügig verändert. So ähnlich muß das Volk auch zur Zeit des Kodex gekleidet gewesen sein. In der Hauptstadt ist dagegen die europäische Kleidung im Vordringen. Zu den Markttagen kann man den Gegensatz studieren, wenn sich die mit Hosen und Hemden gekleideten Städter zwischen den Schafen und den Körben mit Käse und Schnaps durchdrängen und mit den Nomaden um die Preise feilschen. Der Kodex bestimmt in einem seiner ersten Sätze: »Das Haar des Königs ist lang, das Haar des Volkes ist, wie es wächst, das Haar der Frauen sieht man nicht, die Gefangenen haben kein Haar, wie es bestimmt ist!« Noch heute tragen die Stammeshäuptlinge der Beduinen langes Haar. Herrlich ist dieses feste, schwarze Haar anzuschauen, wenn die Männer aus den Zelten hervortreten und der Wind es erfaßt.
Immer wieder tauchen Gelehrte in den kümmerlichen Ansiedlungen der Beduinen auf, um deren Lebensgewohnheiten bis ins kleinste zu erforschen. Die Gelehrten hoffen, aus den Bräuchen, Liedern, Vorschriften usf., mit denen die Beduinen leben, auf die Zustände in jener vergangenen Kultur zurückschließen zu können. Gewiß bestehen hier Analogien, hat sich doch der Lebensraum der Beduinen bis heute kaum verändert. Der Kodex und seine Anhänge lassen in ihrer unvollständigen, oft überhaupt unverständlichen Form zahlreiche Fragen offen, so daß es nicht verwunderlich ist, daß die Gelehrten ihre Hände nach jeder Information ausstrecken, so nebensächlich sie auch sein mag. Solchermaßen versuchen sie wenigstens Teile ihrer Lehre gegen den Einbruch von Unsicherheiten zu befestigen. Sie streben nach Gewißheit. So hell das Licht über

der Steppe ist – es gibt nichts, das es verschleiern könnte –, so trübe ist die Sonne, die auf die Aufzeichnungen der Gelehrten fällt. Wenn man ihre hageren, in den gelben Tropenanzügen beinahe lächerlichen Gestalten zwischen den Zelten der Beduinen erblickt, stets von einer tobenden Kinderschar verfolgt, die sich vor Lachen nicht halten kann, dann weiß man, wie sinnlos und selbstbetrügerisch solche Unternehmungen sind. Die Beduinen haben allzubald erkannt, wie wichtig ihre Aussagen für die Gelehrten sind. Außer dem freundlichen Gruß, den sie umsonst entbieten, lassen sie sich jeden Satz, den sie sagen, bezahlen. Um die Geldquelle, die diese Forschung für sie darstellt, nicht zu verstopfen, halten sie den Sinn ihrer Reden stets im Dunklen. Die Beduinen verstehen es, immer neue Geschichten für die Gelehrten zu erfinden. Diese sind, infolge der ihnen eigenen Geisteshaltung, etwas erst zu verwerfen, wenn es hundertfach als verwerflich erwiesen ist, nur bei den ärgsten Lügenmärchen imstande, einen Einwand zu machen. Bei den ewig lachenden Gesichtern der Beduinen fällt es schwer, an Betrug zu glauben und ärgerlich zu werden. Kaum daß der Gelehrte eine Frage gestellt hat, wird sie von dem Befragten schon beantwortet. Es mag sein, daß sich der Mann schon im nächsten Satz widerspricht. Wenn man ihn darauf hinweist, blickt er einem treuherzig in die Augen und zuckt mit den Schultern. »So ist es«, beteuert er, und die Kinder, die herumstehen, beteuern es auch. Der Gelehrte, der nicht weiß, was er tun soll, schreibt alles in sein Protokoll. Die Männer klopfen ihm auf die Schulter und nennen ihn Taro, das heißt Vater.

In den Hörsälen der Universität kann man immer wieder den Satz hören: »Von den Beduinen kann man vieles für unsere Forschungen erfahren.« Die Ehrlichkeit müßte allerdings einen zweiten Satz hinzufügen: »Bis jetzt haben wir aber so gut wie nichts erfahren.« Die Beduinen kaufen für das Geld, das sie den Gelehrten herauslocken, verzierte

Waffen, schöne Kleider und Schmuck für ihre Frauen, Munition und indischen Hanf. EEA, EEE singen sie stundenlang, wenn sie im Delirium vor ihren Zelten hocken und Waffen und Sattelzeug betrachten.
»Vor der Flamme hebt Eure Hände und werft Euch in den Sand. Ich wünsche Euch, daß Ihr es nicht vergesset!« – So sagt der erste Stein des Kodex. Auf diese Stelle folgt auf Stein zwei die Beschreibung verschiedener Hinrichtungsarten. Die beiden Abschnitte haben scheinbar keinen Zusammenhang. Dieser Eindruck wird dadurch noch verstärkt, daß auf die Aufzählung der Todesarten der Satz folgt: »Wer gegen den König die Hand erhebt, der ist schon des Todes.« Man könnte glauben, daß die aufgezählten Strafen für den Hochverrat vorgesehen wären.
Die Drohung des Satzes: »Ich wünsche Euch, daß Ihr es nicht vergesset!« ist in der Sprache des Kodex die unauffälligste, aber schärfste Strafandrohung. Die Strafe, die denjenigen trifft, der vergißt, soll alle anderen an Grausamkeit übertreffen. Wie wir aus der Verzierung einer Garotte wissen, die man unlängst bei Grabungen gefunden hat, wurde der Hochverräter mit der Garotte getötet, das heißt, sein Hals wurde von einer metallenen Schlinge umfaßt, die an einem etwa mannshohen Pfahl befestigt war, und der Henker, der oberhalb des Delinquenten stand, drückte ihm den Kopf so lange nach unten, bis das Genick zerriß. Neben dieser Darstellung ist auf jenem Fundstück auch noch die Garottierung eines Menschen zu sehen, der nur mehr aus Rumpf und Kopf besteht. Die Arme und Beine hat man ihm abgehackt oder ausgerissen. Diese Strafe dürfte jene getroffen haben, die vergessen hatten.
Um den Sinn dieser Gesetzesstelle ganz zu verstehen, muß man wissen, daß sich in einer flachen Senke nahe des Tachosch, mitten in der Einöde, eine wohl hundert Meter hohe Flamme erhebt. Ihr Licht ist gewaltig. Den Atem ihrer Hitze spürt man schon von ferne. Heute wissen wir, daß hier infolge einer seltenen geologischen Struktur Erd-

gas in großen Mengen austritt, das vor unvordenklicher Zeit von einem Blitz entzündet wurde. Es existieren Pläne, die Flamme durch eine Nitroglycerinsprengung auszulöschen, um das Erdgas den Menschen nutzbar zu machen. Wenn man die Flamme betrachtet und ringsherum das verbrannte, in der Nähe des Austrittskraters weißglühende Gestein sieht, so hält man solche Pläne für irrsinnig. Das Singen der Flamme treibt einem Tränen in die Augen. Ihre Hitze ist eine kaum begreifliche, herrliche Berührung. Stundenlang kann man das Aufströmen der Flamme, das Zittern der Luft beobachten.
Am Rand der Mulde liegt ein großer, viereckig behauener Basaltblock. Hundertfach ist darin das Wort TARO eingemeißelt, das ist Vater. Weiter als bis zu jenem Stein darf man nicht vorgehen. Wenn die Beduinen dort knien und mit auf- und abgehenden Oberkörpern bis zur vollkommenen Erschöpfung singen, scheint die Zeit stillzustehen. In der Nacht leuchtet die Flamme weit über die Wüste hin. Klein ist der Gesang der Menschen gegen ihren Gesang. Lauter und wieder leiser werdend, singen die Beduinen TARO, TARO. Wenn ein Windstoß die Flamme trifft, vergeht jede menschliche Stimme in ihrem gewaltigen Brausen.
Die Beduinen sind heute in zahlreiche Stämme aufgesplittert. Gemeinsamkeiten ihrer Lebensweise, ihres Brauchtums und ihrer Sprache lassen auf eine gemeinsame Vergangenheit schließen. Die Leute aus Kadafe stellen einen Fremdkörper zwischen den Beduinenvölkern dar. Schon ihre Seßhaftigkeit ist ein auffälliges Zeichen dafür. Die herrschende Lehre will auch ethnische Verschiedenheit der Kadafe-Leute von den Beduinen festgestellt haben. Dabei stützt sie sich in der Hauptsache darauf, daß die herumziehenden Völker ihre Toten im Gegensatz zu den Kadafe-Leuten nicht begraben, sondern verbrennen. Was hätte es auch für einen Sinn, das Totengedenken an einen Ort zu binden, der doch bei den ständigen Wanderungen der Be-

duinen nur ein zufälliger sein kann? In der Flamme wird der Tote dem Wind übergeben. Die Beduinen sitzen um das Feuer und warten, bis sein Leib zu Asche geworden ist. Der Schmuck und die Waffen des Toten bleiben in der Asche liegen. Damit sie niemand fortnimmt, ehe der Treibsand alles bedeckt, wird ein dreifacher Kreis darum gezogen. Davon handelt eine Stelle des Anhanges: »Wer den ersten Kreis durchbricht, stirbt. Wer den zweiten Kreis durchbricht, wird vernichtet. Wer den dritten Kreis durchbricht, ist Asche.« Da aber der Kodex mehrere Sätze enthält, die sich ohne weiteres auch auf die Bestattungsform der Kadafe-Leute beziehen könnten – eine davon lautet: »Im Wind werdet ihr sein!« –, kommt die herrschende Lehre in den Augen oppositioneller Gelehrter in arge Bedrängnis. Entweder Kodex und Anhang haben für ein Volk gegolten, dann können die Beduinen und die Kadafe-Leute ethnisch nicht verschieden sein. Wenn sie aber verschieden sind, dann hat der Kodex nur auf die Kadafe-Leute Bezug, der Anhang nur auf die Beduinen. Freilich, der letztgenannte Schluß ist bloß ein sophistisches Täuschmanöver der von der herrschenden Lehre abweichenden Gelehrten. Es steht ja außer Zweifel, daß Kodex und Anhang sich auf ein und dasselbe Volk bezogen haben, obwohl es ausdrücklich nirgends ausgesprochen ist. Solche Winkelzüge machen die Gelehrten nur, um in der Diskussion an Boden zu gewinnen. Während die Gegenseite nun erklärt, daß die Gleichheit der Schrift, der Syntax usf. die Zusammengehörigkeit von Kodex und Anhang hinlänglich beweise, bereitet sich die andere Seite schon auf den nächsten Schlag vor. Man muß bei einer solchen Debatte dabeigewesen sein, um diese Taktik zu verstehen.

In einem jener großen, marmorgetäfelten Säle, wie man sie in unserer Universität findet, treffen zwei Gelehrte aufeinander. Jeder dieser ehrwürdigen Männer wird von einer Schar von Studenten begleitet, die Bücher und Protokolle mit sich tragen. Obwohl jeder weiß, daß es nun zur Auseinandersetzung kommen wird, begrüßen sich die Gelehrten in lateinischer Rede. Es hat sich für diesen Anlaß die an sich unsinnige Geste eingebürgert, die rechte Hand auf die Brust zu legen. Die jüngsten Studenten, die ganz hinten stehen müssen, stellen sich auf die Zehenspitzen. Die älteren Studenten messen die Gegner ihres Lehrers mit stummen, zornigen Blicken. Langsam tasten sich die Gelehrten mit ihren Worten vorwärts. Man versichert sich der gegenseitigen Hochachtung, man weist auf die gemeinsamen Lehrer hin, auf den Sinn der Weisheit. CONCORDITAS DISCONCORDANTIUM heißt der Wahlspruch unserer Universität. Dann formuliert einer der Gelehrten seine erste These, meist indem er auf eine Stelle des Kodex oder des Anhanges verweist.

Während zwischen den Gelehrten, die sich auf etwa drei Meter gegenüberstehen, nun Rede und Gegenrede hin- und hergehen, schlagen die älteren Studenten in den Büchern das jeweilige Beweismaterial auf. Diese Studenten haben schon viele Disputationen mitverfolgt. Sie kennen die Redetechnik und Argumentation ihres Lehrers. Deshalb ist es auch möglich, daß der Gelehrte seinen Satz bis zu einem bestimmten Punkt fortführt und dann durch ein Handzeichen einen seiner Schüler zum Zitieren bestimmt. Dieser verliest daraufhin, in Fortsetzung der Rede des Gelehrten, die betreffende Stelle des Kodex oder des Anhanges. Wenn man die kräftigen, jungen Stimmen der Studenten hört, wie sie die uralten Gesetzesstellen wieder zum Leben bringen, möchte man fast glauben, es sei einzig und allein durch das Vorlesen schon ein Fortschritt zur Aufklärung der Fragen geleistet. Tatsächlich aber ist das Zitieren bloß ein kurzes, von vornherein sinnloses Manöver. Es ist eine Vergeudung von Kräften, denn niemand außer den allerjüngsten Studenten achtet überhaupt darauf. Die Gelehrten schauen in ihre Gedanken verloren vor sich hin auf den Boden. Dann beginnen sie wieder mit dem Vortrag ihrer Streitpositionen. Ihre Reden ziehen, voneinander unbeirrt, fort in eine immer undurchsichtiger werdende Ordnung. In der großen, von uns nicht durchschaubaren Ordnung der Welt bauen diese Gelehrten, jeder für sich, eine kleine, ebenso verwirrende Ordnung auf. Es ist doppelte Unordnung, in der man zu versinken droht, wenn man nicht, an die Worte des einen oder anderen geklammert, das Ende des Streitgespräches erreicht. Der größte Teil der Disputationen ist schon so oft durchgeführt worden, daß man beinahe jede Bewegung der Redner voraussagen kann. Das erscheint freilich als Sicherheit. Wenn man ein Seil, das zwischen den Türmen der Universität aufgespannt ist, als sicheren Boden bezeichnen will, so ist auch in den Reden der Gelehrten Sicherheit. Manchmal – es geschieht nur ausnahmsweise und meist aus Ermüdung der Gelehrten – stockt das Gespräch, und man blickt aus einem der Fenster und sieht, wie tief unten auf dem Marktplatz die Menschen winzig durcheinanderdrängen.

Ein in allerletzter Zeit immer stärker beachtetes Argument hat die Lehre von der ethnischen Verschiedenheit noch mehr in die Defensive gedrängt: Sowohl die Kadafe-Leute als auch die Beduinen üben das Ritual der Beschneidung. Der Kodex nennt die Beschneidung an zwei Stellen: »Die Nicht-Verschnittenen treibt aus!« und: »Wer nicht beschnitten ist, soll nicht in unser Volk kommen.« – Der Beweiskraft dieser Worte wird sich die herrschende Lehre aufschließen müssen.

Bis heute ist es bei den Beduinen üblich, daß die Eltern ihr Kind aussetzen, wenn man sein Geschlecht bei der Beschneidung verstümmelt hat, obzwar die geltenden Gesetze für dieses Verbrechen die strengsten Strafen androhen. Aus der Sicht der Wüstenvölker ist es barmherziger, einen Menschen sofort zu töten, als ihn sein Leben als Ausgestoßenen verbringen zu lassen. Wer keine Kinder zeugen kann, ist ausgestoßen. »Was macht man mit dürrem Holz?« fragt eine Gesetzesstelle im Anhang.

Es ist nicht verwunderlich, daß diese herumziehenden Völker, die doch ständig um ihre primitivste Existenz kämpfen müssen, die Erzeugung von Nachkommenschaft für die wichtigste Aufgabe halten. Diese Ansicht geht auf die alten Gesetze zurück. Der Geschlechterkatalog am Anfang des Kodex zählt zweihundert Generationen auf und schließt mit dem Satz: »Was wären alle diese Namen, wenn sie keinen lebendigen Arm hätten?« – Die Kräfte, die andere Völker zum Bau von Obelisken und großen Heerstraßen eingesetzt haben, haben bei diesem Volk knapp zur Erhaltung des Lebens gereicht. Immer sind die Stämme auf Wanderschaft. Obwohl sie die ebenen Landstriche nie verlassen, sind sie dort nicht daheim. Tausende Fähnchen wehen von ihren Lanzen. »Seht den Triebsand, seht Euren Weg«, sagt der Anhang. Ein Wolf, der in der Steppe nach Beute jagt, ist in der Steppe nicht daheim. Fragt man einen Beduinen, wohin er denn eigentlich gehöre, so wird er die Frage nicht verstehen und sagen »Talo!«, das heißt »Da!« Hinter einem Beduinen bleiben nur seine Kinder zurück. Der Älteste übernimmt das Zelt und das Hausgerät. Die Tiere und der sonstige Besitz werden auf die Söhne aufgeteilt. Die unverheirateten Töchter bleiben im Schutz des Ältesten. In der Welt der Beduinen sind Kinder schon das äußerste Wagnis, das ein Mensch auf sich nehmen kann.
Man muß selbst durch die Wüste gereist sein, um sich vom Leben der Nomaden eine Vorstellung machen zu können. Die Steppenländer, die sich am Fuß des Nordgebirges ausbreiten, verlieren sich beinahe unmerklich in die Wüste. In diesem braunen, trockenen Grasland halten sich die Beduinen meistens auf. Die Schafherden werden von einigen Männern von Weide zu Weide getrieben. Die anderen jagen nach den verschiedenen Tieren, die in der Übergangszone von der Steppe zur Wüste ihren Lebensraum haben. Jeder Stamm hat ein teils durch Verträge, teils durch Gewohnheit abgegrenztes Gebiet, das von ihm beherrscht

wird. Nur zur Zeit der Wollschur treffen alle Stämme im Grasland zusammen. Auf den großen Lagerplätzen herrscht ein verwirrendes Leben. Die Schafe werden zwischen aufgespannten Seilen zusammengetrieben. Die stärksten Männer holen mit Stockhieben einzelne Tiere heraus und fesseln sie für das Scheren. Urin und Kot bedecken die Scherplätze. Tag und Nacht hört man das angstvolle Blöken der Schafe. Mit kurzen, knapp an der Haut entlang geführten Schnitten wird die Wolle abgeschoren. Von den Frauen wird sie auf runde Ballen gestampft. Das Scheren ist eine große Kunst, denn die Tiere sind unruhig und schlagen trotz der Fesselung um sich. Zwei Männer knien beim Kopf des Tieres und drücken ihn in den Sand. Trotz der schweren Arbeit herrscht Fröhlichkeit. In kleinen Mengen wird jeden Abend Hanf unter die Männer verteilt. In den Feuern wird eine Handvoll Wolle verbrannt. Die Zeltstädte in der nächtlichen Wüste tönen wider von Menschenlärm. Das Wollopfer ist auch im Kodex beschrieben: »Hundert Hände sollt Ihr für Euch nehmen. Eine Hand sollt Ihr für das Feuer nehmen. Wer nichts gibt, soll nichts haben.« – Der Gestank der verbrannten Wolle ist weithin zu riechen. Wenn der Stammesälteste die Wolle ins Feuer wirft, tritt keineswegs Stille ein. Die Kinder spielen mit den geschorenen Schafen und laufen schreiend zwischen den rauchenden Männern herum. Die Frauen kochen den ganzen Tag. – »Wer unterwegs ist, ist unterwegs«, sagt eine Textstelle im Anhang. Der Sinn dieser Stelle ist wohl, daß derjenige, der nach dem Gesetz lebt, ruhig sein kann, denn er kann nicht verlorengehen, er ist schon gerettet, ehe er sich verirrt.

Das Scheren der Schafe dauert oft zwei, drei Wochen. Jeden Tag geht der Stammes-Erste die Gassen der Zeltstadt ab und besichtigt die Wollballen, die sich auf den Stapelplätzen angesammelt haben. Hinter ihm folgen die Händler, die zur Schurzeit im Lager der Beduinen zusammenströmen. Keiner ruft sie. Dennoch sind sie jedes Jahr zur

Stelle. Sie achten darauf, daß sie dem Häuptling nicht zu nahe kommen, um ihre Ehrfurcht vor ihm zu zeigen. Immer sind sie zwei Schritte hinter ihm und grüßen, so wie er es tut, freundlich nach rechts und links. Jeder weiß, daß ihre Freundlichkeit in den Mundwinkeln endet. Was der Häuptling tut, tun sie auch. Greift er prüfend in die Wolle, so greifen sie auch hinein. Lacht er zur Anerkennung der guten Scherarbeit, so lachen sie auch. Die Wollscherer halten dem Häuptling zum Gruß ihre Scheren entgegen. Die Frauen und Kinder rufen ELI!, das heißt SEHT!, wenn der Häuptling vorübergeht. Vor dem Gruß der Händler wendet sich das Volk ab. Die Händler sind überall verhaßt. Das bekümmert sie aber nicht. Sie beraten sich im Flüsterton über die Angebote, die sie dem Häuptling machen werden. Immer wieder greifen sie tief in die Wollballen hinein, ziehen eine Handvoll heraus, werfen sie in die Luft, betrachten das schnelle oder langsame Niedersinken, reichen die Probe reihum, nicken zustimmend oder ablehnend mit dem Kopf. Wer die Schliche der Händler kennt, nimmt freilich ihr ganzes Getue nicht sonderlich ernst. Die Wolle, die sie als schlecht bezeichnen, wollen sie haben, was sie als vorzüglich preisen, ist oft das Schlechteste. Sie sagen: »Laßt uns nur die schlechteste von eurer Wolle. Es soll für uns gut sein!« dabei haben sie es auf die beste Wolle abgesehen. Außerdem versuchen die Händler, sich auch gegenseitig zu übervorteilen. Ihre List richtet sich nicht nur gegen die Beduinen, sondern auch gegen die Konkurrenten. Jeder will für sein Kontor die schönste Wolle aushandeln. Solange es angeht, verbergen die Händler ihre wahren Absichten. Wenn man sie beobachtet, bemerkt man bald, daß kaum einer von ihnen selbst redet, daß aber jeder den anderen zum Reden auffordert. Einer beteuert dem anderen, daß er von der Wolle nicht allzu viel verstehe. Es sei tatsächlich schwer, die beste Wolle hier herauszufinden. Eigentlich sei die ganze Wolle miserabel, eigentlich sei die Wolle heuer etwas besser als voriges Jahr, eigentlich sollte

man den Beduinen überhaupt nichts abkaufen und sie durch solche Drohungen in die Knie zwingen. Wenn sich der Häuptling ihnen zuwendet, rufen sie: »Wer hat schon solche Wolle gesehen!«
Die Händler kommen aus der Hauptstadt. Ein Europäer würde über ihre breit geschnittenen, schwarz gestreiften Anzüge lächeln. Für sie ist diese Kleidung der Inbegriff der Eleganz. Ihre breitkrempigen, dunkelblauen Filzhüte lassen sie selbst bei der größten Hitze auf dem Kopf. Der Schweiß rinnt ihnen von der Stirn über die glattrasierten Wangen herab. Es hilft nichts, daß sie sich mit Taschentüchern Luft zufächeln. Die wenigen europäischen Worte, die sie kennen, verwenden sie immer wieder in ihren Reden, oft allerdings an völlig sinnwidrigen Stellen. Ihre Lächerlichkeit kann aber über ihre Bösartigkeit nicht hinwegtäuschen. Wenn die Beduinen von ihnen reden, sagen sie nur »die Schlangen«.
Der Häuptling bedeutet ihnen am Ende des Rundganges freundlich, ihre Angebote zu nennen. Wenn nun einer nach dem anderen sein Angebot vorgetragen hat, sagt er, ohne sonst irgend etwas hinzuzufügen: »Ihr habt es gesagt!« und tritt in sein Zelt, um den Kauftrunk zu holen, der das Geschäft besiegelt.
Kodex und Anhang stellen eine, am Stand der modernen Wissenschaft gemessen, freilich mangelhafte Rechtsordnung für ein Volk auf. Die Beziehungen zu den Fremdvölkern werden kaum geregelt. Das Fremdenrecht, also der Status des einzelnen Fremden, wird in einer einzigen Textstelle des Anhangs behandelt: »Laßt ihn gehen, wohin er will. Er ist nicht aus unserem Volk.« – Diese Vorschrift ist die Ursache großer Kontroversen zwischen den Gelehrten. Die einen vertreten die Ansicht, daß in allen alten Kulturen das Gastrecht die Grundlage des Fremdenrechtes sei. Der Fremde genieße sakralen Schutz. Demgemäß könne man die Gesetzesstelle des Anhanges nur so interpretieren, daß man dem Fremden keine Vorschriften ma-

chen solle und daß auch die Gesetze des Kodex nur mit Vorbehalt auf ihn anzuwenden seien. Das beste wäre es, ihn seiner Wege ziehen zu lassen und ihm als Fremdem jene Hilfe angedeihen zu lassen, die man als Fremder nun einmal braucht. – Diese Theorie verweist auch auf den Umstand, daß gerade Wüstenvölker nicht imstande sind, ihre Wirtschaft vollkommen autark aufzubauen. Ein gewisser, sicherlich nicht allzu großer Handelsverkehr sei daher zu allen Zeiten notwendig gewesen. Daraus habe sich die Notwendigkeit einer Regelung des Rechtsverkehrs mit Fremden zwangsläufig ergeben.

Obwohl die Sätze des Kodex ganz schlicht lauten: »Was im Norden lebt, sollt ihr den Wölfen gleich halten. Und was in allen Richtungen des Himmels lebt, sollt ihr den Wölfen gleich halten«, kann man förmlich das Hohngelächter der Gelehrten hören, die ihre gegensätzliche Lehre darauf aufgebaut haben. Freilich, so sagen sie, laßt den Fremden nur dorthin gehen, wohin er will. Solange er euch nicht im Weg ist, laßt ihn herumlaufen, wie ihr auch den Wolf herumlaufen laßt. Besinnt ihr euch anders, so schlagt ihn tot, denn er ist ein Wolf, und was macht man mit Wölfen? Hier sollte man in Betracht ziehen, daß der Kodex beinahe hundert Jahre älter ist als die Anhänge. Natürlich muß man den Gelehrten nicht sagen, was für die Beurteilung einer Sache von Bedeutung ist und was nicht. Sie wissen es, aber sie verhalten sich wie Generäle, die zu stolz sind, um auf die letzten Reserven zurückzugreifen. Mit deren Hilfe wäre es ein leichtes, den Kampf zu entscheiden. Sie aber setzen ihre Ehre darein, den Feind mit geringerem Aufwand zu besiegen. Man kann die Kontroversen der Gelehrten, so unbedeutend sie an sich sind, nur mit der Schlacht auf den Katalaunischen Feldern vergleichen. Die Bedeutung des Sieges, den irgendeine Gruppe zuletzt erficht, geht weit über ihren Verstand und ihre Einsicht hinaus.

Es mag ohne weiteres sein, daß der Kodex einen vollkommen fremdenfeindlichen Standpunkt einnahm, während der Anhang aus der Notwendigkeit des Handelsverkehrs heraus den Fremden eine gewisse Unantastbarkeit garantierte. Der Streit um die richtige Auslegung wird dadurch weiter kompliziert, daß man die Vorschrift des Kodex als völkerrechtliche Norm lesen kann. Wenn dem so wäre, so hätte sie auf den einzelnen Fremden keinen Bezug. Im Verhältnis zu den Fremdvölkern aber war in jener Zeit nur der Kriegszustand möglich. Ganz eindeutig spricht davon der Kodex: »Die Füchse und Schlangen und alles, was euch entgegensteht, tilgt aus.« – Das einzige Fremdvolk, das in den Gesetzen namentlich genannt ist, sind die Janiter. Dieser Stamm dürfte in den Tälern des Nordgebirges gelebt haben. Die Janiter werden im Gesetz mit Skorpionen verglichen. Man muß sie am Boden zertreten.

Wenn man die Gesetzesstellen lange miteinander vergleicht, wird die Richtigkeit jedes Urteils wahrscheinlich und unwahrscheinlich zugleich. Daraus darf man nicht die Sinnlosigkeit der Forschung ableiten. Bewegung ist es immerhin. Man dringt immer weiter in den Sinn der Gesetze vor, auch wenn man nirgendwohin gelangt.

Aus den Worten des Gesetzes spürt man die Feindschaft, die zwischen den Menschen geherrscht hat. Man weiß aber nicht, ob sie die Wirklichkeit bestimmt hat oder nicht. Wenn man hinter den Wollhändlern hergeht und die Gesichter der Beduinen betrachtet, so sieht man, daß sich nichts verändert hat. Wenn der Häuptling den Händlern die Hand zum Gruß gereicht hat, wischt er sie nachher vor ihren Augen im Sand ab. Er lacht, und die Händler lachen auch.

Die Täler des Nordgebirges sind heute nahezu menschenleer. Die Bevölkerung ist in die Hauptstadt abgewandert, die die Menschen ansaugt wie ein Mahlstrom. Immer weiter dehnen sich die schmutzigen Vorstadtbezirke gegen die Ebene hin aus. Es fehlt dieser Ansiedlung bei aller Weitläufigkeit etwas Vereinigendes, das sie ins Großartige hinaufreißen würde. So wie ein Haufen Steine noch keine Pyramide ist, so ist auch eine unübersehbare Ansammlung von Hütten noch keine Stadt. Der ursprüngliche Siedlungskern liegt am Ausgang eines Gebirgstals. Dort führen noch heute die Brücken über den Fluß. Zu jeder Stunde kann man dort Taugenichtse und Verzweifelte sehen, die in die treibenden Wasser des Flusses schauen. Für viele bedeutet diese Stadt Glück und Reichtum, für noch viel mehr aber Verzweiflung. In den drei oder vier Straßen, die elektrische Beleuchtung haben, drängen sich abends die Wohlhabenden mit ihren geschmückten Frauen. Vor einigen Monaten hat man hier ein französisches Kabarett eröffnet, das mit großen Plakaten für seine Vorstellungen wirbt. Würde sich jemals ein Franzose in diese mit armseligem Flitter behängte Kneipe verirren, er müßte vor Zorn erröten. Letztklassige Darbietungen von zwei alten Negerinnen werden zum Beispiel als LIEBESREIGEN angekündigt. Dennoch floriert das Geschäft. In den drei Kaufhäusern, die es in diesem Viertel gibt, werden Waren aus Europa feilgeboten. Die Menschen drängen an den Schaufenstern vorbei und können diese Schuhe und Anzüge nicht lange genug begaffen. Bettler raufen um die besten Plätze rund um die Kaufhäuser. Jongleure, Feuerschlucker und Turner zeigen auf offener Straße ihre Kunst. Halbverhungerte Menschen sitzen auf den Randsteinen und starren vor sich hin in den Schmutz. In der Nacht vermag die elektrische Beleuchtung einem ein lebendiges, vielleicht sogar fröhliches Bild von jenem Viertel vorzugaukeln. Tagsüber sieht man, daß es genauso deprimierend ist wie die Vorstadt. Die Leprakranken, die den Straßenpassanten ihre schwarzen Hände zeigen und mit lauter Stimme um eine Gabe bitten, könnten das Wahrzeichen dieser Ansiedlung sein. Wenn man dort herumstreift, hofft man auf den vernichtenden Blitzschlag oder die Erlösung, aber es geschieht nichts.

Bei den Lagerhallen im Osten der Stadt sind jeden Morgen die Straßen von Männern verstopft, die ihre Arbeitskraft für ein paar Münzen verkaufen wollen. Die Gehilfen der Händler haben vor den Türen der Hallen ihre kleinen, samtbespannten Tischchen aufgestellt. In geordneter Reihe müssen die Arbeitsuchenden an ihnen vorbeiziehen. Jeder hofft auf Aufnahme, aber nur wenige werden aufgenommen. Wenn man die Gesichter dieser ausgemergelten Menschen betrachtet und die Blicke sieht, die sie auf die Tore der Lagerhallen hinwerfen, möchte man glauben, es seien die Tore zum Himmel. Dabei ist mit der Aufnahme fast nichts erreicht, denn sie gilt nur für einen Tag. Der Lohn ist so gering, daß ein ausgewachsener Mann davon gerade einmal seinen Hunger stillen kann. Für jene, die in Reih und Glied vor den Toren stehen und demütig ihre Augen unter den Blicken der Gehilfen senken, ist es schon unvorstellbar viel. Sie würden gewiß auch für die Hälfte arbeiten. Sie würden für das arbeiten, was man braucht, um nicht zu verhungern. Die Gehilfen, die man an ihren roten Samtkäppis sofort erkennt, bewegen sich den ganzen Tag nicht von den Tischchen fort. Mit einem kurzen Bambusstock zeigen sie auf die Männer, die sie aus der Nähe zu sehen wünschen. Kaum daß der Mann aus der Reihe vortritt, reißen ihm zwei Diener, die sonst rechts und links neben dem Tischchen des Gehilfen ihren Platz haben, sein Hemd vom Leib, zeigen dem Gehilfen Brust und Rücken und befehlen dann dem Mann, seine Armmuskulatur anzuspannen. Einen Moment hängt der Stock des Gehilfen unschlüssig über dem Tischchen, dann fällt er meistens darauf zurück. Das bedeutet, daß der Mann nicht aufgenommen ist. Die Diener stoßen ihn unter Beschimpfungen zurück. Die anderen Männer in der Reihe lachen. Sie lachen wohl in der Hoffnung, daß es ihnen besser ergehen werde. Durch die ewige Armut haben diese Leute jedes Ehrgefühl verloren. Wenn der Gehilfe einen Mann nicht aufnehmen will, kommt es nicht selten vor, daß dieser blitzschnell seine Hose auszieht, um die Kraft seiner Beine zu zeigen. Damit, so hofft er, könnte er wenigstens für die Tretmühlen aufgenommen werden, obwohl die Arbeit dort so hart ist, daß manche nicht einmal einen halben Tag überleben. Es ist kein Wunder, daß derart entkräftete Menschen unter solchen Belastungen zusammenbrechen. In den Tretmühlen heißt es laufen, laufen und wieder laufen. Dort würden Pferde niederstürzen. Wenn man die Männer vor den Hallen betrachtet, würde man kaum einem von ihnen zutrauen, daß er einen Getreidesack tragen kann. Drinnen werden den Arbeitern oft zwei oder drei Fünfzig-Pfund-Säcke aufgeladen. Es gibt keinen Rand der menschlichen Kraft. Ohne Grenze geht es in die Finsternis hinaus.

Gewiß ist es lächerlich, wenn ein vollkommen nackter Mann von den Dienern davongejagt wird. Aber es ist eine zynische, sich selbst verachtende Lache, die die Männer vor den Hallen lachen. Leute, die sich ohne Befehl der Gehilfen auskleiden, werden niemals aufgenommen. Was nützen auch kräftige Beine, wenn der ganze Mann vor Auszehrung kaum mehr stehen kann.

Wird ein Mann aufgenommen, so verzeichnet der Gehilfe seinen Namen und stempelt ihm am Oberarm eine Nummer auf. Die meisten Gehilfen kennen kaum die Buchstaben des Alphabets, trotzdem tun sie so, als würden sie schreiben, um ihr Ansehen bei den Arbeitsuchenden zu steigern. Es ist ein offenes Geheimnis, daß sie von dem ohnehin winzigen Lohn der Arbeiter noch einen Teil für sich einbehalten. Jeder läßt sich das gefallen, denn er hofft, dies werde ihm am nächsten Tag die Aufnahme wieder sichern. Tatsächlich verfahren die Gehilfen, wie es ihnen gerade einfällt. Es gibt niemand, der ihre Machenschaften aufdecken könnte. Die Händler selbst sind mit Geschäftsreisen und Gewinnspekulationen viel zu beschäftigt, um sich um die Entlohnung der niedrigsten Arbeiter kümmern zu können. Gelänge es einem Arbeiter aber doch, mit seiner Klage bis zu den Geschäftsherren vorzudringen,

so ist es beinahe sicher, daß er davongejagt würde, denn wer glaubt schon einem ausgehungerten Tagelöhner, wenn seine Aussage der eines Gehilfen gegenübersteht?
In dem Halbdunkel, das in den endlosen Lagerhallen herrscht, verschwinden die Arbeiter wie in einem furchtbaren Traum. Sie reden nichts, ihre Blicke haben aneinander keinen Halt. Wenn sie nebeneinander an einen Transportkarren gespannt sind, verbindet sie nur das Kommando des Aufsehers. Jedes Wort wäre Verdeutlichung ihres Zustandes. Stumm schlagen sie sich durch den Tag. Überall wachen Aufseher darüber, daß nicht eine Minute Ruhe eintritt. Wenn einer der großen Geschäftsherren zufällig durch die Halle geht, lassen die Aufseher ihre Peitschen knallen. HEÚCHLA singen die Männer, die immerfort an Seilen ziehen müssen, den ganzen Tag. Dieser Gesang klingt nicht traurig. Eher ist er das äußere Zeichen für das Versinken in die Idiotie. Wie die meisten hier, wissen sie nicht, welche Bewandtnis es mit ihrer Arbeit auf sich hat, wozu dieses Am-Seil-Ziehen etwa dient. Würden hinter der Wand, aus deren Löchern die Seile kommen, Menschen durch das Anspannen der Seile erwürgt, sie würden deshalb nicht aufhören, an den Seilen zu ziehen. Beim Anblick von Männern, die mit Säcken beladen über schmale Holzstege torkeln – ihre Kräfte sind bis zum Zerreißen angespannt –, denkt man unwillkürlich an ein Wort des Kodex: »Was kann man wissen in dieser Dunkelheit?«
Das Viertel um die Lagerhallen ist das trostloseste, wenn man in der Ohnmacht, aus der die Vorstädte aufstehen, überhaupt noch Unterschiede machen kann. In dieser Gegend wird man keinen Beduinen treffen. Die Vorstädte sind von braunhäutigen, aus dem Gebirge herstammenden Menschen bewohnt. Der Schnitt der Augen, die Haartracht, die Sprache, ja sogar Gang und Bekleidung unterscheiden diese Leute von den Beduinen. Ihre Augen sind im Durchschnitt sehr groß und stehen weit auseinander. Betrachtet man sie, so ist das erste, was einem auffällt,

das schöne, glänzende Braun der Iris. Das Sehloch ist seltsam geweitet. Es ist etwas Stumpfes in ihrem Blick. Anfangs bemerkt man es kaum. Später empfindet man es als Qual, wenn man ohne Ausdruck, wenn man immerzu ohne die geringste Bewegung angestarrt wird. Vielleicht ist es die trostlose Umgebung, die diesen Eindruck hervorruft oder zumindest verstärkt.

Die Augen der Beduinen sind mandelförmig geschnitten. Bis heute ist es nicht geklärt, was jener Satz des Anhanges bedeutet: »Die Mandel ist das Glück.« – Teilweise hat man ihn auf den Schnitt der Augen hin gedeutet, dann hieße der Satz: Wer zu unserem Volk gehört, ist glücklich, das heißt, die Volkszugehörigkeit hat charismatischen Charakter. – Teilweise hat man ihn auf den Brauch hin ausgelegt, nach dem das Lager der Braut in der Nacht vor ihrer Hochzeit mit Mandeln bestreut wird. Die Mandel, die man in zwei Teile teilen kann, ist das Zeichen der Vereinigung. Eine Frau erkennen, ist Glück, würde der Satz des Anhanges demnach bedeuten. Es sind aber auch Stimmen laut geworden, die die Meinung vertreten haben, die Mandel sei als wichtigstes Ernährungsmittel der Nomadenvölker das Lebenssymbol schlechthin. Dann würde jener Satz sagen: Das Leben ist Glück; überall zeigt sich das Glück. – Wie froh müßte – sollte die letzte Theorie zutreffen – jenes Volk gewesen sein. Vor solchen Fragen oder Feststellungen macht die Wissenschaft halt. Die Grenze ist erreicht.

Die Beduinen tragen getrocknete Mandeln an Schnüren um den Hals. Teils ist es die primitivste Aufbewahrung eines Mundvorrates, teils ist es Talisman. Der Beduine wird keinen Gedanken darüber verlieren, wenn es gilt, die letzte Mandel aufzuessen. So entziehen sie sich den Nachforschungen der Gelehrten.

In den Vorstädten sieht man kaum einen Mann mit langem Haar. Wegen einer Vorschrift der Handelsherren, die für alle Arbeiter kurzgeschorenes Haar anordnet, können es nur wenige wachsen lassen. Die Arbeit in den Lagerhäusern ist die einzige Möglichkeit, sich den Lebensunterhalt zu verdienen. Die Handelsherren dulden keine Ausnahmen. Nur die Bettler, die man überall in der Hauptstadt antrifft, tragen langes Haar. Sie kümmern sich freilich um niemanden. Sie hängen von der Güte aller ab, also eigentlich von keines Menschen Güte. Oft schlafen sie um die Mittagszeit, wenn die Straßen von Verkehr überquellen, quer über einen Gehsteig ausgestreckt, so daß die Passanten über sie hinwegsteigen müssen. Niemand will mit ihnen zu tun haben. Die Handelsherren bekämpfen sie, indem sie den Arbeitern bei Strafe verbieten, Almosen zu geben. Durch solche Vorschriften wird man die Bettler nicht ausrotten können, denn sie genießen die, wenn auch nicht eingestandene Hochachtung der Bevölkerung. Dem Fremden mag es widerlich sein, in der Hauptstadt ist es ein häufiges Bild: Ein toter Bettler ist von den Passanten mit Blumen geschmückt worden. Er lehnt in der gewohnten Hockstellung an einer Hausmauer. Ringsherum liegen Haufen von Blumen. Sie verwesen mit der Leiche, bis alles auf Befehl der Obrigkeit fortgeschafft und verbrannt wird.

Die Beduinen lassen ihr Haar wachsen. Ganz langes, beinahe bis zum Gürtel reichendes Haar tragen nur die Häuptlinge. In der Stadt haben sie es mit eisernen Kämmen am Hinterkopf befestigt. Wenn man diese aufgerichteten, stolzen Menschen die Straßen der Hauptstadt hinabgehen sieht, fällt einem die Armseligkeit, die hier in jeder Kleinigkeit herrscht, besonders in die Augen. Zu den Markttagen ziehen die Beduinen am Hauptplatz ein. Dort, auf diesem mit buntglasierten Ziegeln ausgelegten Platz, der ringsherum von prächtigen Gebäuden eingeschlossen wird, halten sie ihre Waren feil und versorgen sich selbst mit dem, was sie brauchen. Wenn man von den breiten, geschwungenen Treppen der Universität, die die Ostseite des Platzes bildet, über das vielfältige Gewirr der Menschen hinblickt, erscheint es einem, als habe die Erde hier all ihr Leben versammelt. Selbst auf den steinernen Türmen, die aus der Baumasse der Universität aufragen und die zur Sternenbeobachtung dienen, kann man den Lärm dieser Menschenansammlung hören. Hierher dringen die Rufe der feilschenden Beduinen, das Geschrei der Kinder und Frauen nur mehr in ihren allerletzten, feinsten Spitzen. Es klingt wie das Knirschen, das man bei angestrengtem Horchen auch in der Stille der Nacht zu hören vermeint. Die Lehre von der Musik der sich bewegenden Sphären wird heute von der Wissenschaft verworfen. Man verweist sie ins Gebiet der Phantasterei. Wenn man aber die Harmonie des Sternenhimmels beobachtet – über der Hauptstadt ist der Himmel infolge eines ständig vom Gebirge her wehenden Windes immer klar –, will man die Möglichkeit einer in spiegelbildlicher Ordnung aufgebauten Musik nicht ausschließen, auch wenn man es besser weiß.

»Wenn du es nicht weißt und auch das Gesetz es nicht weiß, wer weiß es dann«, sagt der Kodex in einem seiner letzten Sätze. Die äußersten Spiralen der Kodexsteine, die die letzten Gesetzesworte enthalten, sind stark umstritten. Sind sie nachträglich noch in die Steine eingeschlagen worden? Sollte dadurch der Sinn des Gesetzes verwirrt werden? KALI heißt das letzte Wort auf der äußersten Spirale. Es ist zweimal hintereinandergesetzt, einmal auf den linken, einmal auf den rechten Stein. Es ist der Name jenes Königs, der im Kodex öfter genannt wird und der wahrscheinlich das Gesetz erlassen hat. Das weist auf die gleiche Urheberschaft für den gesamten Gesetzestext hin. Freilich könnte es auch eine besonders raffinierte Fälschung sein. Hier stößt man bei weiteren Überlegungen schnell ins Dunkle.

In den äußeren, dem Marktplatz zu gelegenen Sälen der Universität hört man den Menschenlärm wie fernes Meeresrauschen. Die Stimmen der einzelnen sind nicht mehr zu unterscheiden. Die Laute haben sich endgültig von Lippe und Stimmband gelöst, wo sie entsprungen sind. Den Gelehrten stört selbst dieses unaufdringliche, gleichförmige Geräusch. Nur in der Disputation kann er darüber hinwegsehen und es vergessen. Nicht daß ihn das Geräusch an sich stören würde – würde es tatsächlich von der Meeresbrandung herstammen, vielleicht würde er sogar Freude daraus ziehen –, so sind es aber die Stimmen von Menschen, es ist ihre Unruhe, es ist all der Schmutz und die Kleinlichkeit, die Abhängigkeit von Zufällen usf., es ist gerade die Versammlung jener Kräfte, die der Gelehrte überwinden möchte, um zum Gesetz vorzustoßen, das sich über den Menschen aufbaut. Tief drinnen im Leib der Universität, eingeschlossen wie Kristalle im Gebirge, liegen die Studierstuben und Bibliotheken der Gelehrten. Hierher ziehen sie sich immer wieder zurück. Manche Gelehrte verlassen oft jahrelang ihre Stube nicht. Nur durch ältere Studenten halten sie Verbindung zur Außenwelt. Diese selbst verlassen aber nur selten den Ring ihrer Studiersäle. Vor die Tore der Universität kommen sie nicht öfter als die Gelehrten. Sie verkehren mit den jüngeren Studenten, deren Säle sich an die ihren anschließen. Diese wieder verkehren mit den noch jüngeren und so fort. Auf solche Art werden die Worte der Gelehrten weitergegeben bis hinaus zu den neu in die Universität Eingetretenen. Wen kann es da wundern, wenn ihre Lehre am Ende ganz verstümmelt ist? Die jüngsten Studenten flüstern einander oft unerhörte Dummheiten zu, wie etwa: »Bei Nacht ist alles dunkel«, und berufen sich dabei auf die Gelehrten. – Das sollen ihre Worte sein? Man darf nicht übersehen, daß die jungen Studenten mit den paar Brocken, die sie irgendwo aufgeschnappt haben, nur prahlen wollen; in Wirklichkeit wissen sie so gut wie nichts. Forscht man ihren Reden nach, so merkt man bald, daß sie einer Grundlage entbehren. In manchem ihrer Worte wird man mit einigem Scharfsinn noch den

Spaß erkennen, den sich ein älterer Student mit den Neulingen erlaubt hat.
Ein anderer Gesichtspunkt ist allerdings viel bedenklicher: Da die Gelehrten nur sehr selten in die Welt hinauskommen, ist ihre Kenntnis von ihr ungenau, oberflächlich und deshalb trügerisch. Selbst wenn die Gelehrten auf ihren kurzen Reisen in die Außenwelt es vermöchten, den Dingen, die sie zu erforschen wünschen, auf den Grund zu sehen, so sind sie doch die übrige Zeit, die sie in ihren Studierzimmern verbringen, von den Berichten der Studenten abhängig. Wie das Wort der Gelehrten nur mühsam und unter grausamer, bis zum Lächerlichen gehender Entstellung seinen Weg nach draußen findet, so schwer dringen auch die Nachrichten von der Welt nach innen zu den Gelehrten vor. Wie sehr man es wünschen mag, man wird die Distanz zwischen der Welt und den Gelehrten nicht überbrücken können, denn entweder ist man Gelehrter, oder man treibt sich am Marktplatz herum und läßt sich die Sonne auf das Gesicht scheinen.
Solche Überlegungen bekümmern die Beduinen nicht. Sie stehen hinter ihren Körben und preisen ihre Waren, ob sie gut sind oder schlecht. Die Stadtbewohner drängen schimpfend vorbei. Dreckschweine ist noch eines der harmlosesten Worte, das die Beduinen zu hören bekommen. Die Sprache der Stadtmenschen klingt im Vergleich zu der der Beduinen wie das Grunzen von Schweinen. Jedes Wort aus ihrem Mund hat den Ton des Schimpfwortes. Ihre Sprache ist das adäquate Instrument ihrer Verkommenheit. An den Schnapsbuden, die über den Marktplatz verstreut aufgestellt sind, kann man Männer lehnen sehen, die zu allem, was um sie herum vorgeht, nichts anderes sagen als »Verflucht!« und dann wieder »Verflucht!« Hin und wieder lachen sie grundlos vor sich hin. Die Schankmädchen werden von ihnen Tschuka genannt, das heißt Hure. Bei jeder Bestellung versuchen sie, ihnen auf die Brust oder an den Hintern zu greifen. Sie lachen. Scheinbar haben sie sich mit

ihrem Unglück abgefunden. Es ist aber nicht Ergebung, was man an ihnen sieht, eher ist es schon Tod, denn für sie verändert sich nichts mehr, ob sie jetzt lachen oder weinen. Sie sind an die Stelle genagelt wie die Schlangen, die die Beduinen zum Verkauf an Holzstäbe nageln. In den Steppengebieten gibt es zahlreiche, teilweise giftige Schlangen. An den Erdlöchern warten die Beduinen stundenlang in vollkommener Bewegungslosigkeit, bis die Schlangen herauskriechen. Mit großer Geschicklichkeit stoßen sie dann mit gegabelten Stöcken auf die Beute nieder. Die Schlange darf dabei nicht verletzt werden. Ihre Haut muß unversehrt bleiben. Selbst die giftigste Schlange muß beim Fangen mit der Hand hinter dem Kopf gefaßt werden. Mit zwei Nägeln, einer durch den Schädel, einer durch den Schwanz, wird sie an einen Stab geheftet, damit ihre Haut im Todeskampf nicht verzerrt werden kann. An der Behandlung der unscheinbaren Schlangen, deren Haut nicht gehandelt wird, zeigt sich der Haß der Beduinen gegen diese Tiere. Die Schlange wird lebend über dem Feuer aufgehängt und mit Nadeln gepeinigt. Die Kinder lachen über die schrecklichen Zuckungen des Tieres. Viele Beduinen gehen an Schlangenbissen zugrunde.
Schon von weitem kann man die Stadtbewohner von den Beduinen unterscheiden. Sie sind europäisch oder zumindest halb-europäisch gekleidet. Es wäre sinnvoller, wenn sie sich ihre Lumpen als Umhang überwerfen würden, aber – keiner weiß eigentlich warum – sie machen sich lieber Hemden und Hosen daraus. Öfter kann man in den Straßen groteske Nachahmungen dieser Kleidungsstücke sehen. Bei manchen Männern sieht man noch eine turbanartige Kopfbedeckung, die Fasa. Die große Masse trägt breitkrempige Strohhüte, die meist voller Löcher sind. Im Vergleich zu den Beduinen stellen diese Menschen ein Volk von Habenichtsen dar. Dennoch verachten sie die Beduinen. Zum Teil ist es gewiß Neid, der sie dazu treibt. Zum Teil ist es die Unnahbarkeit der Beduinen, die diese

Abneigung hervorruft. Jede Kleinigkeit kann hier zu schweren Auseinandersetzungen führen. Gegen Ende des Marktes stellen die Beduinen ihre Waffen in kleinen Pyramiden vor sich auf. In dieser Geste mischen sich Angst und Herausforderung. Vor kurzem erst hat ein von Haschisch berauschter Beduine drei Menschen erschossen. Mitten unter den anderen Verkaufsständen findet man Zelte, wo man gegen eine ganz geringe Summe mit einer Hure schlafen kann. Wenn keine Kunden da sind, treten die Weiber vor das Zelt und zeigen ihre Hintern und Schenkel. Dabei führen sie eine Art von Tanz auf. Die Beduinen werfen ihnen Mandeln zu und lachen. Diese Tänze sind auch zu lächerlich. Ein Türsteher schlägt ein Tamburin. Tschuka, Tschuka, kreischen die Trinker an den Schnapsbuden. »Keiner soll huren, und es soll keine Hure unter Euch sein«, sagt der Kodex. In den Anhängen steht: »Wer ausspuckt, der spuckt vor sich selbst aus.« – Manchmal schiebt sich eines der Weiber zum Vergnügen der Menge die ganze Hand in den Leib.
Am Abend, wenn der Markt zu Ende ist, liegt der Platz verlassen im Schlagschatten der großen Gebäude, die ihn umgeben. Mit langen Stöcken stochern die Bettler in den Abfallhaufen. Das Grölen der Betrunkenen, die auf allen vieren über den Platz kriechen, wird schließlich von der Stille verschluckt. In der Universität ist es dunkel. Im Nationalmuseum, das sich vis-à-vis davon befindet, sind noch einige Fenster erleuchtet. Hin und wieder sieht man dort die Silhouette eines Wächters auftauchen. Das Gebäude ist wie jenes der Universität groß wie ein Berg. Zahlreiche Balkone treten aus der Front heraus. Würden Bogenschützen in langer Kette auf dem Dach erscheinen, es würde einen nicht wundern. Zinnen verbinden das Gebäude mit dem Himmel. An der Spitze des Giebels steht ein Spruch in großen Goldlettern eingelassen: ALLES FÜR EUCH, aber man kann ihn, wenn man auf dem Platze steht, nicht mehr ausnehmen. Man sieht nur den Glanz des

Goldes. Man ahnt, daß es etwas Bedeutsames sein muß, da es an der höchsten Stelle dieses herrlichen Gebäudes steht. Für den Mann von der Straße ist das Museum unfaßbar in seiner Größe. Wenn man eine Weltkarte betrachtet, und der Zeigefinger ruht gerade an der Südspitze der Halbinsel Kamtschatka, so hat man dasselbe Gefühl wie im Anblick des Museums. Wie mag es dort sein, denkt man, aber viel weiter kommt man in seinen Überlegungen nicht. Schon die Eingangshalle verwirrt durch ihre Weitläufigkeit, durch die riesigen Marmorsäulen, die an ihren Seiten in schwindelerregende Höhe aufstreben. In einer für das normale Menschenauge kaum mehr zu überspannenden Entfernung ahnt man mehr, als man erkennt, die lichte Rundung einer Kuppel. Ringsherum streben breite Treppen empor, denen man mit den Blicken folgt, bis sie sich durch eine Kehre entziehen. Zwischen den Säulen stehen die Denkmäler der verdientesten Forscher. Obwohl sie in vielfacher Vergrößerung menschlicher Maße dargestellt sind, wirken sie winzig im Vergleich zu der Stärke der Säulen, zu der Tiefe dieser Halle. Es darf den Laien nicht wundern, wenn er kaum einen der berühmten Namen kennt. Die Bezirke der Wissenschaft sind zu ausgedehnt, als daß man hier nur annähernd Bescheid wissen könnte. Fast möchte man sagen: Wenn einer mit geschlossenen Augen durch diese Halle ginge, er lernte soviel wie jener, der alles zu erfahren sucht.

Nahe jener Grenze, wo die Dinge vor dem Blick verschwimmen, erkennt man Menschen, die die großen Treppen hinaufsteigen. »Haltet ein!« Dieser Ruf drängt sich einem auf die Lippen. Man bleibt stumm, teils weil das Rufen sinnlos wäre, teils weil man die Ruhe hier nicht zu stören wagt.

Gleich am Eingang wird man von blau uniformierten Museumsdienern empfangen. Unverschämt strecken sie ihre Hände aus, und ehe nicht jeder ein Geldstück bekommen hat, kann man nicht passieren. Um es richtig darzustellen, muß man festhalten, daß die Tore des Museums überhaupt ein Sammelpunkt für allerlei Gesindel sind. Es mag ohne weiteres sein, daß einige besonders gerissene Gauner sich eine Uniform verschafft haben, um ihren aufdringlichen Forderungen den nötigen Nachdruck zu verleihen. Die »echten« Museumsdiener nehmen diesen Unfug jedenfalls schweigend hin. Dieses Schweigen genügt, um sie in einem wenig günstigen Licht erscheinen zu lassen. Wer weiß – das scheint im Widerspruch zu den früheren Feststellungen zu stehen –, vielleicht treiben sie eine Art Provision von allen Trinkgeldern, die hier am Tor gemacht werden, ein und sind dadurch, daß sie die Gauner für ihren Vorteil ausnützen, noch größere Gauner als diese? – Wenn man nicht selbst dieser zweifelhaften Gesellschaft angehört, wird man es nicht ergründen.

Das Trinkgeldunwesen ist im Museum weit verbreitet. Kaum hat man einen Saal betreten, ist schon der zuständige Aufseher zur Stelle. Meist bietet er sich mit einigen, allzu schnellen Verbeugungen als Führer an. Im ersten Moment ist man über dieses Anerbieten vielleicht sogar erfreut, aber schon nach wenigen Schritten merkt man, daß der Mann von den Dingen, die er zu wissen vorgibt, keine Ahnung hat. Manche dieser Aufseher haben die Frechheit, einfach die Beschriftung der verschiedenen Ausstellungsgegenstände vorzulesen. Will man solchen Belästigungen entkommen und die Exponate in Ruhe betrachten, dann gibt es keine andere Möglichkeit, als den Aufseher durch ein reichliches Trinkgeld zum Verstummen zu bringen. Bei einer derartigen Mißwirtschaft erscheint es wie ein Wunder, daß unser Museum eine großartige, international geschätzte Sammlung besitzt. Dabei ist es selbst den Gelehrten unmöglich, sich auch nur einen annähernd kompletten Überblick über die Bestände zu verschaffen. Die Aufseher kennen ihren eigenen Saal und die ringsherum angrenzenden. Sie erzählen zwar, durch ein entsprechendes Trinkgeld aufgemuntert, allerlei phantastische Geschichten über diesen oder jenen Saal, aber bei ihren Erzählungen verhält es sich so wie im Märchen: Ein Körnchen Wahrheit steckt darin, mehr nicht. – In manchen Sälen liege fingerhoch der Staub, so selten komme jemand dorthin; manche Säle habe man erst durch Zufall wiederentdeckt; es gäbe eine eigene Museumsforschungsgesellschaft, die nach bestimmten Dingen innerhalb des Museums forsche, usw. – So etwa lauten ihre Geschichten, wenn sie zu erzählen beginnen. Läßt man sie fortfahren, werden ihre Worte immer fragwürdiger. Man muß in Betracht ziehen, daß die Aufseher in der Weite der zu beaufsichtigenden Säle, in der fossilen Ruhe, die von den Exponaten ausgeht, fast notwendigerweise zu geschwätzigen Menschen werden. Sie haben auch selten genug jemand, mit dem sie reden können. Es besuchen zwar Tausende Menschen das Museum, doch auf die tausend und tausend Säle gerechnet ist es doch eine winzige Menge. Das Gedränge am Eingang scheint nur zu dem Zweck stattzufinden, um sich nachher in eine um so vollkommenere Einsamkeit aufzulösen. Die meisten Aufseher sind betrunken. Wenn man aber die Härte ihres Dienstes in Betracht zieht, die ständige Einsamkeit, das – von ihrer Seite aus gesehen – sinnlose Ausharren für eine sinnlose Sache (daß sie hier Schätze hüten, wissen sie meistens nicht), wird man ihnen auch diese Schwäche nicht allzu sehr ankreiden. Dennoch ist man zornig, wenn man in der Besichtigung uralter Fundstücke durch den idiotischen Gesang eines betrunkenen Aufsehers gestört wird. Hin und wieder stößt man zu seiner Freude auf Aufseher, die ihren Dienst mit Würde ausführen, ja auf manche, die von ihrer Aufgabe erfüllt sind. Man muß diese meist kleinen, etwas dicklichen, exakt gescheitelten Männer in ihren sauberen Uniformen gesehen haben, die vor Eifer und Stolz glühen, um an der Zukunft des Museums nicht zu verzweifeln. Gewiß, man merkt bei diesen braven Leuten bald, daß ihr Eifer zwar aufrichtig ist, daß es ihnen aber doch am inneren Verständnis für die Museumsangelegenheiten vollkommen mangelt. Mit ihren kurzen Körpern beugen sie sich weit über die Glaskästen, um auf irgendein Detail eines Exponates hinzuweisen; daß sie dabei das gesamte Stück verdecken, merken sie nicht. So sind sie aber in allem. Vielleicht sollte man gerade diese auf den ersten Blick so verläßlichen Gestalten als erstes aus dem Museum entfernen? Vielleicht wäre es gut, wenn man alle, aber auch wirklich alle Aufseher und Diener mit einer riesigen Peitsche aus dem Museum austreiben würde?

Unter den speziellen Verhältnissen, die in diesem Museum herrschen, wird man es verstehen, daß die Aufstellung beziehungsweise Entfernung der Gesetzesfunde aus den allgemein zugänglichen Sälen in der Fachwelt solchen Staub aufgewirbelt hat. Als die Fundstücke noch in einem der Säle zur öffentlichen Besichtigung freigegeben waren, konnte man wenigstens ihrer Existenz gewiß sein. So aber, da man sie in die Kellergelasse verbracht hat, deren Ausdehnung und Anordnung jede Vorstellung übersteigen, ist selbst das unsicher geworden, denn vertrauen kann man hier im Museum auf niemand und nichts. Die Aufseher haben für die ihnen anvertrauten Gegenstände im besten Falle eine auf Unverständnis begründete Ehrfurcht, im schlechtesten Falle arbeiten sie mit Dieben und Fälschern zusammen. Vor Jahren ist man zum Beispiel darauf gekommen, daß einer der schönsten Funde aus der Zeit des Kodex, ein goldener Schild, auf dem die weinenden Frauen der Krieger, die Schlacht, die in die Sklaverei abgeführten Gefangenen, der Triumph des Siegers dargestellt waren, unter der Mitwisserschaft des zuständigen Aufsehers gegen eine primitive Nachahmung aus Messing vertauscht worden ist. Mit Recht stellt man bei solchen Zuständen die Frage: Wie erst mag es unten in den Kellergeschossen zugehen, wohin die Aufsicht der hohen Museumsbeamten und der Öffentlichkeit noch viel weniger reicht?

Die den Aufsehern übergeordneten Beamten sind Gelehrte,

die man, wahrscheinlich durch die Bezahlung hoher Gehälter, in den Museumsdienst herübergelockt hat. Man kann es nicht anders ausdrücken, denn für die Bedürfnisse eines solch riesigen Apparates, wie es das Nationalmuseum ist, haben sie keine Befähigung. Anstatt sich um Ordnung und Übersichtlichkeit zu kümmern, sitzen sie in ihren Zimmern und studieren. Bezeichnend für ihr Interesse am Museum ist es, daß kaum einer von ihnen jemals in allen Sälen gewesen ist. Die Aufseher sind ihnen unbekannt. Würde sich ein Erzbetrüger bei ihnen als Kustos dieses oder jenes Saales vorstellen, es würde ihnen nicht auffallen. Wie die meisten Gelehrten beschäftigen sie sich mit einem winzigen Ausschnitt irgendeiner wissenschaftlichen Disziplin. Dort hoffen sie, durch angestrengteste Forschung den Plan der Welt ans Licht zu reißen. – »Es geschieht doch immerfort«, sagt eine Stelle des Anhanges in Hinsicht auf das Leben der Welt. – Die hohen Beamten bieten ein Bild des Jammers, wenn sie, kurzsichtig und vom ewigen Sitzen steif geworden, durch die Säle stolpern und aus den freundlichen Gesichtern der Aufseher ablesen wollen, daß mit dem Museum alles in Ordnung ist. In die Keller kommen sie nur einmal im Jahr. Dazu verpflichtet sie die Museumsordnung. Man kann sich vorstellen, welchen Überblick sie bei einer solchen Begehung gewinnen können.

Wenn man aus dem Museum wieder auf den Marktplatz heraustritt und die schweren, metallbeschlagenen Tore hinter einem zufallen, atmet man auf. Von der Plattform, von der die Stufen zum Marktplatz hinunterführen, betrachtet man lange den Himmel und das Treiben der Menschen. Die Schreie der Ausrufer locken die Schaulustigen bald dahin, bald dorthin. Es ist schon recht, sagt man in Gedanken an das Museum immer wieder. Es ist schon recht. Im Angesicht der riesenhaft und scharf in den Himmel schneidenden Konturen des Gebäudes lassen sich keine Überlegungen über die Ordnung oder Unordnung darin anstellen. Das Für und Wider bringt hier keine entscheidenden Kräfte in Bewegung. Es ist etwa so, als liefen Ameisen über die Fassade hin und man würde davon den Einsturz des Gebäudes erwarten. In Wirklichkeit verändert sich nichts.

NADA, rufen die Beduinen, wenn sie mit dem Abbruch ihrer Marktstände beginnen. Jetzt könnte man sie durch alles Geld der Welt zu keinem Geschäft mehr bewegen. Worauf diese Eigenart beruht, ist von der Forschung nicht geklärt. Die Beduinen erzählen darüber nichts. Sie sagen bloß: »Du siehst es ja, es ist nicht möglich!« Gleichgültig, mit wem sie sprechen, sagen sie immer DU. Man darf das nicht als Anbiederung verstehen. – »Er geht in die Wüste hinaus. Nirgends ist er zu treffen.« – Diese Worte des Kodex, die sich wahrscheinlich auf den König beziehen, könnte man auch auf die Beduinen anwenden. Selbst wenn man Jahre unter ihnen gelebt hat, kann man nicht behaupten, sie zu kennen. Dabei sind sie dem Fremden gegenüber freundlich und zugänglich. Vielleicht kann man diese Menschen nicht kennen, weil es an ihnen nichts zu kennen gibt.

In langem Troß ziehen die Beduinen aus der Stadt. Die Reiter haben an ihren Lanzen kleine, grüne Fähnchen befestigt. Durch das Zusammenschlagen von zwei Holzstöcken gibt ein Mann den Takt für die hinterdreinmarschierenden Frauen und Kinder an. Gesprochen wird nichts. Manche Gelehrten wollen aus diesem Schweigen und dem Brauch des strikten Abbruchs der Geschäfte auf eine rituelle Vorschrift schließen. Wenn man aber die Beduinenkinder betrachtet, wie sie die Dattelkerne weit von sich spucken und ihre Augen ungestraft über die Häuser und Menschen streifen lassen, kann man sich dieser Meinung nicht anschließen. Die Frauen zählen den Ertrag des Verkaufes, indem sie die Münzen von einer Hand in die andere wandern lassen und gleichzeitig zum Zählen die Finger der rechten Hand ausstrecken. Je fünf Münzen werden auf einer Schnur aufgezogen und durch einen Knoten von den nächsten fünf getrennt. Der Staub, den die Pferde und Tragtiere, meist Esel, aufwirbeln, legt sich über die Marschierenden. Der Häuptling ist auf seinem geschmückten Pferd bald vorne, bald hinten an der Kolonne zu sehen. Die Kinder legen sich in seinem Anblick die flache Hand auf den Kopf, damit seine Weisheit auf sie komme.

Bald nachdem der Zug die Stadt verlassen hat, wird ein Lager aufgeschlagen. Es wird langsam dunkel. Aus den Buschgruppen ringsherum fliegen Vögel auf. Die Männer stellen die hohen Stangen für das Zelt des Häuptlings zusammen. Ringsherum werden die einfachen Zelte aufgeschlagen. So hoch die Feuer der Beduinen auch aufbrennen, ihr Licht dringt kaum zehn Schritte weit in die Dunkelheit der Steppe vor. Dort, am Rande des Lichtkreises, sitzen die Wächter und starren in die Finsternis hinaus. Das Zirpen und Singen der verschiedensten Tiere hört man die ganze Nacht durch.

Wenn man einmal begonnen hat, alles mit den Augen der Forscher zu betrachten, dann wird man überall Fragen sehen, ungelöste Fragen. Die Beduinen sind bis heute eines der Hauptziele der Forschung. Daß man ihre Gesetze und Bräuche in der vergleichenden Wissenschaft als Ergänzungsmaterial zu den alten Funden verwenden kann, ist nur einer der Gründe. Darüber hinaus macht es den Anschein, als habe sich die Beduinenforschung zu einem selbständigen Zweig unserer Wissenschaften entwickelt. Die Gelehrten haben, da sie nun schon in die Probleme der Beduinen eingedrungen waren, ihre Hände aus der Sache nicht mehr herausgezogen. Viele geben freilich vor, daß ihr alleiniges Interesse dem Kodex und seinen Anhängen gelte und daß sie sich nur deshalb mit den Beduinen beschäftigten. In Wirklichkeit geht es ihnen um ganz andere Dinge. Sie fürchten den Argwohn der orthodoxen Gelehrten. Wahrscheinlich wollen sie möglichst ungestört ihr Material zusammentragen, um dann mit einem Schlage ein herrliches, unzerstörbares Lehrgebäude zu enthüllen. Man verspürt beinahe Mitleid, wenn man von solchen Hoffnungen hört. Die Gesetze des Kodex und der Anhänge sind undurchschaubar und verworren genug. Immerhin bieten sie die Möglichkeit, sich auf dieses oder jenes Wort stützen zu können. Sie existieren unbestreitbar. Vorsicht ist am Platz, Einschränkungen aller Art sind zu treffen, gewiß, aber im Vergleich zu den Beduinen, die, um sich vor der Sonne zu schützen, mit vermummten Gesichtern durch die Wüste ziehen, sind die Kodex-Steine doch Fixsterne, an denen man sich immer wieder orientieren kann. Die Gelehrten wollen jedoch von solchen Überlegungen nichts hören. – Wir werden die Grenzen unseres Wissens weiter hinausdrängen, sagen sie. Es soll keine Frage geben, die nicht zugleich eine Frage der Forschung ist. Die Forschung ist alles, sagen sie, und alles ist die Forschung. Nach dem Ziel der Forschung befragt, antworten sie: »Frage, und es ist schon beantwortet!« Diese Aufforderung ist eine Formel des Anhanges, die jedes Gesetz abschließt. Wie weit ist aber der Geist der Gelehrten vom Geist jener Gesetze entfernt!

Die Beduinen kennen als Hilfsmittel der Orientierung nur den Stand der Gestirne. Die Geländeformen der Wüste bieten kaum einen Anhaltspunkt. Überall ist der Weg, sagen die Beduinen und weisen in die Wüste hinaus. Rund um den Tachosch ist ihr Sand feinkörnig, und seine Farbe geht von Gelb bis Orange. Diese Landstriche sind vollkommen flach. Die gelbe Wüste wird Kada genannt, was wohl auch stumm heißt wie Kadaf, nach dem wieder der einzige Ort hier benannt ist. Andere Teile der Wüste bestehen aus grauem Kies, den die Bäche, die nach Regengüssen für kurze Zeit entstehen, zu regellosen Halden zerschnitten haben. Wenn das Land wie tot unter der Sonne daliegt, kann man ihre geschwungenen, von Kraft zeugenden Formen nur verständnislos betrachten. Die Beduinen verfluchen die Kieswüste, denn in dem nach jedem Regenguß sich verändernden Labyrinth ist es schwer, vorwärts zu kommen. Selten trifft man dort auf einen von ihnen. Die weißen, gipsigen Ebenen, die als geschlossener Gürtel auf die Steppenböden folgen, sind ihnen vertrauter. Hier, wo noch allerlei Getier lebt, betreiben sie die Jagd. In dem feinen Staub verliert sich jede Spur. Es ist ein von Ohnmacht überwältigtes Land. Sich mit ausgebreiteten Armen auf den Boden zu legen und das Gesicht in den Staub zu drücken, würde dem Charakter dieser Gegenden entsprechen. Die Springschlange bewegt sich nach der Seite fort. Die Beduinen weinen um ihre Toten nicht. Der Vater streckt seine linke Hand nach vorne ins Leere aus, die rechte streckt er zurück. Sein Sohn erfaßt sie mit seiner linken und streckt seine rechte Hand nach hinten ins Leere aus. In der weißen Wüste kann man in allen Richtungen ganze Tage fortreisen, und es wird sich nicht das geringste in der Landschaft verändern. Wer diesen Anblick nicht gewohnt ist, wird verrückt. Der Beduine schläft im Schatten seines Tragtieres. Würde er im Tag nur hundert Meter zurücklegen, so hätte er auch sein Ziel erreicht. Die Kinder verjagen die Fliegen vom Gesicht des Schlafenden. Weder Kodex noch Anhang nehmen zur Frage, ob man tätig sein solle, Stellung. Es ist gar keine Frage, sagt eine Gruppe von Gelehrten, daß man aus der Ausklammerung dieser Problematik darauf schließen muß, daß ein beschauliches, auf sich zurückgezogenes Leben damals als Ziel gegolten hat. Es ist gar keine Frage, sagen andere Gelehrte, es ist selbstverständlich, daß der tätige Mensch das Ideal dieses Volkes war.

Manchmal begegnet man jenen seltsam zutraulichen, braunfelligen Wölfen, die in der Steppengegend herumstreunen. Sie flüchten nicht, wenn man sich ihnen nähert. Erst wenn man auf zwei, drei Schritte herangekommen ist, laufen sie davon. Die Beduinen strecken diese Tiere mit einem einzigen Schuß nieder. An der Bauchseite reißen sie den Kadaver mit ihren Messern auf und ziehen mit kurzen Schnitten das Fell ab. Sie kümmern sich nicht darum, daß alles an ihnen voll von Blut wird. Frauen und Kinder nagen die Fleischreste von den Fellen. Der Kopf des Wolfes wird, obwohl er gute Fleischstücke enthält, vom übrigen Körper getrennt und weggeworfen. Diese Übung hat keinen erkennbaren Sinn. Der Verweis auf ähnliche Opfergewohnheiten im Kodex ist nicht überzeugend. Der Brustkorb des Wolfes wird von zwei Männern mit bloßen Händen aufgebrochen. Um seine Studenten von solchen Grausamkeiten abzulenken – es gelingt ihm nicht –, macht der Gelehrte einen Witz: »Wer nicht fragt, hat alles gelöst.«

Wege

Franz und ich

Um unsere Wirtschaft steht es schlecht. Schon von weitem macht das Anwesen, das wir vor nicht allzu langer Zeit von unserem inzwischen verstorbenen Vater übernommen haben, einen verlotterten Eindruck. Je näher man herankommt, desto deutlicher wird einem der Verfall, in dem sich alles befindet, Haus, Scheune, Schuppen und Stall. Das Betreten des Hofes, das ist das Betreten einer vom Wind durchsausten, vom Klatschen des Brunnenwassers durchbohrten Stille. Die Knechte haben uns längst den Dienst aufgekündigt. Der Kettenhund, der früher mit großen, blutunterlaufenen Augen seine Strecke abgerannt ist, vom Stall zur Hundehütte, von der Hundehütte zum Stall, immer und immer wieder, diesen Hund haben wir, da es tatsächlich nichts mehr zu bewachen gibt, losgelassen und mit Peitschenhieben davongejagt. Ich erinnere mich noch genau jener Nacht: Während ich mit der Stallaterne geleuchtet habe, hat mein Bruder Franz, wir beide waren völlig betrunken, die Kette mit einer Säge durchgefeilt. Der Hund ist mit zitternden Flanken und weit heraushängender Zunge im Kot des Hofes gesessen. Da er bis auf die Knochen abgemagert war, habe ich unter seinem Fell, das wie schäbiges Segeltuch über die Rippen gespannt war, sein Herz schlagen sehen. Er hat, an das Eingesperrt-Sein, an das Angekettet-Sein durch ein ganzes Hundeleben gewöhnt, nicht begriffen, daß er nun in Freiheit gesetzt werden sollte. Ich habe, im Eingang des Stalles lehnend, mit der Laterne geleuchtet, der Hund ist mitten im Hof gesessen, die Augen starr auf mich gerichtet, mein Bruder hat, nachdem die Kette klirrend in zwei Teile gesprungen war, die Säge einfach fortgeworfen und erst mit Schreien, dann mit Fußtritten versucht, den Hund fortzujagen. Doch er hat sich nicht von der Stelle gerührt, hat die Zähne gefletscht und zu jaulen begonnen. Daraufhin hat mein

Bruder den Ochsenziemer aus dem Stall geholt. Gleich neben der Tür, auf einem rostigen Haken hängt der Ochsenziemer. Franz wäre beinahe in der Jauche ausgeglitten und lang hingeschlagen. Dieses Mißgeschick hat ihn, so glaube ich, in Wut versetzt. Jetzt hat er sich mit der Peitsche auf den Hund gestürzt, ihm über Augen und Maul geschlagen, immer wieder über den Schädel geschlagen, bis der Hund in sich zusammengesackt ist. »Warte, Franz, warte!« habe ich gerufen, aber er hat im Dreinschlagen nicht eher eingehalten, als bis ich ihm die Peitsche aus den Händen gewunden hatte. Dabei ist mir die Laterne entfallen, am Boden zerbrochen und ausgegangen. Keuchend sind wir eng aneinandergepreßt in der Finsternis gestanden. Dann haben wir gehört, wie der Hund langsam über den Hof geschlichen ist, deutlich war das Schmatzen des Kotes unter seinen Pfoten zu hören, dann muß er zwischen den Schweineställen und der Scheune ins offene Feld hinausgelaufen sein, Stille, nichts als unser Keuchen in der vollkommenen Stille. Nach einigen Tagen, als ich zufällig am Ferchtacker oben war, habe ich den von Fliegen bedeckten, halbverwesten Kadaver des Hundes gefunden. Wahrscheinlich haben ihn die Peitschenhiebe an den Augen verletzt, so daß er, blind wie er war, nirgends etwas erjagen konnte und verhungert ist.
Unsere Wirtschaft besteht im großen und ganzen gesehen aus vier Gebäuden. Ein Fremder, der sich einmal zufällig zu uns verirrt hat, weiß Gott, was ihn in diese verlassene Gegend verschlagen hatte, bezeichnete mir gegenüber unser Gehöft als Haufenhof, eine für das Gebiet ganz untypische Form, wie er meinte, denn nicht umsonst werde der Haufenhof von der Wissenschaft als Karantanischer Haufenhof bezeichnet, dieser unser Hof sei zwar ein Haufenhof, unzweifelhaft ein Haufenhof, aber, aber, aber, so argumentierte der Fremde stundenlang weiter, bis ich mich einfach wortlos von ihm abwandte, ihn allein im Hof stehen ließ und mir im Stall zu schaffen machte. Solcher-

maßen seiner Zuhörerschaft beraubt, machte er sich dann mit großen Schritten nach Zurndorf, in Richtung Zurndorf auf den Weg. Jetzt geht er nach Zurndorf, habe ich gedacht und zu lachen begonnen. Zurndorf ist zwar eine Realität, es gibt mitten in einer von Gebüsch durchstandenen, sumpfigen Senke, etwa eine Stunde von unserem Hof entfernt, ein paar Häuser, die auf der Landkarte als Zurndorf bezeichnet werden, aber in diesen Häusern wohnt längst kein Mensch mehr, Zurndorf ist von seinen Bewohnern verlassen und dem Verfall preisgegeben worden. Dort wird er nichts finden außer Ratten und Krähen, habe ich gedacht, als ich den Fremden in dem kleinen Wäldchen verschwinden sah, das östlich von unserem Gehöft steht und das wir Hauswald nennen. Zurndorf und die Tatsache, daß es jetzt verödet liegt, ist ein Kapitel für sich. Vor etwa zwanzig Jahren hat unser Vater die Zurndorfer Bauern ausgekauft. Ihre Wirtschaften waren klein, der Grund schlecht, zur Meliorierung war kein Geld vorhanden, die Ertragssituation war katastrophal. Alle diese Umstände, die Verzweiflung und die Hoffnungslosigkeit, die sich unter den Zurndorfern breitgemacht hatten, insbesondere durch die schwere Überschuldung verursacht, hat unser Vater damals rücksichtslos ausgenützt und die Wirtschaften, eine nach der anderen, aufgekauft. Die Zurndorfer sind entweder überhaupt abgewandert oder haben sich in den Kiesgruben und Steinbrüchen, deren es in der weiteren Umgebung einige gibt, als Hilfsarbeiter verdingt. Insgeheim haben Franz und ich dem Vater seine hinterhältige, gemeine Vorgangsweise gegen die Zurndorfer Keuschler immer übelgenommen und vorgeworfen, zu sagen getraut haben wir uns aber nichts. Das wäre auch gar nicht möglich gewesen, denn er hat uns beide stets den Knechten gleichgehalten und mehr mit der Peitsche als mit Worten zu uns gesprochen. Später haben wir ihm das alles heimgezahlt.

Eines Tages, es ist jetzt ein knappes Jahr her, der Vater

war damals siebzig Jahre alt, aber immer noch stark und aufrecht, haben Franz und ich beim Mittagessen den Tisch umgeworfen, so daß sich die Suppe über den Stubenboden ergossen hat. Der Vater hat zu toben begonnen und nach dem Stock gegriffen, den er immer mit sich getragen hat. Franz und ich aber haben ihn einfach an den Oberarmen gepackt, ihn von seinem Sessel gezerrt und mit dem Kopf so lange gegen die Wand geschlagen, bis er schlaff zwischen unseren Fäusten gehangen ist und alles ringsherum voller Blut war. Dann haben wir ihn über den Hof geschleppt und in einen leerstehenden Schweinekoben gesperrt. Wir haben uns damals gewundert, wie leicht uns das alles von der Hand gegangen ist. Der Vater hat danach nur noch ein paar Monate gelebt. Jeden Tag haben wir ihm sein Essen in den Sautrog geschüttet, aber er hat es kaum angerührt. Der Stallknecht hat einmal die Woche den Koben ausmisten müssen. Knapp vor seinem Tod hat der Vater wirr zu reden und zu schreien angefangen, nachdem er monatelang kein einziges Wort gesagt hatte. Manchmal haben wir ihn so lange geprügelt, bis er das Bewußtsein verloren hat. Unser Haß gegen den Vater hat ihn überlebt. Daß unsere Wirtschaft heute total verlottert und verkommen ist, mag daran liegen, daß wir sie niemals als unsere, sondern immer als die des Vaters betrachtet haben. Solche Überlegungen hören sich freilich recht einleuchtend an, in Wirklichkeit dürfte es sich ganz anders verhalten, aber von der Wirklichkeit wollen wir gar nicht erst zu reden anfangen, denn wir kennen sie nicht.

Wenn man sich vom Osten, vom Hauswald her unserem Anwesen nähert, sieht man es tief unten liegen an der Schnittlinie zweier graugrüner, völlig planer, sanft geneigter Hangflächen. Rechter Hand, am Südhang, liegen die Ferchtäcker, linker Hand, am Nordhang, die Hauengründe, die wir seit dem Tod unseres Vaters nicht mehr bebaut haben und verkommen ließen. Das ist nicht mutwillig geschehen, sondern war durch einen Mangel an

Arbeitskräften bedingt. Die Knechte, an die brutale Herrschaft unseres Vaters gewöhnt, haben, als Franz und ich die Wirtschaft in die Hand genommen hatten, wie man sagt, Morgenluft gewittert, von einem Tag auf den anderen haben sie nicht mehr gehorcht, aufgemuckt, jeden Auftrag bloß halb oder überhaupt nicht ausgeführt. Aus diesem Grund haben wir über kurz oder lang auf die Methoden des Vaters zurückgreifen müssen, auf seine Schimpfworte, auf seine Wutausbrüche, auf sein Herumdreschen mit Peitsche und Stock. Die wenigen Tage einer milden, wenn man will menschlichen Behandlung des Gesindes haben aber genügt, um eine selbstbewußte Widerspenstigkeit gegen uns aufkommen zu lassen, die auch durch die Anwendung härtester Mittel nicht mehr auszurotten war. Später haben wir eingesehen, daß unser schwerster Fehler die öffentliche Entmachtung und Beseitigung des Vaters gewesen ist. Er ist dem Gesinde gegenüber immer als absolute, gleichsam von Gott eingesetzte, durch nichts zu erschütternde Obrigkeit aufgetreten. Franz und ich haben diese Obrigkeit nun vor aller Augen durch ein paar Schläge, durch ein paar Fußtritte binnen weniger Minuten gestürzt und ihren Herrschaftsanspruch damit als eine auf nichts begründete Anmaßung entlarvt. Wir haben, ohne es zu wollen, nicht nur den Glauben an die Herrschergewalt unseres Vaters, sondern den Glauben an die Herrschaft überhaupt vernichtet. Hätten wir, anstatt beim Mittagstisch vor den versammelten Knechten gegen den Vater loszuschlagen, unser Vorhaben nachts ausgeführt, in aller Stille, hätten wir den Vater, anstatt ihn in den Schweinekoben zu sperren und ihn damit nicht nur unserer persönlichen, sondern auch der Verhöhnung durch das gesamte Gesinde preiszugeben, in eine verborgene, vom Hof weitab gelegene Heuhütte gebracht und dort verwahrt, ihn gehalten wie ein Vieh, nur zu unserer eigenen Genugtuung, so wäre das Geheimnis um die Herrschaft erhalten geblieben und damit diese selbst auch. Der

grenzenlose Haß gegen den Vater hat uns damals verblendet, an die Folgen unseres Vorgehens haben wir, vom momentanen Triumph berauscht, nicht gedacht. Die Katastrophe ließ nicht lange auf sich warten: Bereits zwei Wochen später war uns das halbe Gesinde einfach davongelaufen. Die meisten haben nicht einmal ihr Dienstverhältnis aufgekündigt, sondern sind über Nacht verschwunden. Daraufhin haben wir Morgen- und Abendappelle abgehalten, Wachtposten um das Gesindehaus aufgestellt, wir haben es mit Versprechungen auf höhere Löhnung, auch mit drastischen Strafandrohungen versucht, es war alles umsonst. Zu Dutzenden sind uns die Leute davongelaufen. Ersatz war nicht zu bekommen, denn die Geflohenen haben im weiten Umkreis Schauermärchen über das Leben auf unserem Hof ausgestreut. Zum Teil haben diese Gerüchte ja auf Tatsachen beruht, aber die Rachsucht der ewig Getretenen, die sich nun plötzlich befreit sahen, hat das ihre hinzugefügt, um alles mit uns und unserer Wirtschaft in Zusammenhang Stehende zu verleumden und zu verteufeln. So sind wir in Verruf gekommen, und nichts ist anhänglicher als ein schlechter Ruf.
Jene Knechte und Mägde, die anfänglich noch in unserem Dienst geblieben sind, es waren die schwächlichsten, dumpfesten, von unserem Vater total ruinierten Existenzen, haben sich später, einer nach dem anderen, auch auf und davon gemacht. Im Lauf der Zeit ist das Personal immer mehr zusammengeschrumpft, was vor allem auf meinen Bruder Franz, auf seinen rapide zunehmenden Alkoholkonsum und die daraus resultierende Grausamkeit zurückzuführen war. Getrunken hat Franz immer. Als der Vater den Hof noch geführt hat, ist es aus Ohnmacht geschehen. Damals hatten wir uns, wenn der Vater durch Reisen zu Märkten und Messen vom Hof abwesend war, oft tagelangen Betäubungsexzessen hingegeben. Während ich aber, nachdem wir den Vater entmachtet und in den Saukoben gesperrt hatten, mit einem Schlag

zu trinken aufgehört habe, hat sich Franz im Gegenteil dem Trinken immer ausgiebiger hingegeben. Früher hatten wir einander so gut verstanden, wie sich zwei Menschen nicht besser verstehen können. Zumindest hatten wir das geglaubt und unsere Verbundenheit bei langen Gesprächen in der Finsternis des Stalles oder der Tenne immer wieder beschworen. Sobald aber der Vater beseitigt und in den Saukoben gesperrt war, sind unsere ganz verschiedenen Naturen unerbittlich zutage getreten. Erst hat uns die Entzweiung noch Schmerz bereitet, wir wollten die alte Gemeinsamkeit wieder aufleben lassen, doch die Keile sind schon zwischen uns gesteckt, und die Zeit hat sie aufquellen lassen und den Spalt unablässig vergrößert. Daß Franz in allem das Gegenteil von mir, daß ich in allem das Gegenteil von Franz bin, dessen waren wir uns immer bewußt. Früher hatten wir gerade diesen Umstand als ideal betrachtet. Er ist uns zum Verhängnis geworden. Während Franz ein Grübler, ein Phantast, ein hinreißender Redner, im Grunde genommen ein Träumer ist, bin ich immer ein handelnder, wortkarger, zielstrebiger, jeder Spekulation abholder, bloß auf das Allernächste gerichteter Mensch gewesen. Nur zu typisch für unsere verschiedenartige Veranlagung war es, daß Franz den Plan, den Vater zu beseitigen, entworfen und in mein Herz eingepflanzt hatte, während an jenem entscheidenden Tag ich den Eßtisch umgeworfen und dem Vater die ersten Schläge ins Gesicht versetzt habe. Es hätte damals wohl nicht viel gefehlt, und Franz, der doch diese Szene in Worten hunderte Male vorweggenommen hatte, wäre aus der Stube gelaufen und hätte mich mit dem blutüberströmt am Boden liegenden Vater, mit dem gaffend sich herumdrängenden Gesinde allein gelassen. Durch meinen Blick, es muß ein wilder, brennender Blick gewesen sein, habe ich ihn damals zum Zuschlagen, zum Ergreifen des Gefallenen, zu all den folgenden Handlungen förmlich gezwungen. Gleich an jenem ersten Tag unserer Herrschaft über den Hof hat sich Franz in seiner Kammer bis zur Bewußtlosigkeit betrunken. Es hat nichts genützt, daß ich ihm gut zugeredet, ihm wegen der Auswirkungen seines Verhaltens auf das Gesinde die schwersten Vorwürfe gemacht habe. Er hat sich an mich angeklammert und geweint.

Im Lauf der Zeit haben wir uns an den Zustand der Entfremdung beinahe gewöhnt, wir haben die Kälte und die Ferne, die zwischen uns eingetreten waren, mit eingezogenen Köpfen hingenommen und den andauernden Schmerz über uns ergehen lassen wie einen Wintersturm. Zu Gesprächen ist es nur mehr selten gekommen. Wo wir konnten, sind wir einander aus dem Weg gegangen. Innerhalb kürzester Zeit hat es sich eingebürgert, daß Franz den ganzen Tag in der Kammer gehockt ist und eine Flasche Schnaps nach der anderen getrunken hat, während ich den Leuten die Arbeit eingeteilt, die notwendigen Entscheidungen getroffen, mich um die Wirtschaft gekümmert, kurz, die Rolle des Vaters übernommen habe. Jeden Tag bin ich um vier Uhr in der Küche zum Frühstück erschienen, habe dann das Gesinde im Hof draußen zur Arbeit antreten lassen. Ich sehe dieses bedrückende Bild noch vor mir, Morgendämmerung, hinten die dunklen Umrisse der Gebäude, die glatte, graue Hangfläche der Ferchtäcker, vorne, im von den Wagenrädern aufgewühlten Boden stehend, das Gesinde, halb noch in Schlaf, Rausch und Bettenwärme versunken, die Blicke stumpfsinnig auf mich gerichtet, die Hände zu Fäusten geballt, ein drohender, atmender Haufen, und aus den Ställen schon das Muhen der Kühe, das Quieken der Schweine, vom Hauswald, von der Höhe her, das allmählich durch den Morgennebel brechende Sonnenlicht. Manchmal ist auch Franz zur Befehlsausgabe, wie ich dieses Antreten bei mir immer genannt habe, aus seiner Kammer heruntergekommen. Dann ist er schwer atmend, mit rotem Gesicht, ganz knapp an den in einer halbwegs geraden Linie aufgestellten Knechten und Mägden vorbeigegangen und hat, wenn irgendeine Kleinigkeit seinen Unmut erregte, den Betreffenden angebrüllt, oft auch niedergeschlagen und ist mit seinen Knobelbechern auf ihm herumgetreten wie ein wild gewordenes Pferd. Solche Ausbrüche haben die Leute anfänglich eingeschüchtert, denn vom Vater her waren sie an nichts anderes gewöhnt. Wie eine Schar halbverhungerter Ratten sind sie im Hof gestanden und haben sich beim Erscheinen von Franz enger und enger zusammengedrängt. Einmal aber muß Franz die innere Schraube des Stolzes durch seine andauernden Demütigungen überdreht haben, denn eines Nachts ist er von ein paar Knechten überfallen und beinahe zu Tode geprügelt worden. Ich bin dieser Entwicklung hilflos gegenübergestanden. Angst und Haß und wieder Angst und Haß haben den Leuten die Ohren für ein vernünftiges Wort verschlossen. Die Mutigsten sind beim Mittagstisch vor mich hingetreten und haben mir den Dienst aufgekündigt, die Papiere und den Lohn verlangt. Die Feigsten sind geflohen. Am Morgen habe ich sie etwa in die Hauengründe hinauf zur Arbeit geschickt, und abends ist kein einziger mehr zurückgekehrt. Die Hinterhältigsten haben zwar dem Anschein nach ihren Dienst noch geleistet, in Wirklichkeit aber nichts oder das Gegenteil von dem getan, was man ihnen aufgetragen hatte. Einmal ist ein Heustadel angezündet, das andere Mal den Tieren falsches Futter vorgeworfen worden, so daß viele darauf eingegangen sind. Damals habe ich die Kadaver in den Hof herausschleifen lassen, in der Hoffnung, die Täter durch den Anblick der dick aufgetriebenen, starrbeinigen Leichen zur Besinnung zu bringen, genützt hat es nichts. Der Kriegszustand mit dem Gesinde ist dann auf die allereinfachste Art beendet worden. Eines Morgens ist zur Befehlsausgabe niemand mehr erschienen, auch die letzten hatten das Weite gesucht. Das war knapp vor der Erntezeit. Trotz der frühen Stunde war alles schon in helles Sonnenlicht getaucht. Ich bin langsam zum Hauswald hinaufgegangen und habe immer wieder zu den brachliegenden Hauengründen, die von Unkraut überwuchert waren, dann zu den hoch in der Frucht stehenden Ferchtäckern hingeschaut und gedacht, daß es jetzt aus ist mit der Wirtschaft, mit dem Wirtschaften, mit der Ernte, mit den Tieren, mit allem. Bei der Rückkehr habe ich Franz bewußtlos und nach Schnaps stinkend im Hof liegend vorgefunden. Damals habe ich ihn zu verstehen begonnen.

Wenn ich an das, was in den letzten Monaten geschehen ist, zurückdenke, geht mir im Kopf alles wirr durcheinander. Eine Katastrophe nach der anderen ist über uns hereingebrochen, Katastrophe auf Katastrophe, Stille dazwischen, von der Angst beherrschte Stille, und dann wieder Gebrüll, Geschrei, die steinernen Lawinen des Unheils. An die Zukunft, daran, wie alles weitergehen soll, denke ich nicht. Am liebsten würde ich den ganzen Tag schlafen oder bewußtlos sein. Manchmal ertappe ich mich dabei, wie ich mit dem Brotmesser herumspiele und mit den Fingern die Schlagadern zu ertasten suche, die Aorta am Hals, die Pulsadern an den Handgelenken, aber Ernst steckt hinter diesem Getue wohl keiner. Vielleicht wird es einmal in einem Moment völliger Besinnungslosigkeit dazu kommen, daß ich mir das Brotmesser durch die Gurgel stechen werde, dort, wo die Ader schlägt, oder in die Brust, zwischen den oberen Rippen durch ins Herz. Man kann eine solche Entwicklung schwer abschätzen, man weiß nicht, wird es schnell zu Ende gehen oder wird es noch lange dauern. Ich glaube, daß ich noch eine Weile aushalten werde. Wenn ich in dieser Hinsicht von glauben rede, ist das so zu verstehen, als würde ich sagen, ich glaube, daß es morgen regnen wird, von mir hängt es nicht ab. Der Himmel spannt sich noch über unserer Wirtschaft, oder er hängt dick und schwer voller Wolken wie ein Kuheuter, und der Bach rinnt hinter dem Wirtschaftsgebäude vorbei, jetzt im Herbst geht er hoch und saust braun und unter lautem Getöse in seinem Bett das Tal hinab.

An manche Begebenheiten erinnere ich mich ganz deutlich.

Einmal etwa bin ich mit Franz zum Hauswald hinaufgegangen. Es war ein heißer Tag ohne Wolken, und die Sonne war groß und unbarmherzig über den hochstehenden Ferchtäckern. Warum wir diesen Gang eigentlich unternommen haben, weiß ich nicht mehr. Geredet haben wir nichts. Der Schweiß ist uns über das Gesicht und von den Achseln an den Seiten heruntergeronnen. Auf halbem Weg haben wir Halt gemacht und uns am Bach erfrischt. Franz hat sich einfach der Länge nach in das Wasser hineinfallen lassen. Wie er sich so schwer und wie ein Bewußtloser in das aufspritzende Wasser hat plumpsen lassen, ist mir plötzlich unser im Saukoben eingesperrter Vater in den Sinn gekommen. »Der Vater«, habe ich zu Franz gesagt, mich am Bachufer niedergehockt und die Hände ins Wasser gehalten, bis sie von der Kälte hart und steif geworden sind. Franz hat sich mitten im Bach auf einen Stein gesetzt, das Wasser ist ihm von den Haaren über das Gesicht getropft und seine nassen Kleider sind am Körper geklebt, so daß ich seine Umrisse darunter erkennen konnte, das Schlüsselbein und die Rippen und die Ellbogen besonders. »Ruinieren«, hat Franz geantwortet, »der Vater ist erst ruiniert, wenn der Hof ruiniert ist, wenn die Wirtschaft ruiniert ist, vollkommen ruiniert, und auch wir ruiniert sind, vollkommen ruiniert und zugrunde gegangen.« Während das Gras neben dem Bach dickstengelig, grün und fleischig gewesen ist, waren die Hauengründe grau und trocken unter der Hitze, und das mannshohe Unkraut hat leise geraschelt. Franz hat dann zu lachen begonnen, und wie unter Zwang bin ich in dieses laute, lange, triumphierende Gelächter eingefallen. »Keine Rücksicht, keine Halbheiten«, mit diesen oder ähnlichen Worten ist Franz in seiner Rede fortgefahren, »der Vater, das bist du, der Vater, das bin ich, der Vater«, er hat nach Süden gezeigt, »das sind die Ferchtäcker, der Vater«, er hat mit einer großen, weit ausholenden Armbewegung auf die verwilderten Hauengründe gezeigt, »die Hauengründe und dann

der Hauswald und weiter hinaus die Zurndorfer Äcker, alles rundherum der Vater und seine Wirtschaft.« Lange sind wir schweigend am Bach gesessen. Ein Wind ist aufgekommen und hat vom Hof unten eine Wolke von Gestank heraufgeweht. Der Misthaufen hat ja damals, weil ich allein mit aller Arbeit gewesen bin und die Ställe zwar noch hie und da ausgemistet, aber den Dung nicht mehr an einer Stelle zusammengeführt habe, bereits den halben Hof erfüllt, und der Verwesungsgeruch, den er verströmt hat, ist selbst bei Windstille noch in einiger Entfernung vom Hof von ekelerregender Intensität gewesen. Dabei ist diese Zeit, in der der Misthaufen ins Uferlose gewachsen ist, noch eine relativ gute gewesen. Damals stand der Stall voller Tiere, wir hatten zwar keinen einzigen Kreuzer baren Geldes, aber immerhin wenigstens diesen lebenden Besitz, mit dem man, wenn man nur gewollt hätte, doch noch einiges zur Rettung der Wirtschaft hätte unternehmen können. Aber wir haben eben nicht gewollt, Franz von vornherein nicht, ich seit jenem Gespräch am Bach oben auch nicht mehr. Heute sind die Koben leer, bloß der alte, hart gewordene Kot erfüllt sie, der Urin ist in winzigen, gelben Nadeln auf den Brettern auskristallisiert. Wir haben keine Kühe, keine Pferde, keine Hühner, keine Gänse mehr. Das letzte Pferd, früher hielten wir deren acht, haben wir niederschießen müssen, da es, vom Hunger tollwütig geworden, aus seinem Verschlag ausgebrochen war und sich ein Bein gebrochen hatte. Vom Fleisch dieses Tieres haben wir dann eine Weile gelebt.
An jenem Sommertag am Bach haben wir uns mit Forellenfischen die Zeit vertrieben. Jedes Jahr hat unser Vater Jungfische gekauft und sie im Bach ausgesetzt. Franz ist in gebückter Stellung im eisigen Wasser gestanden und hat mit einer blitzschnellen Bewegung unter die Steine gegriffen, wo die Forellen gestanden sind. Hatte er eine erwischt, dann hat er sie mit einem lauten Schrei ans Ufer geworfen, wo sie im Gras noch eine Weile wie verrückt

mit dem Schwanz und den roten Flossen um sich geschlagen hat. Erst habe ich dem Todeskampf der Forellen gleichgültig zugeschaut, später habe ich ihnen, sobald sie Franz ans Ufer geworfen hat, mit einem großen, scharfkantigen Stein den Schädel zerschmettert.
Unten, an der Schnittlinie, die von den Ferchtäckern und den Hauengründen gebildet wird, unser Hof, bestehend aus dem Wohnhaus, dem Gesindehaus, der Scheune, dem Stall und dem Backofenhäuschen, welch letzteres aber schon zur Zeit des Vaters nicht mehr benützt und dem Verfall preisgegeben worden war. Kommt man den Weg vom Hauswald herunter, trifft man zuerst auf die Scheune rechter Hand, dann auf das Wohngebäude linker Hand, dann auf das Gesindehaus rechter Hand, zuletzt auf den Stall rechter Hand, wobei die rechter Hand stehenden Objekte in einem flachen, eingedrückten Halbkreis um das Wohnhaus angeordnet sind und stumm und ehrfürchtig zu jenem hinüberzuschauen scheinen. Es wird, was seine jetzt allerdings durch den Verfall herabgesetzte Würde noch unterstreicht, von zwei alten Ulmen flankiert. Diese Bäume hat der Vater besonders geliebt. Wären Franz und ich nicht zu schwach dazu gewesen, wir hätten sie umgehackt. Das Rauschen ihrer Blätter hat uns nachts nicht einschlafen lassen und uns immerzu an den Vater erinnert. Jetzt, nachdem der Vater und auch Franz tot sind, stört es mich nicht mehr. Es ist mir so gleichgültig wie alles andere auch. In dem Koben, wo der Vater krepiert ist, stehen noch immer seine Holzzockel, liegt noch immer sein Halstuch, mit dem er damals versucht hat, sich zu strangulieren. Es ist ihm nicht gelungen, aus Feigheit, aus Schwäche, und er hat den langsamen, gewöhnlichen Tod sterben müssen, den wir ihm zugedacht hatten.
Franz hat als erster entdeckt, daß der Vater tot war. Er ist ja viel öfter als ich in den Stall gegangen, um den Vater zu verhöhnen und zu prügeln. Wie er damals in den Stall gekommen ist, so hat er es mir erzählt, und erst auf den

Vater eingeredet, dann auf ihn eingeschlagen hat, und es ist kein Blut gekommen und der Vater hat sich nicht gerührt, da hat er plötzlich gewußt, daß es aus war. Atemlos vor Lachen ist Franz zu mir in die Stube gelaufen gekommen und hat immer wieder gerufen: »Der Vater! Tot! Der Vater! Tot!« Eine Weile ist er so um mich herumgesprungen und hat geschrien, und ich habe schon gefürchtet, daß er den Verstand verloren hätte. Im Stall drüben habe ich mich dann von der Richtigkeit seiner Feststellung überzeugt. Der Vater ist mit dem Gesicht im Stroh gelegen, klein, erbärmlich und bloß noch ein Haufen Unrat. In der Nacht haben wir ihn zu den Hauengründen hinaufgeschleppt und dort verscharrt.
Lange hat Franz den Vater nicht überlebt. Auf dem Hof ist es ganz still geworden. Während ich weiterhin meine Kammer bewohnt habe, ist Franz in das Gesindehaus, das völlig leer gestanden ist, übersiedelt. Dort hat er sich eingeschlossen und hat getrunken. Auf diese Art sind wir einander oft tagelang nicht begegnet. Manchmal ist Gepolter und Geschrei aus dem Gesindehaus zu mir herüber gedrungen, aber ich habe es nicht weiter zur Kenntnis genommen. In der ehemaligen Wohnstube habe ich die Geschäftsbücher und Dokumente des Vaters durchstudiert. Draußen haben damals schon die schweren Herbstregen eingesetzt. In der Stube war es dunkel, und ich habe Tag und Nacht eine Lampe angezündet gehabt. Ich weiß nicht, wieso ich die Geschäftsbücher eigentlich durchstudiert habe. Aus den Notizen, die ich mir damals gemacht habe und die allesamt Grundstückswerte, hypothekarische Belastungen usf. betreffen, schließe ich, daß ich mich wahrscheinlich mit Verkaufs- und Belastungsplänen getragen habe. Ein paar Wochen habe ich mich jedenfalls ausschließlich dieser Tätigkeit hingegeben, bis ich durch den Tod von Franz jäh unterbrochen und damit endgültig meines Willens zur Veränderung beraubt worden bin.
Mitten in der Nacht bin ich durch laute Schreie geweckt

worden. Noch ohne Besinnung bin ich zum Gesindehaus hinübergelaufen und habe die fest verrammelte Tür aufgebrochen. Schon im Flur haben mir Flammen entgegengeschlagen, alles hat lichterloh gebrannt. Trotzdem habe ich versucht, zu Franz vorzudringen. Es gelang mir nicht. Eine Weile hörte ich noch seine Schreie, dann nichts mehr, bloß das Brausen des Feuers, das Knistern und Knacken der Balken. Nur mit dem Hemd bekleidet bin ich die ganze Nacht lang im Hof gestanden und habe das Niederbrennen des Gesindehauses beobachtet. Mit lautem Krachen ist nach Stunden der Dachstuhl eingebrochen, und für einen Augenblick war alles in eine rote, helle Wolke von Funken gehüllt. Ich bin mit über der Brust verschränkten Armen im Hof gestanden und habe geschaut. Während mir die Hitze des Brandes vorne die Haarspitzen versengte, liefen mir kalte Schauer den Rücken hinab. Meine Augen waren groß und heiß, und manchmal weinte ich, ohne Schmerz zu empfinden. Im Morgengrauen stürzte das Haus in sich zusammen. Von den Hauengründen her zogen dichte Wolken auf. Ein Sturzregen löschte die Glut aus. Ich setzte mich in den aufgeweichten Kot des Hofes und ließ mir die schweren Tropfen auf Gesicht und Hände fallen. Das war schön. Es begann schon zu dunkeln, als ich ohne bestimmte Absicht die warme, vom Regen breiig gewordene Asche zu durchwühlen begann. Außer einigen unförmigen Klumpen geschmolzenen Metalls fand ich nichts.

Jetzt ist Winter. Die Ferchtäcker, auf denen das Getreide längst verfault ist, sind von einer dünnen Schneeschichte bedeckt. Auch die Brandstätte ist unkenntlich. Schwarz steht der Wald. Auf den Hauengründen hat der Wind den Schnee zu hohen Wächten zusammengeweht. Ich gehe kaum vor das Haus. Um die Wirtschaft steht es schlechter als je zuvor. Eigentlich kann man von einer Wirtschaft nicht mehr reden, denn ich bin allein und tue nichts. Dennoch habe ich mich dazu entschlossen, an Ort und Stelle zu bleiben, den Hof nicht aufzugeben, ich habe mich dazu entschlossen, die Wirtschaft weiterzubetreiben bis zum völligen Ruin.

Letzte Liebe

Immer wieder stelle ich mir vor, wie die Liebe ist. Immer wieder versuche ich mir etwas vorzustellen, das Liebe ist. Die Liebe ist möglich. Daß man die Liebe nicht kennt, ist kein Beweis dafür, daß es sie nicht gibt. Daß man sich nach ihr sehnt, ist kein Beweis dafür, daß es sie gibt.

Am Morgen machte er den lange aufgeschobenen Gang zu den Pförtnerhäusern an der Mauer. Am Tor des Gutshofes begegnete er den zur Arbeit ausziehenden Kolonnen der Waldarbeiter. Nachdem sie gegrüßt hatten, nahmen sie ihn nicht weiter zur Kenntnis. Die Wiesen waren kalt und graugrün. Die Männer hatten Sägen, Stricke und Keile über die Schultern gehängt. Er blickte ihnen nach, bis sie im Wald verschwanden. Als einer von ihnen an einen Baum anstreifte, stürzte der Regen, der in der Nacht gefallen war, in einem Guß von den Ästen. Ein Hund, ein gelblicher Bastard, der bis dahin den Arbeitern gefolgt war, lief quer über die Wiesen zum Hof zurück. Die Wagenfurchen auf den Wegen waren noch voll Wasser.

Früher war das Plateau, auf dem der Gutshof stand, Weideland gewesen. In der Zeit der Konjunktur hatte man hier Ziegeleien errichtet, deren Betrieb die Wirtschaftskrise wieder abgewürgt hatte. Kaum fünf Jahre waren die Fabriken in Betrieb gestanden. Die verlassenen Lehmgruben hatten sich mit Grundwasser gefüllt. Der Wind warf kleine Wellen auf der Oberfläche dieser Teiche auf. Ihre Ufer waren verschilft. Die Ziegelöfen fielen langsam in sich zusammen. In den Fugen ihres Mauerwerks wuchs Gras. Keiner kümmerte sich um die zu Pyramiden aufgeschichteten Ziegel. Vögel wohnten darin. Die tief in den Lehm eingeschnittenen Wege verschwanden allmählich unter Gras und Gestrüpp. Fast war es wieder ein Stück Natur geworden.

Als er bei einem Lagerschuppen vorbeiging, hatte er das

Gefühl, beobachtet zu werden. Er drehte sich ein paarmal um, aber es war niemand zu sehen. Aus dem Kamin des Gutshofes stieg eine dünne Rauchsäule auf. – Wenn die Sonne durch die Wolken bricht, glaubt man, sie schaue einen an. In den Augen der Toten spiegeln sich die fliegenden Gänse wie in einem Teich. – Sein Vater war lange tot. Er selbst war jetzt fünfzehn Jahre Verwalter. Er bückte sich nach einem Grashalm. An einer Biegung des Weges blieb er stehen. Rechter Hand zogen sich Hügelkuppen in einer geschwungenen Kette fort. Links ahnte man – eine Waldgruppe verstellte den Ausblick – die Ebene, die sich dort gegen Osten erstreckt. Die teils bewaldeten, teils von Wiesen bedeckten Hügel zeichneten sich bis in die Weite des Panoramas hinaus als scharfe Kontur gegen den Himmel ab. In den Taleinschnitten sah man hier und dort die Windungen einer Straße. Der Luftraum darüber schien von klarem Wasser erfüllt zu sein. An steileren Hängen erkannte er unter dem schütteren Bewuchs die mächtige Schichtung des Lehms. Menschliche Siedlungen waren nicht zu entdecken. Der Wind bewegte die Zweige der Apfelbäume, die eine Allee entlang seines Weges bildeten. Ihre Blätter erschienen ihm lanzettförmig und in einem ins Schwarze gehenden Grün.
Die Pförtnerhäuser müssen aufgelassen werden, dachte er. Niemand braucht sie. Sie stehen seit Jahrzehnten leer. Er konnte sich nicht erinnern, wann das letzte Mal jemand darin gewohnt hatte. Auch nur die notdürftigste Instandhaltung kostet Geld. Die Dächer werde ich abtragen lassen. Die Ziegel kann man noch verwenden. Die Ziegel sind noch gut.
Jetzt, als er den Hang hinuntersehen konnte, erblickte er die Häuser vor sich. Dahinter in der Tiefe breitete sich die Ebene aus. Sie schien gegen den Horizont hin anzusteigen wie eine Woge. Mit einem beinahe vollkommenen Halbkreis schloß sie vor dem Himmel ab. Die Dörfer und Straßen verschwanden in dem Grün der nur durch kaum

sichtbare Zäune gegliederten Weiden wie in einem flüssigen Element. Hätte man dort unten den Turm zu Babel errichtet, man hätte auf sein Versinken gewartet. Das riesige Feuer, das man auf seiner Spitze angefacht hätte, wäre einem erschienen wie ein Funken, den der Wind aus dem Ofen reißt.
Die Pförtnerhäuser stellten eine Art Bollwerk dar. Früher hatten sie neben ihrem Hauptzweck auch als Stallungen und Vorratshäuser gedient. Heute findet sich niemand, der eine Pförtnerstellung annehmen will. Die Leute wollen nicht auf dem Land leben. Sie glauben, in der Stadt sei alles Glück versammelt, also auch ihr Glück.
Wieder blickten ihn diese Augen an. Man spürt es, wenn man beobachtet wird. Was für Augen sind es, dachte er. Dann lachte er über diesen Gedanken. Er dachte an Augen, in denen wieder Augen waren und so fort. Ein Vogel, der auf dem Dach gesessen war, flog, von seinem Lachen verscheucht, davon. Als er an eines der Fenster trat, um ins Innere des Hauses hineinzublicken, sah er sein Gesicht vor sich. Auf der Hand, mit der er sich von der Mauer abstützte, spürte er ihre Wärme. An vielen Stellen kamen die Ziegel durch den Verputz. Das sich in den Fensterscheiben brechende Sonnenlicht warf kleine Regenbogen auf den Boden der Zimmer.
Schon nach kürzester Zeit ergreift das Ungeziefer von leerstehenden Häusern Besitz. Im Freien kann es nicht leben, mit den Menschen kann es nicht leben. Es kann nur dort leben, wo Menschen waren, aber nicht mehr sind.
Die Torflügel hingen unverändert in den Angeln. Er blickte zwischen ihren Stäben hindurch. Überall verläuft die Grenze der Welt. Wir haben sie immerzu vor uns, dachte er. Auf dem Weg, der die Verbindung mit dem nächsten Dorf und indirekt auch mit der Kreisstadt herstellte, wuchs Gras. Seit das Währungssystem zusammengebrochen war, gab es so gut wie keinen Handelsverkehr. Jeder mißtraute dem Geld. Die Bauern der Umgebung

hatten nichts zu verkaufen. Ein Hirschkäfer kroch über einen Stein, der mitten auf dem Weg lag. Das Gelände fiel sanft gegen die Ebene hin ab. Ehemals haben Buchenwälder die Hänge bedeckt. Jetzt waren sie von etwa mannshohem Gestrüpp bestanden. Der Kleinbesitz der Bauern hat in der Krise am stärksten gelitten. Damals hat man die Waldbestände rücksichtslos abgeholzt, um sich mit dem Verkauf des Holzes den notdürftigsten Unterhalt zu erwirtschaften. In solchen Zeiten gelten die Gesetze nichts. Die Forstbehörden haben dem Raubbau machtlos zusehen müssen. Die zentralen Stellen haben gefürchtet, daß es im Gefolge von Maßnahmen gegen die Bauern zum Aufruhr hätte kommen können. Die rapide Inflation hat allmählich eine für die Zentralregierung gefährliche Stimmung im Volk aufkommen lassen. Wer diese halbverhungerten Bauern ihre Bäume hat schlagen sehen, der versteht ihren Haß, den sie gegen jeden hegen, der etwas besitzt. Spekulanten haben in der Krisenzeit ein Vermögen erworben.
Links und rechts vom Tor stehen die Pförtnerhäuser, die gleichsam nur eine Verdickung der Mauer bilden, die die ganze Besitzung umgibt, davor liegt der ovale, ehemals mit weißem Kies bedeckte Platz, dahinter die Gutsherrschaft, die sich in unregelmäßiger Gestalt über Täler und Hügel fortzieht. – Die Absicht der ehemaligen Gutsherren kann man erkennen, dachte er, mehr kann man aus der Beobachtung der Zustände hier nicht erfahren. Das ist freilich keine schwierige Erkenntnis, denn die Absicht der damaligen Gutsherren ist auch unsere Absicht: die Erschaffung eines kleinen, gesicherten Erdkreises, wo man in geordneten Verhältnissen leben kann. – Eine sich hier aufdrängende Zwischenfrage, ob man die Erkenntnisse anderer begreifen könne, wenn sie nicht zugleich auch die eigenen sind, lassen wir beiseite. – Ist zur Zeit der Gründung der Herrschaft die Erreichung des Zieles infolge günstiger Umstände möglich gewesen, so zeigt sich jetzt, da dies unmöglich erscheint, daß auch damals das Ziel nur in

einem sehr beschränkten Sinn erreicht worden ist. Wollte man behaupten, die damaligen Gutsherren hätten das Ziel erreicht, dann müßte man sagen – die Leistungen dieser Männer sollen hier nicht herabgesetzt werden –, sie haben nur einen Schritt ins Ziel gehabt. Eine solche Nähe des Zieles können wir aber nicht annehmen, denn sonst hätten wir es auch selbst schon erreicht.

Die Verwaltung eines weit über fünfzig Hektar großen Gutes ist nicht leicht. Schon in normalen Zeiten fordert sie den Einsatz aller Kräfte, die man aufbringen kann. In schweren Zeiten wird man – es sind nicht die geringsten Reserven da, die man zulegen könnte – aufgerieben. Wie durch ein Wunder ist das Gut bis jetzt vor der vollständigen Auflösung bewahrt worden. An dieser Tatsache hat niemand ein Verdienst. Sie besteht und wird vielleicht einmal aufhören zu bestehen.

In den Tagen der ärgsten Wirren, vor etwa dreißig Jahren, ist die Frau des Gutsherrn von meuternden Dienstleuten erschossen worden. Der Gutsherr selbst ist entkommen. Er lebt heute in Übersee. Das Gut hat er nie wieder betreten. Wie sein Anwalt erzählt – er kommt manchmal auf ein paar Tage aus der Stadt heraus, um sich vom Stand der Dinge selbst zu überzeugen –, vermeidet der Herr in seinen Briefen sogar den Namen des Gutes. Will er etwas darüber wissen, dann schreibt er: Wie geht es Meidner? Damit ist mein Vater gemeint, das wird aus dem Zusammenhang der Briefe deutlich, obwohl es ja auch mein Name ist, also auch ich gemeint sein könnte. Seltsam, daß er den Namen des Vaters stellvertretend für das Gut verwendet, dachte er. Mein Vater ist doch schon lange tot. Entweder ist diese Tatsache dem Herrn noch nicht zur Kenntnis gebracht worden, oder er ignoriert sie. Der erste Fall ist unmöglich, denn er weiß, sollte er die Nachricht nicht in anderer Form erhalten haben, zumindest von meiner Bestellung zum Verwalter. Er ignoriert sie also. Gründe dafür kann man sich schon vorstellen. Vielleicht ist ihm

der Gedanke an meinen Vater, der ihm viele Jahre gedient hatte, ein Trost in der Fremde, in der er jetzt lebt, und er will eine Veränderung nicht wahrhaben. Vielleicht aber hat er seine Gedanken vollständig von der alten Heimat ab- und auf neue Ziele hingewendet, so daß er den Tod meines Vaters einfach deshalb übergeht, weil er ihn nicht kümmert. Man kann es nicht wissen. Aus den Erzählungen des Anwalts – er ist der einzige, der mit dem Gutsherrn in Kontakt steht – wird man nicht klug. Man hat den Eindruck, er wisse selbst nicht allzu viel über die jetzigen Verhältnisse des Herrn. Einmal habe ich schon gedacht – diesen Gedanken habe ich seither mit aller Macht zurückgedrängt –: Vielleicht gibt es längst keinen Herrn mehr, vielleicht hält nur der Anwalt diese Fiktion noch aufrecht, um sich zu bereichern?
Wenn der Herr auch in der Ferne lebt und keine unmittelbare Hilfe ist, es gibt ihn immerhin, und allein der Gedanke ist Hilfe genug, daß er einmal, zur Freude der Getreuen und zum Schrecken des Gesindels, mit einem schweren Wagen in den Gutshof einfahren könnte, um Abrechnung zu halten. Nur im Hinblick auf diese Überlegungen ist es sinnvoll, Verwalter zu sein, denn was ist ein Verwalter ohne einen Herrn?
Über die Frau des Gutsherrn sind bis heute zahlreiche Legenden im Umlauf. Gäbe es eine einzige, man würde ihr Glauben schenken. Je mehr ich aber von dieser Frau gehört habe, desto mißtrauischer bin ich gegen die Erzähler geworden. Die einen beschreiben sie als schöne, stattliche Frau, deren Güte und Großzügigkeit überall bekannt gewesen seien. Die anderen erzählen, sie sei wohl schön von Angesicht, aber arrogant, launenhaft und jähzornig in ihrem Charakter gewesen. Sie habe – man wartet nach den vorhergehenden Schilderungen förmlich auf dieses Detail – ihren Mann betrogen. Ihren Tod wollen diese Erzähler nicht als Unglücksfall, sondern als einen Mord aus Eifersucht deuten. Das ist billige Phantasie. Diese Ge-

schichten klingen wie Ausschnitte aus einem Kolportageroman: Ihre Lippen seien breit und über die Ränder hinaus rot geschminkt gewesen. Sie habe dunkle Hüte, schwarze Schleier und meist grüne Seidenkleider getragen. So ungereimt solche Worte klingen, man kann sie doch nicht ohne Überlegung verwerfen. Wäre diese Frau gut, und nur gut gewesen, warum sollte bis auf den heutigen Tag Verleumdung gegen sie wirksam sein? Wenn die Erzählungen auch zu sonst nichts gut sind, einen Stachel setzen sie einem ins Herz.

Alle Berichte über diese Frau verlangen gewissermaßen als Ergänzung, daß sie nicht in einem durchschnittlichen Gutshof, sondern in einem Schloß gelebt hat. Man sieht ihre zierliche Erscheinung die Treppen eines herrlichen Hauses hinaufsteigen. Ihre Haut kann man sich nicht anders als im Licht von Kerzen schimmernd vorstellen. – Das ist aber nichts als Einbildung, durch Erzählungen hervorgerufen, die dem Wunsch der Menschen nach Täuschung entsprechen. Sich fortträumen, nicht nur durch einen Spalt der angelehnten Tür auf allen vieren sich hinausschleichen, nein, durch das Fenster hinaus in den Himmel aufsteigen wie Vögel wollen die Menschen.

Was die Umgebung jener Frau betrifft, so beweist der Anblick des Gutshofes, wie er sich heute darbietet, das Gegenteil. Selbst wenn man in Betracht zieht, daß die Zeit vieles von der Schönheit und dem Glanz dieser Anlage vernichtet hat, kann man nicht darüber hinwegsehen, daß der Hof in seiner Konzeption nichts Großartiges hat, nichts, was ihn über ähnliche Bauten solchen Umfanges stellen würde. Außerdem mag man es verschieden beurteilen, ob der Verfall nicht das, was er auf der einen Seite zerstört, auf der anderen Seite durch die Schönheit seiner natürlichen Begleitumstände wieder hinzufügt. Moos verziert alle Gesimse, in den Dachrinnen wächst Gras, die abgeblätterten Mauern zeigen die weißen Steinquadern, aus denen sie gefügt sind, als ihren unverweslichen Leib.

Wenn man den Gutshof betritt, spürt man, daß etwas Unzerstörbares in ihm ist. Es mag die Anordnung der Gebäude sein, die Idee der Umgebung einer Mitte, die des Schutzes bedarf.
Als Kind war er öfter um die Mittagszeit, wenn der viereckige Hof menschenleer in der Sonne lag, in dessen Mitte gehockt. Diese Gewohnheit wäre nichts Besonderes gewesen, wenn sie nicht ein Merkmal gehabt hätte, das sie von all seinen sonstigen Spielen unterschieden hatte: Er durfte sich nicht bewegen. Reglos zusammengekauert mußte er verharren, den Kopf auf die um die Knie verschränkten Arme gestützt. In dieser Haltung saß er in den von der Welt abgeschlossenen, aber wie durch ein großes Fenster mit der Unendlichkeit des Himmels verbundenen Hof eingebettet, als wäre er eine Luftblase in der Tiefe des Meeres. Die Heimatlosigkeit der Vögel – sie ist es, die ihren Flug für uns so verwirrend und berauschend macht – ging ihm ans Herz. Er war traurig, aber er war glücklich darüber, traurig zu sein.
Heute war er anders. – Wenn man sein abgelaufenes Leben betrachtet, erkennt man, daß man gerade jenen Kräften die Tür aufgestoßen hat, die man jetzt verflucht. Mit dieser Erkenntnis öffnet man sich für neue Dämonen. Man hebt die Hand an die Augen, um den milchigen Strich besser ausnehmen zu können, der den Tag von der Nacht scheidet. Dabei sollte man besser die Augen schließen und die Hände tappend nach vorne ausstrecken. Nichts mehr sagen, die unlenkbaren Luftschiffe nicht mehr lenken. Warten.
Als er jetzt einen Vogel über den fernen Hügeln dahinfliegen sah, senkte er seinen Kopf und legte die Hand über die Augen. Freund, hätte er rufen mögen, aber er blieb stumm und rührte sich nicht. Das stumme Auge des Vogels, das stumme Auge des Fisches, das stumme Auge des Himmels.
In den Lehmgruben hatte er als Kind nach Fossilien ge-

graben. Manchmal hatten ihm die Arbeiter das eine oder andere Stück geschenkt. Wenn er die Ziegelteiche lange beobachtet hatte, war es ihm ungewiß gewesen, ob sich an ihrer Oberfläche der Himmel nur spiegelte oder ob dort der Himmel selber war.

Er wandte sich vom Tor ab. In der Ferne erkannte er einen Felsabbruch, der in der Sprache der Bauern STURZ genannt wurde. Früher hatte man dort Steine gebrochen. Ein helles Band war die Felsmauer. An ihrem Fuß erkannte er winzig klein die eingefallenen Baracken der Steinbrucharbeiter.

Eine gerade Linie von seinem Auge zu jenen Hütten, quer durch die Luft, einen Radius bis zu einem Punkt des Horizontes ziehen, darauf im rechten Winkel die Tangente an den Erdkreis, die mit ihren Enden in den Raum hinausläuft. Die Vorstellung jener Kalotte, die er übersehen konnte. Der riesige Basiskreis des Kegels, der von seinem Sehstrahl ummantelt wurde. Die Zahlen. Das vorhandene, aber nicht erkennbare Gesetz. Der Kreis, die Quadratur des Kreises, eine menschliche Behausung. Im Unmöglichen angesiedelt, mit angelegten Händen auf einer Turmspitze stehend, von einem unwahrscheinlichen, zum eigenen Erstaunen doch fortwährend eintretenden Zufall vor dem Sturz bewahrt, immer in Erwartung des Sturzes, immer in Erwartung der Himmelfahrt.

Neben den Pförtnerhäusern standen die Brennesseln beinahe mannshoch. An feuchten Stellen wucherte der Huflattich. Seine großen Blätter waren von Schneckenspuren überzogen. Aus den Mauern blickten ihn viele Gesichter an. Mit ausgebreiteten Armen und offenen Mündern standen diese Menschen vor ihm, leicht nach vorne gebückt, angestemmt gegen die Kraft des hier über der grauen Ebene ewig sausenden Windes. Eine Sandfontäne, die für Sekunden hinter ihnen starr in der Luft stand, bevor sie der Sturm in einem Wirbel davonriß, hatte die Form einer geöffneten Hand. Die Risse in den Mauern

waren schwarz von Spinnen. – Du glaubst, der Riß ist nur oberflächlich, aber er geht weit in die Tiefe. Zwischen deinen Augen ist der Riß, zwischen deinen Lungen, zwischen deinen Beinen ist der Riß. Spinnen suchen dich heim. Von der Gutsherrin erzählt man, ihre Haut sei wie Milch gewesen. Wenn man an Milch denkt, denkt man an Schlangen. Ein Gedanke ruft den anderen herbei. Man streckt die Hand in die Höhe zum Gruß. Man öffnet den Mund zum Gruß. Es ist eine kleine, dunkle, stumme Höhle in der unendlichen Höhle. Man schließt die Augen gegen Sand und Sturm. Früher hat man geweint. Der Efeu schlingt sich bis unter die Dachtraufe hinauf. Auch er ist voller Getier. Seine Ranken sind stark wie die Schlangen. Könnte man den Kopf in einen Schraubstock einspannen, um immerzu nur in Betrachtung des Guten zu leben und dadurch selbst gut zu werden, es würde sich bald zeigen, daß es der Kopf nicht ertragen, daß es das Herz nicht ertragen kann, daß es die Augen nicht fassen können. Mit halbblinden Augen würde man – die Hände zerrten schon lange an den Schraubzwingen, um sie zu öffnen – das Gesicht des Teufels erkennen.
Eine der Türen war aufgebrochen. Am Türblatt war ein zwölfzackiger Stern eingeschnitzt, an den Türpfosten Kreise. Er stieß die Bretter zur Seite und trat in den Flur ein. Ein großes Stück der Decke war eingestürzt. Der Pförtner war in den Unruhen erschossen worden, weil er sich auf die Seite der Herrschaft gestellt hatte. Seine Frau und seine Kinder hatte man erst verschont, sie aber einige Tage später gleich vor dem Haus in einem halbstündigen Verfahren verurteilt und erschossen. Die Treppe zum Dachboden hinauf stand noch. Er scheuchte einen großen Vogel auf, eine Eule wahrscheinlich. Ameisen zogen, einen diagonalen, dunklen Strich bildend, über die rechte Wand. Am Fuß der Treppe lag eine Petroleumlampe. Linker Hand hatte man einen Haken in die Wand geschlagen. Eine Rostspur ging von ihm aus. – Das Licht der Petro-

leumlampen in der Nacht. Heute wie damals blicke ich zu den Sternen hinauf und warte auf etwas. Nachts bellen die Hunde. Im Sommer zirpt es im Gebüsch. Im Herbst fällt der Regen in die Stoppelfelder. Auf den Lachen steht in der Früh das Eis. Im Winter friere ich. Eine lange Zeit, seit damals, dachte er. Heute heute, morgen heute, in zwanzig Jahren heute usf. Im November versinkt das Land in Regen und Schlamm. Es ist ein Glück, daß man sich an so wenig erinnert. Öfter kann man die Leute reden hören: »Es ist ein Glück, daß wir nicht wissen, was kommt.« Wenn ich die Hände über diese Mauern gleiten lasse, spüre ich den kleinen Leib, der ich war. Wenn ich die Augen schließe, spüre ich, wer ich bin.
Er stieg die Treppe zum Dachboden hinauf. Durch die Dachluken strömte das Licht ein. Der Staub, den er mit seinen Füßen aufwirbelte, stieg tanzend darin auf. Durch eine Luke betrachtete er die Hügel, die sich vor ihm ausbreiteten. Ein Stück Straße leuchtete zu ihm herauf. Ein Kahlschlag, der gradlinig die Flanke eines Hügels hinauflief, erschien ihm wie ein Zeichen der Strafe. Nach der Dunkelheit des Flures empfanden seine Augen die Sonne doppelt hell. – So täuschen wir uns, dachte er. Aus der Wüste heben wir unseren Blick zu den Gestirnen. Auf die Ödnis ringsumher können wir unsere Hoffnung nicht richten, von dort ist nichts zu erwarten, also richten wir sie in die Ferne. Würde am Nachthimmel in großen Buchstaben die Schrift erscheinen: ERPOTR EESI, wir würden eine heilige Botschaft dahinter vermuten, obwohl diese Worte doch absolut nichts bedeuten. Selbst das grausame Gelächter, das aus der kalten Ferne des Weltraums zu uns dringt, zerstört unsere Hoffnung nicht. Wir sitzen still in der Nacht und breiten unsere Arme aus. Das Fernweh ist groß. Reisen, reisen müssen wir auf jeden Fall. Die einen unternehmen die Reise zum Mond, die anderen unternehmen die Reise zum Mittelpunkt der Erde. Die Haut der Zigeuner ist braun, ihr Haar ist schwarz und liegt straff

nach hinten. Kometen umfliegen ihre Herzen. Wo sie auch stehen und sich herumtreiben, überall ist Fremde.
Die irdische Reise antreten: sein Gesicht in den Sand legen, in die Steine am Fluß und hinter den verschlossenen Lidern den Blick auf einen mächtig aus der Landschaft sich erhebenden Leib richten, halb Mensch, halb Baum, auf glühende Massen, auf den Nabel, auf die versinkende Sonne im Fluß. Der Flügel einer Libelle steigt aus dem Meer auf wie ein Segel. Eine Wanderung führt durch Stein und Ginster. Der Strandhafer in den Dünen, ein Wolkenbild über der Ebene. Selten begegnet man einem Lebewesen. Selten glückt es, ein Gesicht an seinem Gesicht zu spüren. Lange hat man gewartet, bis der Geliebte aufgetaucht ist, Mann oder Frau. Menschliches währt nicht lange. Über dem dunkler werdenden Land erscheint ein schlanker Fisch mit rötlichen Flossen. Die Bäume erstarren in schwarzem Grün. Man ist Atem in der Dunkelheit, Atem und Gehör. Der Mund ist eine stumme Falte. Die Hände sind um Flußsteine geschlossen. Man hört – es ist das einzige, was man außer dem Schlagen des Herzens wahrnimmt – die Schreie der Vögel.
Auf dem Dachboden fand er einen Kasten voll mit Schnüren, Zeitungspapier, Schriftstücken, leeren Säcken. Einiges, was ihm der näheren Betrachtung wert schien, zog er ans Licht. Die ermordete Frau des Gutsherrn kam ihm wieder in den Sinn. Wie der Anwalt ihm einmal erzählt hatte, erwähnte sie der Gutsherr in seinen Briefen nur als »die Frau«. Nie gebrauchte er die richtige Wendung: »meine Frau«. Beim Lesen dieser Briefe, sagte der Anwalt, habe man das Gefühl, jedes Wort werde einem einzeln von einer gerade noch hörbaren Stimme zugerufen. Wo ist der Herr, und wo sind wir, pflegte der Anwalt solche Erzählungen abzuschließen.
Die Frau des Gutsherrn hatte man gleich nach ihrer Ermordung in aller Eile begraben, ohne Einsegnung, ohne jede Zeremonie. Selbst die Stelle des Grabes hatte man

nicht bezeichnet. Man fürchtete, damit weitere Ausschreitungen zu provozieren. Sein Vater hatte ihn einmal knapp vor seinem Tod zu einer Lichtung im Wald geführt – sie lag nahe an der äußersten Umgrenzung des Besitzes – und hatte ihm gesagt, daß man sie hier begraben habe. Auf die Aussagen eines Greises kann man sich nicht verlassen. Ein anderes Mal hatte er durch das Fenster zu den Ziegeleien hinabgezeigt – damals war er schon an sein Bett gefesselt, man mußte ihn stützen, wenn er sich aufsetzen wollte – und hatte gesagt: »Dort liegt sie, dort liegt sie gut!« Im Angesicht eines vom Tod schon gezeichneten Menschen macht man keine Einwände. – Nicht wenige Stimmen haben die Beziehungen der Gutsherrin zu meinem Vater, nach dessen Tod, ins Zwielicht gerückt. Andererseits haben sie die Treue meines Vaters zum Gutsherrn hervorgehoben. Wenn man sich, nicht nur um zu reden, wie es die Leute tun, sondern um die Wahrheit zu ergründen, auf solche Spekulationen einläßt, muß man scheitern. Ich habe diese Reden stets angehört, wie man ein Märchen anhört. Zwischen mir und ihnen habe ich einen Graben gezogen. Vom Gutsherrn selbst, er ist wohl der einzige, von dem man Genaueres erfahren könnte, ist nichts zu erfahren – er schweigt oft zu den allgemeinsten Fragen, die der Anwalt brieflich an ihn stellt –, und ich habe es auch gar nicht versucht.
Er blätterte in den Schriftstücken und las hie und da eine Seite durch. In der Hauptsache waren es Abrechnungen von Fuhrlöhnen und Angaben über das transportierte Gut. Die Kutscher und ihre Knechte waren, wie auch die Stallungen, in den Pförtnerhäusern untergebracht gewesen. Er erinnerte sich an ihre Rufe, mit denen sie ihre Gespanne zu diesem oder jenem Tempo bestimmt hatten. – Eine Mitteilung von Mensch zu Mensch ist schon möglich. Wenn man das Schreien der Dohlen als Mitteilung auffaßt, dann ist auch das Gespräch der Menschen Mitteilung. Es sind Signale, die aufbrennen. – Als Kind hatte er stun-

denlang den Rufen der Waldarbeiter zugehört, mit denen sie sich über Täler hinweg unterhalten konnten. Ihre Sprache, die heute kaum mehr einer kennt, besteht aus Rufen, die tief in der Kehle gebildet werden. Diese Laute erinnern an das Röhren des Hirsches. Stundenlang hatte er in die Stummheit der Wälder gehorcht, dann hatte er stundenlang den Schreien der Holzfäller gelauscht.
Links und rechts von den Pförtnerhäusern zog sich die Umfriedungsmauer des Grundstückes fort. Ein Fahrweg lief an ihr entlang. Zypressen bildeten etwa hundert Schritte vom Tor entfernt ein kleines, duftendes Wäldchen. Die Sonne hatte das Regenwasser schon beinahe aufgesogen. Von ferne hörte er das Bellen eines Hundes. Zur Zeit der Unruhen hatte man einen herrschaftstreuen Flurwächter an eine der Zypressen genagelt. Er dachte an einen in stillen Wassern versinkenden Leib. – Durch den Schmerz durchgehen in den Schmerz der Stille. Die Mükkenschwärme über den Wiesen, die Sternennebel in der Tiefe des Raumes. Der Mensch schreitet fort. Der Mensch verharrt. Immer wird er bewegt.
Die Mauer war in doppelter Mannshöhe aus Steinen und Ziegeln aufgeführt. Einmal war sie verputzt, die hie und da in sie eingelassenen Unterstandsnischen waren mit Fresken geschmückt gewesen. So hatte es ihm sein Vater geschildert. Im Angesicht der durchlöcherten, streckenweise überhaupt zusammengestürzten Mauer fiel es ihm schwer, solchen Worten Glauben zu schenken. Öfter hatte er gedacht: »Es ist eine Mauer und doch ist es keine Mauer. Diese Mauer behindert niemand. Will jemand eindringen, so kann er es tun, will jemand fliehen, so hält sie ihn nicht auf. Sie bietet keinen Schutz. Nur in den Reden der Bewohner der Herrschaft besteht sie fort. Würden nur mehr einzelne, mürbe Steintrümmer herumliegen, die Leute würden nicht aufhören von der Mauer zu sprechen.«
Die Mauer war in der Kindheit seines Vaters errichtet worden. Der jetzt in Übersee lebende Gutsherr war da-

mals noch gar nicht auf der Welt gewesen. Der Vater hatte sich noch an die Arbeitskolonnen erinnert, die jahrelang an der Fertigstellung der Mauer gearbeitet hatten. Der Sinn dieser Anstrengungen ist von vornherein fragwürdig gewesen. Eine Zierde stellt ein solches, unregelmäßig über Berg und Tal sich hinziehendes Bauwerk nicht dar. Verteidigungszwecken hat es nie gedient und kann ihnen beim Stand der Waffentechnik auch nicht dienen. Es gewährt nicht einmal Schutz vor Dieben und Räubern, dazu ist es zu gering, zu leicht zu überwinden. Die Grenze des Besitzes ist weitläufig, und wenn die Wächter auch unermüdlich unterwegs sind, so können sie doch nicht an allen Punkten gleichzeitig sein. Tatsächlich ist durch den Bau der Mauer der Wald- und Feldfrevel nicht unterbunden worden. Vielleicht hat auch die Wächterschaft, oder zumindest ein Teil von ihr, mit den Holzdieben zusammengearbeitet. Dieser Verdacht war einer der Gründe, die schließlich zur Entlassung aller Wächter geführt hatten. Wenn man im Morgengrauen, wenn der Nebel noch die Täler erfüllt, an der Mauer entlangwandert, ist man stellenweise unsicher, ob man sich außerhalb oder innerhalb befindet. Solche Täuschungen werden durch den gewundenen, vielfach gezackten Verlauf der Mauer begünstigt. Die endlos im Kreis sich schließende Mauer erscheint einem als Bestandteil des Traumes, den das Land und der Himmel in ihrer grenzenlosen Weite träumen.

Vielleicht ist dem damaligen Gutsherrn beim Bau der Mauer die Idee einen großartigen Monumentes als Gesicht und Stirn seines Besitzes nach außen hin vorgeschwebt. Tatsächlich ist die Mauer immer nur eine Mauer gewesen, mehr nicht. Geldmittel und Einfallsreichtum haben zur Verwirklichung des Idealbildes nicht gereicht. Die Größe des Zieles macht die Jämmerlichkeit des Erreichten doppelt deutlich. Wenn die Arbeiter nach der sonntäglichen Lohnauszahlung – damals wurde der Samstag als Werktag gehalten – betrunken und stumm auf dem staubigen Platz um die eigens für sie aufgestellte Branntweinhütte lagen, spiegelte dieses Bild trefflich die Sinnlosigkeit des ganzen Unternehmens wider. »Wer nicht fliegen kann, soll auf dem Boden bleiben«, hatte sein Vater im Zusammenhang mit solchen Überlegungen manchmal gesagt. Diese Worte gehen, so einleuchtend sie auf den ersten Blick auch scheinen, am Kern der Sache freilich vorbei. Man kann zwar nicht fliegen, dazu fehlt es an kräftigen Schwingen, man kann aber auch nicht auf der Erde herumkriechen, dazu sind die Gliedmaßen zu unproportioniert, ist die Haut zu verletzlich.

Als er vor das Haus trat, richtete er unvermittelt seinen Blick auf die Zypressen. War dort jemand? – Manchmal erschrickt man vor dem großen Atem der Welt. – Er wich ein, zwei Schritte gegen die Hausmauer zurück und ließ seine Augen langsam über das Gelände streifen. – Aus den Augenwinkeln nimmt man Bewegungen besonders gut wahr. Den beobachtenden Blick von Tieren spürt man, wie man den Blick von Menschen spürt, den Blick der Feinde. – Er konnte nirgends ein Lebewesen entdecken. – Als er wieder zu den Zypressen hinüberblickte und ihr dunkles, federndes Grün in das gelbliche, zitternde Grün der Gräser herrlich eingefaßt sah, dachte er an das Paradies. »Das Paradies wird es schon geben«, dachte er, »wenn es auch nicht für uns bestimmt ist. Sollten wir tatsächlich einmal darin gelebt haben, so sind wir nicht an einem Tag daraus vertrieben worden. Ständig werden wir daraus vertrieben, jeden Tag werden wir daraus vertrieben. Überall ist die Schwelle zum Paradies. Dort leben wir, wenn wir auch in den finstersten Winkeln der Welt herumstreifen. Der Blick des Zurückschauenden ist unser Blick.«

Jetzt sah er drei, vier Rehe über die ansteigenden Wiesen laufen. Der Besitz war reich an Rotwild. Er schlug den Weg entlang der Mauer ein. Im Lehm entdeckte er die Fußspuren eines Menschen. Nach einigen Schritten bogen sie vom Weg ab und verschwanden im Wald, der hier bis

knapp an die Mauer heran stand. Er überlegte, von wem sie hätten herstammen können. »Kehre um«, dachte er, aber er ging weiter. Die Stämme von Buchen leuchteten silbrig aus der Dämmerung des Waldes. Er vermeinte Violinmusik zu hören Ein vorbeifliegendes Insekt erzeugte einen surrenden Laut. Seine Arme waren gestreckt.
Als er über die zerfallene Mauer hinblickte, wünschte er sich weit fort. Er wünschte sich auf den letzten gerade noch sichtbaren Hügel. Ein gegen den Wind auffliegender Vogel zeigte das Weiß seiner Bauchseite. Ein Vogelschwarm wurde von den Wolken verschluckt. Wäre er auf jenem Hügel gewesen, dann hätte er sich auf den äußersten, von dort gerade noch sichtbaren Punkt des Horizonts gewünscht usf. Die Briefe des Gutsherrn aus Übersee begannen, wie er aus den Erzählungen des Anwalts wußte, alle mit der stereotypen Formel: »Mir geht es gut. Ich kann nicht klagen. Wie steht es um Sie und Ihre Geschäfte?« Als sein Vater gestorben war und der Anwalt ihn, den Sohn, zum neuen Verwalter vorgeschlagen hatte, hatte der Gutsherr geantwortet: »Soll er die Sache betreiben oder ein anderer. Ich kann darin keinen Unterschied sehen. Die Sache ist, ihrem Wesen, nicht ihrem Bestand nach, unveränderlich und mein Verhältnis zu ihr auch.« Dadurch war er in seiner Stellung bestätigt worden, wenn man es so nennen will. Es war keine Berufung, es war ein rein faktisches Verhältnis, in dem er zum Gutsherrn stand. So unsinnig es gewesen wäre zu behaupten, der Gutsherr schicke Regen und Sonnenschein, so unsinnig wäre es auch gewesen zu sagen, er hätte sonst irgend etwas an den Zuständen bestimmt, wie sie jetzt in der Herrschaft und um sie herum waren. Vor der Ermordung seiner Frau war das Verhältnis des Gutsherrn zu der Besitzung anders gewesen. Mit dem Vater hatte er noch weite Gänge durch die Herrschaft unternommen, um sich selbst vom Stand der Dinge zu überzeugen, um dieses oder jenes selbst anzuordnen. Er hatte jeden seiner Arbeiter beim Namen gekannt und über

dessen Verhältnisse Bescheid gewußt. Mit einem einzigen Ruck hatte er sich durch seine Flucht von allen diesen Verbindungen losgerissen. Wenn er es vielleicht auch nicht wahrhaben will: Wenn man in der Herrschaft lebt, dann spürt man, daß es ihn gibt oder zumindest gegeben hat. Selbst seine Abwesenheit ist eine Form der Herrschaft.
Nach dem Zeugnis des Vaters – es ist mit Vorbehalt aufzunehmen – hat sich die Frau des Herrn um nichts, was das Gut betraf, gekümmert. Ihr Sinn ist nach Kleidern und Schmuck gestanden, nicht nach Problemen der Verwaltung. »Sie war eine schöne Frau«, diesen Satz pflegte der Vater mit Betonung in seine Rede einzuflechten. Er war sich nicht bewußt, daß er damit nichts aussagte als eben die Tatsache ihrer Schönheit. Den Schluß, daß sie auch ihm gefallen habe, wies er bereits im nächsten Satz ebenso entschieden von sich, wie er den ersten immer betonte. »Was weiß ich, ich bin ein alter Mann!« sagte er, wenn man ihn auf die Widersprüchlichkeit seiner Worte hinwies. Dann fuhr er mit der Erzählung von meist unzusammenhängenden Details fort. Die meiste Zeit des Jahres habe sie in der Hauptstadt zugebracht. War sie auf dem Gut, so habe sie nur selten den abgezäunten Park verlassen, der sich an die Hinterfront des Herrenhauses anschloß. Katzen habe sie sehr geliebt, usf. Aus solchen Reden wird man nicht klug.
Jener Park existiert heute nicht mehr. An seiner Stelle sind Baracken für die Waldarbeiter errichtet worden. Die ehemaligen Gesindewohnungen sind in der Zeit der Krise durch mangelnde Obsorge in einen Zustand der Verwahrlosung geraten, der es vernünftiger erscheinen ließ, neue Unterkünfte aufzustellen, als die alten zu renovieren. Von den im Viereck sich um einen Hof schließenden Gebäuden wird heute nur noch das Herrenhaus bewohnt. Es überragt die anderen, ebenerdigen Flügel um einen Stock. Es ist allerdings nur mehr eine Frage der Zeit, bis auch dieses Objekt wird aufgegeben werden müssen. Der Verfall ist

unaufhaltsam. Schon lange sind die Statuen, die die Dachkante des Hauses geziert haben, in den Hof gestürzt. Dort liegen sie, halb ins Erdreich vergraben. Große Teile des Daches hat man noch zur Zeit des Vaters mit frischen Ziegeln gedeckt. Dieses Detail steht in seltsamem Gegensatz zum Gesamteindruck. Würde nicht Rauch aus dem Kamin aufsteigen, so könnte man glauben, vor einer unbewohnten Ruine zu stehen. Wie aber eine Veränderung bewirken? Geldreserven bestehen infolge der traurigen Wirtschaftslage des Gutes nicht. Die Einnahmen reichen notdürftig zur Weiterführung des Betriebes. Aussicht auf Verbesserung besteht nicht. Im Gegenteil, der Anwalt bringt bei jedem seiner Besuche Interessenten mit, die dieses oder jenes Stück der Herrschaft erwerben wollen. Am liebsten würde man solche Leute davonjagen. Was soll man aber anderes tun, als höflich ihre Fragen beantworten und zu ihren Späßen lachen, wenn man ihr Geld braucht. Die Fälligkeit alter Hypotheken zwingt mangels flüssiger Reserven zu derartigen Verkäufen. Die Verkäufe schmälern wiederum die ohnehin unsichere Basis der Wirtschaft. So geht es ständig bergab. Wenn man wollte, könnte man den Tag des Bankrotts schon ziemlich genau errechnen. Der Punkt, an dem die Hoffnung zum Wunderglauben wird, war bereits erreicht. »Solange es geht, werde ich es machen. Wenn es nicht mehr geht, werde ich es nicht mehr machen. Ich tue, was ich kann.«
Wenn man eine Fliege verjagt oder erschlägt, dann hat man sich zwar dieser einen Fliege entledigt, gegen den Stamm der Fliegen hat man damit aber nichts erreicht. Zu größeren Maßnahmen reicht die Kraft nicht aus. Man wird mit den Fliegen leben, und man wird sie verscheuchen, wenn man kann. Eines Tages wird alles voller Fliegen sein, der Tisch, die Wände, selbst die Augen, die man bis dahin noch mühsam freigehalten hat.
»He, Verwalter!« rief ein Mann, den er nicht bemerkt hatte und der jetzt aus dem Unterholz hervortrat. Es war

einer der Waldarbeiter, der Mart genannt wurde. »Was gibt es?« rief er zurück und blieb stehen. Der Mann trat unter den Bäumen hervor. Sein Gesicht war von Harz verschmiert. An seiner Seite hing in einer Lederschlaufe die Axt vom Gürtel. Er hatte seine Augen geradeaus auf einen fernen Punkt gerichtet, als er sagte: »Es ist ein Unfall passiert. Am Feld oben hat es einen erschlagen.« Das Feld ist der Name einer weiten, verkarsteten Hochfläche, die sich am Nordrand der Herrschaft erstreckt. Früher hatte man dort Steine gebrochen. Der gelbliche, zerfurchte Kalk ist kaum bewachsen. Im Frühjahr, wenn die Steinnelken blühen, täuscht einen ihre Schönheit über die Armut dieses Landstrichs hinweg. Mart hatte den Kopf jetzt zu Boden gesenkt. Er roch den Schnapsgeruch, der von dem Arbeiter ausging, als dieser näher an ihn herantrat. Mit dem linken Fuß scharrte Mart im Erdreich wie ein Pferd. »Wie ist es passiert?« fragte er. »Weiß ich nicht«, antwortete Mart. »Komm!« sagte er. Als er ihn fragte: »Wer ist es?« hatte Mart sich schon zum Gehen umgewandt. »Was weiß ich«, murmelte der Arbeiter, ohne sich umzudrehen, so leise, daß er es kaum hatte hören können. Dann lachte Mart laut vor sich hin und ließ beim Gehen seine Hände über die Baumstämme gleiten, zwischen denen sie durchschritten. Er folgte knapp hinterdrein, um ihn nicht zu verlieren. Er beobachtete den starken, im Gehen auf und ab sich bewegenden Nacken des Arbeiters. Unfälle waren nicht selten. Kaum ein Arbeiter, der nicht einmal eine schwere Verletzung erlitten hätte. An den Stellen, wo das Licht durch das Laub bis auf den Boden drang, sah er den Dunst aufsteigen. Er konnte den Schritten Marts kaum folgen. Die Waldarbeiter sind in Partien von sechs oder acht Mann zusammengefaßt. Der älteste ist Partieführer, teilt die Arbeit ein und ist dem Verwalter für die Arbeit verantwortlich. Das Anzeichnen, das Schlagen, das Putzen, das Abrinden, das Ziehen. Früher hatte die Herrschaft zwanzig, oft dreißig Partien ge-

habt. Jetzt waren es fünf. Die Frau des Gutsherrn soll sich mit den Arbeitern eingelassen haben. Das helle Klingen der Äxte beim Schlagen dringt einem durch Mark und Bein. Man kann es gar nicht begreifen, daß dieses Geräusch mit dem sanften Eindringen des Keils in das Holz in Zusammenhang steht. »Weiße Schenkel«, sagte er vor sich hin. »Was?« fragte Mart. Als er keine Antwort erhielt, fragte er nicht weiter.
Nach einer halben Stunde waren sie am Feld oben. Am Waldrand lag eine geschlagene Fichte. Die Männer standen um sie herum. Als sie seiner ansichtig wurden, grüßten sie. »Dort, dort!« sagte Mart und wies an eine Stelle des zerbrochenen Astwerkes. Die Männer blickten ihn stumm und ausdruckslos an. Ihre Rucksäcke hatten sie auf einen Haufen zusammengeworfen. Der Kalkstein draußen im Feld leuchtete in der Sonne. Einer der Arbeiter spuckte aus. Als er sich bückte, um die Zweige auseinanderzubiegen, schlug ihm Mart mit der Breitseite der Hacke den Schädel ein. – Letzte Liebe, vorbei, letzte Liebe.

Der Aufbruch

An einem Oktobertag des Vorjahres bin ich aufgebrochen. Schon lange hatte ich mit dem Gedanken an eine Reise, mit dem Gedanken, eine Reise zu unternehmen, gespielt, aber erst an jenem Tag habe ich mich zum Aufbruch entschlossen. Wenn ich hier von Entschluß rede, übertreibe ich freilich zu meinen Gunsten, denn tatsächlich habe ich mich zu nichts entschlossen, sondern bin durch verschiedene Umstände zum Aufbruch förmlich gezwungen worden. Am Tag zuvor hatte mir nämlich der Vorarbeiter erklärt, daß er, infolge der geplanten Betriebsauflassung, mich als Arbeitskraft nicht länger brauchen könne. Anfänglich war ich von dieser Mitteilung verwirrt, hatte ich doch viele Jahre auf jenem Holzlagerplatz gearbeitet. Später erschien sie mir dann als ein Zeichen des Himmels. Was hätte ich denn, meiner Anstellung beraubt, weiter in Gollern tun sollen? Gollern ist ein kleines Landstädtchen, die Arbeitsplätze sind rar, und man muß schon Glück haben, wenn man dort von heute auf morgen eine Beschäftigung finden will. Ich hätte es zwar versuchen können, und wahrscheinlich hätte ich, da ich in der Stadt viele Leute kannte, auch Erfolg gehabt, aber ich sagte mir, du wirst nichts finden, du wirst nichts finden, du wirst nichts finden, und trieb mich, indem ich mir den weiteren Aufenthalt in Gollern solcherart unmöglich machte, zum Aufbruch. Wäre mir damals jemand über den Weg gelaufen und hätte gesagt, ich habe gehört, daß du Arbeit suchst, komm zu mir, ich glaube, ich hätte die Reise Reise sein lassen und wäre ihm gefolgt, so schwach war mein Entschluß. Da aber dieser Fall nicht eintrat, hier muß ich gestehen, daß ich ihn durch pausenloses Auf- und Abgehen in der Hauptstraße von Gollern eigentlich provozierte, machte ich mich also tatsächlich auf den Weg, das heißt, ich mußte mich auf den Weg machen, wollte ich das bißchen Selbstachtung, das noch in mir

steckte, nicht auch noch verlieren. Ich erinnere mich genau an jenen Morgen, es mag etwa vier Uhr gewesen sein, als ich mit dumpfem Kopf und einem feinen Zittern in allen Gliedern erwachte. Am Vorabend hatte ich mich, wahrscheinlich aus Feigheit, völlig betrunken, was sonst durchaus nicht meiner Art entsprach. Ich lag also im Bett und starrte zum Fenster hinüber. Draußen graute der Morgen. Die Fensterscheiben waren beschlagen, und hie und da lief ein Tropfen an ihnen herunter. Eine gute halbe Stunde mag ich so im Bett gelegen sein, von der Wärme der Dekken eingehüllt. Die Arme hatte ich über der Brust verschränkt, die Finger fest um die Ellenbeugen geschlossen. Dann rumpelte draußen ein Wagen vorbei. So als wäre dieses Rumpeln eine Botschaft oder gar ein Befehl an mich gewesen, stand ich sogleich auf, wusch mich notdürftig, kleidete mich mechanisch an, war ein wenig verwundert darüber, daß sich meine Glieder mit solcher Selbstverständlichkeit bewegten, bewegen ließen, kramte Geld und Ausweispapiere zusammen und verließ, ohne einen Blick zurückzuwerfen, mein Zimmer und das Haus.
Es war ein sonniger, wenn auch schon herbstlich kühler Tag. Das Städtchen lag noch im Schlaf. Die Fensterbalken waren verschlossen. Der Wind, der hin und wieder zwischen den Häusern herausfuhr, trieb kleine Staubfahnen vor sich her. Bloß ein paar Katzen schlichen mit steil aufgerichteten Schwänzen um die Ecken. Als mir eine über den Weg laufen wollte, scheuchte ich sie mit einem Fußtritt fort. Diese plötzliche Aufwallung von Zorn war die einzige Gemütsregung, die damals meine Bewußtlosigkeit durchbrach. Selbst sie ist mir heute unverständlich, denn ich bin nicht abergläubisch und habe stets über Leute gelacht, die schwarze Katzen oder die Muster des Kaffeesatzes als Hinweise auf ihr Schicksal deuten. In den menschenleeren Straßen kam ich rasch vorwärts und erreichte, nachdem ich die Eisenbahnlinie überquert und den Holzlagerplatz, wo ich ehedem gearbeitet habe, hinter mir ge-

lassen hatte, bald das offene Feld. Über den Wiesen lag dünner Nebel, durch den aber da und dort schon der blaue Himmel durchzuschimmern begann. Mich konnte allerdings die Aussicht auf einen schönen Tag nicht aufheitern. Wer mich damals mit hängenden Schultern querfeldein stapfen gesehen hätte, mürrisch, verdrossen, mit kleinen, geröteten Augen, der hätte wohl kaum vermutet, daß ich im Begriff war, mich freiwillig auf eine Reise zu machen, von der ich schon lange Zeit geträumt hatte. Ein unvoreingenommener Beobachter hätte mich wahrscheinlich für einen Taugenichts gehalten, der, eben unter den herabsausenden Rollbalken einer zusperrenden Schenke hinausgeworfen, nun in Ermangelung einer Unterkunft mit sich und der Welt uneins in einen neuen Tag hineingeht, von dem er nicht weiß, wie und wo er enden soll. Als mir ein Pferdefuhrwerk begegnete und der Bauer mir vom Bock einen Gruß zurief, zog ich nur meinen Kopf tiefer zwischen die Schultern und beschleunigte meinen Schritt. Der scharfe Geruch des Dungs, den der Wagen geladen hatte, hing mir noch lange in der Nase. An der ersten Straßengabelung wandte ich mich, ohne daß ich vorher darüber nachgedacht hatte, nach links. Vielleicht entschied ich mich nur deshalb für diese Richtung, weil dort, etwa zehn Schritte von der Kreuzung entfernt, ein aus Stein gehauener Bildstock aufgestellt war, an dem alte, längst verdorrte Blumenkränze hingen, deren Aneinanderreiben im Wind ein leises Rascheln erzeugte. In eine jener länglichen, grauen Lachen, die in den Wagenfurchen standen, warf ich einen Stein. Die von herbstlich kahlen, an Rutenbündel erinnernden Kirschbäumen gesäumte Straße führte mehr oder minder gerade auf einen noch dämmrigen, im Schlagschatten der hohen, das Tal begrenzenden Berge liegenden Waldgupf zu.

An dieser Stelle sind vielleicht einige Worte über die Lage des Tals und insbesondere über die meines Heimatstädtchens Gollern angebracht: Dieses Tal, ein breites, in der

Nähe des Flusses ein wenig sumpfiges Trogtal, wird beiderseits von hohen Bergen eingefaßt. Das Gebirge steigt aber nicht jäh vom Talboden auf, sondern gleichsam in Stufen. Erst sind es nur dicht bewaldete Hügel, auf die dann steilere Hänge folgen, die, ganz durchschaut man die Zusammenhänge von unten her, aus der Froschperspektive, nicht, von schroffen Felsgipfeln bekrönt werden. Diese Gipfel liegen aber so weit vom Tal ab, daß man sie selbst an sonnigen, wolkenlosen Tagen bloß als weiße Dreiecke undeutlich in das Blau des Himmels aufragen sieht. Niemals ist man bei ihrem Anblick sicher, ob es sie tatsächlich gibt oder ob man einer Täuschung der Sinne zum Opfer gefallen ist. Wenn man in Gollern geboren ist und dort lebt, sind einem solche Überlegungen freilich fremd, wie ja überhaupt in Gollern nur Gedanken gedacht werden, fast möchte ich sagen, gedacht werden können, wenn es Gollern unmittelbar betreffende Gedanken sind. Gollern ist ein ganz und gar unbedeutendes Städtchen, von dem selbst die eifrigsten Lokalpatrioten nicht behaupten können, daß es von besonderer Schönheit oder Wichtigkeit wäre. Man könnte noch weitergehen und sagen, daß, würde Gollern nicht bestehen, der Welt nichts verlorengegangen wäre. Legt man solche Maßstäbe an, dann können gewiß nur wenige Plätze der Erde bestehen. Zu dieser Einsicht ist aber der, der in einer solchen Bedeutungslosigkeit, wie sie Gollern nun einmal darstellt, eingeschnürt lebt, nicht fähig. Er empfindet nur die unerträgliche Enge der Köpfe, Häuser und Straßen, er haßt die ihm nur zu gut bekannten Gerüche, Stimmen und Schritte, er kann die Menschen, die ringsum mit stumpfsinniger Beharrlichkeit ihr Tagwerk ausführen, nicht mehr ertragen. Wäre Gollern damals mitsamt seinen Bewohnern von einem Erdschlund verschluckt, wäre das, was dann etwa noch übriggeblieben wäre, von einer Feuersbrunst vernichtet worden, so wäre mir wohl um all das nicht leid gewesen, im Gegenteil, ich hätte eine solche Katastrophe geradezu freudig be-

grüßt. Mit einem Schlag wäre ich dadurch, ohne selbst auch nur das Geringste tun zu müssen, aller Pflichten und Abhängigkeiten ledig gewesen und hätte, mir Ruß und Asche aus den Kleidern beutelnd, mich in jede Richtung der Windrose fortmachen können. Dieser Fall ist aber nicht eingetreten. Schon an jener ersten Weggabelung bin ich unsicher geworden: Sollte ich tatsächlich fortgehen? Sollte ich umkehren? Über die Wiesen und Felder des Talgrundes blickte ich lange auf Gollern zurück. Aus den Schornsteinen der Häuser stieg jetzt Rauch auf. Überall wird Frühstück gekocht, dachte ich. Bei dem Gedanken an ein Frühstück, an jenes Frühstück, das mir meine Wirtin tagtäglich in meine Kammer gebracht hatte, überkam mich solcher Ekel, daß ich den Blick niederschlug und, so schnell ich konnte, jene Straße hinablief, schnell und schneller auf den schweigenden, grünen Waldgupf zu.
Es half nichts, Gollern ging mir nicht aus dem Sinn. Ich sah die gerade, staubige Hauptstraße vor mir. Dort reiht sich Haus an Haus. Wären die Häuser nicht numeriert, so könnte man wohl kaum entscheiden, in welchem Teil der Straße man sich befindet, so sehr gleicht eines dem anderen. Die meisten sind von ihren Bewohnern selbst erbaut worden. An Kleinigkeiten, wie etwa den schmalen, aus Blumenbeeten bestehenden Vorgärten, den bunten Fahnenstangen, Wetterhähnen und Blumenkästen, die fast jedes Haus zieren, kann man erkennen, welche Liebe hier aufgewendet worden ist und wie stolz die Leute auf ihre Behausungen sind. Vielleicht ist gerade dieser offenkundige Stolz das Unerträglichste an diesen Häusern, denn sie stellen gewiß nichts dar, auf das man stolz sein könnte oder dürfte. Vielleicht ist es allerdings auch bloß der Neid, der einem den Anblick dieser sauberen, biederen Häuser verleidet, wenn man selbst nur eine Kammer bewohnt und zur Erbauung eines solchen Hauses weniger aus Mangel an Geld, Fleiß oder Unternehmungsgeist als auf Grund einer fundamentalen Unfähigkeit nicht imstande ist. Ich für

meinen Teil habe mir das Leben in einem solchen Haus, das Leben mit Frau und Kindern nie vorstellen können. Es ist nun durchaus nicht so, daß ich mich nie nach einer Frau, nach Geborgenheit und der Ordnung einer Familie gesehnt hätte, aber ein einziger Blick auf diese Häuser und ihre Bewohner hat stets genügt, um mir klarzumachen, daß ich ein solches Leben, das auf nichts anderem basiert als auf jener gewissen Beschränktheit, die man gemeinhin Zufriedenheit nennt, nicht ertragen würde. Diese Gegebenheit hat mich des öfteren bedrückt. Jedenfalls hat sich mein Leben bis zum Antritt der Reise zwischen den Gollerner Häusern, in dieser Gollerner Straße abgespielt. Von der Hauptstraße zweigen zahlreiche Seitengassen ab, die sich aber bald ins offene Feld verlieren. Blickt man von der Hauptstraße in diese Gäßchen hinein, so sieht man wie durch ein Fenster auf die Äcker und Weiden hinaus, die gleich hinter den Häusern beginnen. Man könnte bei diesem Anblick geradewegs vergessen, daß man sich in der Hauptstraße eines Städtchens befindet. Das ist vielleicht überhaupt eines der Hauptkennzeichen von Gollern: Überall ist man sich seiner Grenzen schmerzlich bewußt, überall stößt man nach ein paar Schritten an den Rand. In Gollern kann man sich nicht verlieren, wie dies in den Wäldern möglich ist, in verlassenen Gebirgstälern und in den Häusermeeren der großen Städte. In Gollern muß man den Blick immerzu auf das Allernächste richten, und zwar ausschließlich dorthin, denn dahinter ist in den meisten Fällen nichts mehr. Dieser Tatsache muß man, will man dort leben, dauernd Rechnung tragen.
In solche Gedanken versunken, hatte ich eine ziemliche Strecke zurückgelegt. Der Nebel hatte sich von den Feldern gehoben. In den nur mehr spärlich belaubten Buschreihen, die die Äcker gegeneinander abgrenzten, schienen feine, blaugraue Spinnweben zu hängen. Von den Ästen der Kirschbäume fielen Tautropfen und zerplatzten am Boden laut in die Stille hinein. Aus einem dunklen Sturz-

acker flogen Krähen auf und nahmen, bald auseinanderstrebend, bald wieder sich zu einem einzigen schwarzen, von Gekreisch erfüllten Bündel vereinigend, ihre Richtung auf den bewaldeten Hügel hin, dem auch ich zustrebte. Er lag reglos vor mir wie ein ausgetrockneter Brotlaib. Die Wipfel der Bäume dort waren ohne Bewegung. Sie müssen sich doch bewegen, dachte ich, es ist windig. Ich befeuchtete meinen Zeigefinger mit Speichel und hob ihn prüfend in die Luft. An einer Seite spürte ich ihn kalt werden. Der Wind kam von Westen. Ich starrte zu den Bäumen hinüber, und je länger ich das tat, desto sicherer wurde ich mir: Ihre Wipfel bewegten sich, erst nur ganz leicht, dann stärker und stärker, bis sie zuletzt so stark schwankten, daß ich fürchtete, sie müßten unter dem Druck des Windes zerbrechen. Aber sie hielten stand. Sie hielten stand. Ich vermeinte das Brausen des Windes zu hören. Als ich den Blick niederschlug, war es plötzlich wieder ganz still um mich. Wenn man in der verzweifeltsten Stimmung beschlossen hat, nicht länger auszuhalten, dachte ich, sondern fortzugehen, dann sollte man fortgehen. Was nützt einem das schönste Zimmer, was nützen die freundlichsten Nachbarn und der gleichmäßige Pulsschlag der Dinge ringsum, der Kästen, Tische und Sessel, was nützt einem die Aussicht auf ein langes, vielleicht sogar glückliches Leben, wenn man jetzt und hier nicht leben, wenn man das Jetzt und das Hier nicht ertragen kann. Ich blieb stehen und blickte über das leicht gewellte Gelände zu den jetzt scharf umgrenzt in die kalte, klare Luft sich erhebenden Häusern von Gollern hinüber. Gollern ist Gollern, dachte ich, und ich bin ich, und zwischen uns beiden gibt es keinen Frieden, keinen Kompromiß, sondern nur ein Entweder-Oder, dachte ich, und daß es eigentlich immer schon so gewesen war zwischen uns, soweit ich zurückdenken konnte.

Das Geländer der Brücke sah von hier heroben aus wie die Begrenzung einer Rennbahn. Vor mir öffnete sich eine weite, flache Senke, in der sich der Fluß dahinschlängelte. Auf der Brücke sah ich einen Mann stehen, der, schwerfällig auf das Geländer aufgestützt, in den Anblick der graugrün treibenden Wasser versunken schien. Die Luft über dem Fluß war diesig, und die Sonne ließ manchmal kleine Regenbogen darin aufleuchten. Der Mann stand etwa in der Mitte der Brücke. Ein paarmal spuckte er ins Wasser. Er bemerkte mein Näherkommen nicht. Das Brückengeländer lief gegen das jenseitige Ufer zu perspektivisch zusammen. Als ich an dem Mann vorbeiging, hob er plötzlich den Kopf und fragte, mit dem Arm in die Richtung deutend, aus der ich hergekommen war: »Geht es hier entlang nach Gollern?« – »Ja«, antwortete ich, »ja, nach Gollern.« Auf den Sandbänken im Fluß wuchs graubraunes, von Überschwemmungsrückständen verfilztes Gestrüpp. Ein großer weißer Stein erhob sich turmartig aus den Schottermassen. »Nach Gollern«, sagte der Mann. Ich war schon an ihm vorbei. »Dort drüben liegt Gollern«, rief ich ihm noch nach, als ich bereits das andere Ende der Brücke erreicht hatte. Wahrscheinlich war meine Stimme vom Rauschen der Flußwasser übertönt worden, denn der Mann wandte sich nicht mehr um, sondern stieg mit raumgreifenden Schritten den sanft geneigten Abhang hinan. Das war das letzte Mal, daß ich das Wort Gollern ausgesprochen habe.

Ich wanderte den ganzen Tag, ohne auch nur einmal Rast zu machen. Die Straße wand sich zwischen dicht bewaldeten Steilhängen höher und höher. Einmal kam ich bei einem Sägewerk vorbei. So kräftig ich auch gegen Tür und Fensterbalken schlug, es öffnete niemand. In dem Graben, in dem der Bach zum Antrieb der Säge zugeleitet wurde, schoß das Wasser kalt und durchsichtig dahin. Auf einem Stein fand ich eine Handvoll verrosteter Nägel. Als sich auch auf mein Rufen hin nichts rührte, ging ich weiter. Stundenlang begegnete ich keiner Menschenseele.

Gegen Abend, bei Einbruch der Dämmerung, bin ich in

der hoch gelegenen Ortschaft Treibach angelangt. Diese Ansiedlung hat auf mich vom ersten Moment an einen deprimierenden Eindruck gemacht. Wenn man das Wort Ortschaft hört, stellt man sich, was Treibach anbetrifft, schon zuviel vor, eine gefällig um einen Hauptplatz oder eine Kirche gruppierte Ansammlung von Häusern taucht vor dem inneren Auge auf, man denkt an Dorflinden, Gemeindehäuser usf. Von all dem ist aber in Treibach keine Rede. Die zehn, fünfzehn Häuser, aus denen es besteht, sind gleichsam in einer dunklen Felsspalte des ringsum steil ansteigenden Gebirges eingeklemmt. Wie ich später im Wirtshaus in Erfahrung gebracht habe, ist Treibach aus einer ehemaligen Holzarbeitersiedlung hervorgegangen. Aus einem bloß behelfsmäßig errichteten Provisorium ist, wie es so oft in der Welt vorkommt, etwas Dauerhaftes, Endgültiges geworden. Armut, Hilflosigkeit, Apathie und andere Umstände, die im Rückblick meist geradezu grotesk wirken, rufen eine solche Versteinerung von Übergangslösungen hervor. Wie die auf den Leim geratene Fliege noch eine Weile mit den Beinchen strampelt, ehe sie sich in ihr Geschick fügt, so mögen auch die Einwohner von Treibach anfänglich noch alles mögliche unternommen haben, um von diesem unfreundlichen Ort wegzukommen. Inzwischen haben sie sich aber längst mit den Zuständen abgefunden, ja, und auch das ist eine durchaus allgemein menschliche Verhaltensweise, sie sind sogar noch stolz darauf, daß sie hier heroben, ringsum von dichtem, undurchdringlichem Hochwald eingeschlossen, all die Jahre und endlich ihr Leben lang ausharren. Versucht man ihnen die Möglichkeiten, die einem anderswo jederzeit offenstehen, bloß anzudeuten, so winken sie unwillig ab. Davon wollen sie nichts hören. Fährt man trotzdem fort, ihnen von der Welt zu erzählen, werden sie zornig und böse, packen ihre Hüte und Fäustlinge, werfen die Münzen zur Begleichung der Zeche auf den Tisch und verlassen grußlos die Gaststube. Nur dem Wirt nicken sie zu, diese

Geste hat etwas Verschwörerisches, so als wollten sie sagen: »Wann wirfst du diesen fremden Besser-Wisser endlich hinaus?«
Ich bin also in der Dämmerung nach Treibach gekommen. Aus dem stillen, grauen Himmel sind ein paar winzige, von der Kälte gleichsam zusammengepreßte Schneeflocken auf mich niedergefallen. Der Hochwald ringsum hat das Geräusch meiner Schritte verschluckt. Die trübe Helligkeit der letzten Tagesstunden hat sich allmählich in eine immer dichter werdende Dunkelheit verwandelt. Der schotterige Boden der Straße war gefroren. Es hat sich herausgestellt, daß meine Bekleidung, die im Tal unten, in Gollern, für diese Jahreszeit vollkommen ausreichte, hier heroben ganz unzureichend war. Langsam ist in mir die Ahnung aufgestiegen, daß ich mit meinem plötzlichen Entschluß zum Aufbruch in der Hauptsache richtig, in Hinsicht auf zahlreiche Nebenumstände jedoch falsch entschieden hatte. Wäre ich aber an jenem Morgen nicht aufgebrochen, so hätte ich mich wahrscheinlich niemals auf den Weg gemacht. Aufzubrechen, und zwar sofort aufzubrechen und fortzugehen, war also das einzig Richtige gewesen. An Nebensächlichkeiten wie Kleidung oder Verproviantierung hatte ich freilich nicht gedacht. Jetzt bemerkte ich, wie leicht die große Sache durch Kleinigkeiten gefährdet, ja zu Fall gebracht werden konnte. Während die Hauptsache sich dem wägenden Blick stets in unveränderter Größe darbietet, gewinnen die Nebensachen ständig an Gewicht. Dann tritt irgendwann, und meist geht das sehr schnell, Gleichgewichtigkeit, schließlich Übergewicht auf seiten der Nebensachen ein, die solchermaßen zur eigentlichen Hauptsache werden, und der Abwägende hat sich nun zu entscheiden: für den Verzicht oder für das Dennoch. Den Gedanken an Umkehr habe ich sofort verworfen. Es war erschreckend genug, daß er überhaupt aufgetaucht ist. Um mich abzulenken, habe ich über die unerwartet kalte Witterung Witze gemacht, mehrmals habe ich etwa die Worte

Eiszapfen und Grönland laut ausgesprochen. Einmal habe ich sogar kurz aufgelacht. Die längste Zeit bin ich aber doch mit zusammengepreßten Lippen meines Weges gegangen und habe, gleichsam im Geheimen, die erstarrten Zehen in den Schuhen, die steifen Finger in den Rocktaschen bewegt. Hätte ich mich vor mir selbst nicht geschämt, so hätte ich die Arme kräftig um den Leib geschlagen und wäre ein Stück gelaufen. Ein gewisser Starrsinn, ein an und für sich sinnloser Stolz bemächtigte sich meiner. Es hätte nicht viel gefehlt, und ich hätte meinen Rock und mein Hemd fortgeworfen, um mir zu beweisen, daß es überhaupt nicht kalt war.

Der Schneefall wurde stärker. Ein Mann, der eine Axt über die Schulter geworfen trug, trat aus dem Wald auf die Straße heraus. Sein Hut war voller Schnee. »Wie weit ist es bis zur nächsten Ortschaft?« rief ich, froh darüber, endlich jemanden anzutreffen. »Keine Viertelstunde«, rief er zurück und ging davon. Er hatte mich nicht aufgefordert, ihn zu begleiten, doch ich beschleunigte meine Schritte, bis ich an seiner Seite war. Mein Gesicht glühte vor Scham. Der Mann blickte stur geradeaus. »Wird schneien, wird noch mehr schneien«, sagte ich. »Ja, ja«, murmelte er unwillig und wischte sich mit der Hand die Schneeflocken aus dem Kragen seines Rockes. Die Straße fiel nun leicht vor uns ab. Das Gefälle wurde immer stärker, und immer schneller schritten wir dahin. Die Luft war dick und weiß vom Schnee. Der Wald trat ein wenig von der Straße zurück. Ich keuchte, der Mann lachte unvermittelt auf. »Da sind wir schon«, rief er dann und wies in die von Schneeflocken durchflogene Finsternis hinein. Im ersten Moment konnte ich nichts erkennen und glaubte mich genarrt. Erst nach einer Weile entdeckte ich in der Dunkelheit die noch dunkleren Umrisse von Häusern, die sich nur wenig über den Erdboden zu erheben schienen. Nirgends sah ich ein Licht angezündet. »Wie heißt es hier?« fragte ich. »Treibach«, entgegnete der Mann, »Treibach«, und schwenkte dann ohne einen Abschiedsgruß von der Straße ab. Ich hörte eine Tür poltern, Kinderstimmen und das Gekeife einer Frau. Dann war vollkommene Stille. Ich preßte meine Hände an die Stirne und stand wohl eine Viertelstunde wie bewußtlos auf der Straße. Wäre ich die ganze Nacht an jener Stelle gestanden, es wäre gewiß niemandem aufgefallen. Das Haus, das der Mann betreten hatte, war das erste der Ansiedlung. Diese lag als dunkler, ungegliederter Haufen inmitten einer Lichtung, die kaum vierhundert Meter im Durchmesser messen mochte. Wenn der Mond hinter den treibenden Wolken hervortrat, leuchteten die schneebedeckten Flächen rund um das Dorf in kaltem Weiß auf. Durch die Ritzen der fest verrammelten Fensterbalken sah ich da und dort einen dünnen Lichtstreif fallen. Mit hängenden Schultern ging ich in das Dorf hinein. Da entdeckte ich das Wirtshaus.

Am nächsten Tag machte ich mich schon im Morgengrauen auf den Weg. Der Wirt hatte mir gegen ein unverschämt hohes Entgelt erlaubt, in der Wirtsstube zu nächtigen. Gemeinsam mit einem alten, triefäugigen Bernhardinerhund hatte ich mich, nachdem der letzte Gast hinausgetorkelt war, vor dem langsam verlöschenden Feuer zusammengerollt. Die Ermüdung vom Marsch, die dumpfe Wärme des Hundefells und der reichlich genossene Schnaps hatten trotz des harten Bretterbodens ein rasches Einschlafen bewirkt. In der Früh wurde ich durch ein altes Weib geweckt, das sich mit einem langen Schürhaken am Ofen zu schaffen machte. Dem Hund versetzte sie einfach einen Fußtritt, und auch mich hätte wahrscheinlich das gleiche Geschick betroffen, wäre ich nicht, durch sein Jaulen erschreckt, sofort aufgesprungen. Eine Weile hockte ich dann stumpfsinnig in der Wirtsstube und wartete auf das Auftauchen des Wirtes. Als ich, schließlich ungeduldig geworden, die Alte fragte, ob sie mir etwas zu essen bringen könnte, schrie sie: »Das will er auch noch, zu essen, zu essen! Ha, ha! Was will er denn sonst noch?« Dabei schlug sie mit dem Schürhaken mehrmals gegen den Ofen, so als prügle sie ihn an meiner Statt. In einer Aufwallung von Wut wollte ich mich auf sie stürzen. Hatte ich nicht für dieses jämmerliche Quartier bezahlen müssen und noch dazu einen wucherisch hohen Preis?! Und nun wurde ich wie ein Bettler behandelt! Um meinen Zorn abzukühlen, trat ich vor das Haus. Als ich wieder hineingehen wollte, fand ich die Tür versperrt. Also machte ich mich auf den Weg.

In der Nacht war viel Schnee gefallen. Selbst auf der Straße reichte er mir bis an die Knie. Vor mir war noch niemand gegangen oder gefahren. Der Föhnwind, der aus dem Hochwald herabbrauste, machte den Schnee schwer und naß. Auf ein Fuhrwerk zu warten, das mich ein Stück hätte mitnehmen können, war wohl sinnlos. Selbst wenn zufällig eines des Weges gekommen wäre, wäre es mehr als zweifelhaft gewesen, ob man mich hätte aufsteigen lassen. Geh weiter, dachte ich, Hilfe gibt es nicht, und selbst wenn es sie gäbe, dir wird sie nicht gewährt. Vom Rand der Lichtung aus blickte ich noch einmal auf die Häuser von Treibach zurück. Aus den Kaminen stiegen dünne Rauchsäulen auf, die in einer gewissen Höhe vom Wind zu Wolken aufgebläht und schließlich gegen den Waldrand zu zerfetzt und zerstäubt wurden. Wären diese Rauchsäulen nicht gewesen, so hätte man die Ansiedlung auf den ersten Blick wahrscheinlich gar nicht entdeckt. Tief war sie unter dem Neuschnee vergraben. Eben trat der Wirt vor sein Haus. Ich erkannte ihn an der schwarzen Schürze, die er um seinen einem Baumstamm ähnelnden Leib gebunden trug. Obwohl er mich gewiß nicht sehen konnte, ich war schon zu weit entfernt, drohte ich ihm in ohnmächtiger Wut mit der Faust.

Nachdem ich stundenlang durch den dunklen, wassertropfenden Wald aufgestiegen war, erreichte ich, es muß um die Mittagszeit gewesen sein, eine von kleinen Buschgruppen durchsetzte, im übrigen aber völlig kahle Hochfläche. Dort stand der Wind mächtig gegen mich auf, und ich kam noch mühsamer vorwärts als vordem. Am Himmel oben trieben die Wolken wie eine wildgewordene Herde durcheinander. Manchmal riß der Wind eine von ihnen in die Schluchten hinab, die sich, dunklen Kiemenspalten gleich, rings um die Hochfläche auftaten. Erschien zufällig ein Stück blauen, unverhüllten Himmels, so warf ich in unsinniger Freude die Arme nach oben. Also! Meine Schritte kamen mir dann zu kurz, meine Kräfte zu gering, mein ganzes Unterfangen lächerlich vor. Ich heftete meinen Blick auf eine einzelne, seltsam geformte Fichte, die auf der Kammlinie einer Bodenwelle wie ein Wegweiser aufragte. Ein paarmal irrte ich von der Straße ab und versank bis an die Brust in Schneewehen. Wäre einer gekommen und hätte mich gefragt: »Wohin des Wegs?«, so hätte ich mich müde im Kreis gedreht und hätte gesagt: »Dorthin und dorthin und dorthin!« Ich traf niemanden an.

Von der Wetterfichte zog die Straße in zahlreichen Kehren eine jäh geneigte Lehne hinab. Aus der glatten, schwer am Boden aufliegenden Schneedecke ragten wasserüberronnene, schwarze Felstürme auf. Fast hätte man meinen können, sie bestünden aus Kohle oder aus versteinertem Holz. Vom Grund der Schlucht dampfte Nebel herauf. In der Höhe hörte ich den Wind pfeifen. Je weiter ich abstieg, desto stiller wurde es. Ich glaubte, mein Kopf müßte vor Schmerz zerspringen. Gierig raffte ich mit den Fingern ein wenig Schnee zusammen und stopfte ihn mir in den Mund. Das Donnern und Rauschen abgehender Lawinen erschreckte mich nicht. Der Nebel wurde immer dichter. Ferner und ferner bist du dem Himmel, dachte ich. Plötzlich bildete ich mir ein, daß im Talgrund unten, vom Nebel verborgen, Gollern liege, und wandte mich schreiend zur Flucht. Die Anstrengung des Bergauf-Laufens brachte mich wieder zur Besinnung, und ich kehrte um. Als ich an einem jener Felstürme vorbeikam, legte ich meine Hände

an den Stein und ließ das Schmelzwasser über sie herabrinnen.
Wieder nahm der Wald mich auf. Ich empfand Angst vor den dunklen, dampfenden Stämmen. Ich glaubte, sie atmen zu sehen, ich glaubte, das Ächzen der sich ausdehnenden und sich wieder zusammenziehenden Rinde zu hören. Ein Tier, Reh oder Hirsch, brach hervor und kreuzte meinen Weg. Lange betrachtete ich die Fährte im Schnee. Dann ging ich weiter. Es war ein Versinken in Schnee, in Stille und Bewußtlosigkeit. Der Schnee rutschte von den Ästen und klatschte dumpf am Boden auf. Trotz der herrschenden Kälte rann mir der Schweiß über den Rücken herab. Ein paarmal mußte ich zugefrorene Wasserläufe überqueren. Unter dem undurchsichtigen Eis hörte ich das Wasser rauschen. Mit einem spitzen Stein versuchte ich, das Eis zu durchschlagen, aber es gelang mir nicht.
Eine Lichtung tat sich vor mir auf. Ich hörte Stimmen und Schreie. In der Mitte der Lichtung lag ein verschilfter, zugefrorener Tümpel. Dort waren vier Männer damit beschäftigt, das Eis aufzusägen und es auf Blöcke zuzuhauen. Ich hörte das Singen der langen Säge, das harte Klingen der Axt. Als die Männer mich entdeckten, hielten sie inne und wandten mir ihre Köpfe zu. Diese Köpfe waren wie drei, vier geballte, fest zusammengepreßte Fäuste. Einer der Männer hielt seine Hacke vor der Brust mit den Händen umklammert. Ein Vogel flog aus dem braunen Schilfdickicht auf. Als eine schwarze, fugenlose Mauer stand ringsum der Wald. »Wohin führt der Weg?« rief ich den Männern zu. »Serless«, rief einer zurück, »Serless«, rief ein anderer, »Serless«, antworteten alle. In meinen Ohren klang es wie ein Fluch. Als ich die Lichtung verließ, waren hinter mir wieder die Stimmen und Schreie und das Singen des Eises.
Die Ortschaft Serless erreichte ich am späten Nachmittag. Das Dämmerlicht, das für gewöhnlich im Hochwald herrscht, begann sich schon mit der Finsternis der Nacht zu

vermischen. Meine Schuhe und meine Hose waren von Schneewasser durchtränkt. Die Häuser von Serless stehen auf einem nackten Felshügel, der sich wie eine Insel aus dem Wald erhebt. Auf einer Seite fällt er in beinahe senkrechten Steilwänden ab. Dort hatte sich der Schnee nicht zu halten vermocht, und das glatte, rotbraune Gestein war sichtbar. Insgesamt wirkte der Hügel wie ein unförmiger, aus noch nicht ganz erkaltetem Fleisch bestehender Buckel. Es hätte sich ins Bild gefügt, wenn aus den Klüften seiner Felswände anstatt Wasser braunes, langsam stockendes Blut geronnen wäre. Als ich an seinem Fuß stand und den ausgefahrenen, schmutzigen Weg hinaufstarrte, der zu den Häusern führte, tauchte oben an der Biegung ein großes, schwarzes Pferd auf, das in hellen Dampfwolken den Atem aus den Nüstern stieß. Das Pferd galoppierte den Weg herab, zwei Männer verfolgten es. Von Panik ergriffen, warf ich mich der Länge nach neben dem Weg in den Schnee. Als ich, durch die Schreie der Männer veranlaßt, den Kopf hob, sah ich, daß das Pferd eine klaffende Wunde an der Seite hatte, aus der viel Blut floß. »Hattá«, schrien die Männer, »Hattá!« Das Pferd wieherte und die Augen quollen aus den Höhlen, das Blut spritzte in weitem Bogen aus der Wunde und durchtränkte das Fell bis zur Hinterhand, an der die Muskeln im Sprung so stark heraustraten, daß ich glaubte, die Haut müsse zerplatzen. An der Weggabelung zögerte das Pferd einen Moment lang, dann warf es sich mit groß aufgerissenem Maul nach links herum und stürmte auf den Wald zu. Die Männer schnalzten mit den Peitschen und schrien immer wieder »Hattá! Hattá!« Obwohl sie so schnell liefen, wie sie nur konnten, machte es im Vergleich zum pfeilgeraden Dahinfliegen des Pferdes den Eindruck, als bewegten sie sich kaum von der Stelle. Ein Knabe, der ein Bündel von Stricken, die wohl zum Einfangen des Pferdes gedacht waren, über die Schulter geworfen trug, stolperte hinter ihnen her. Sein Gesicht war rot und rotzig. Die Augen hatte er starr auf das fliehende Pferd gerichtet, so als wollte er es durch seinen Blick bannen und zum Einhalten bringen. Ich mußte lachen. »Lauf nur, lauf!« rief ich ihm mit höhnischer Stimme zu, aber er hörte mich nicht. Die Männer standen keuchend am Waldrand, offensichtlich waren sie unschlüssig darüber, was jetzt zu tun sei, denn das Pferd war längst zwischen den Stämmen verschwunden. Als der Knabe bei ihnen anlangte, schlugen sie mit den Fäusten auf ihn ein. Gewiß machten sie ihn für das Entwischen des Pferdes verantwortlich. Seine Schmerzensschreie drangen bis zu mir herüber. Überall war der Schnee mit dem Blut des Pferdes bespritzt. Langsam ging ich den Hohlweg hinauf ins Dorf.

Von Serless sollte man nicht reden. Über Serless sollte man schweigen. Rund um den Felshügel fegt ein eisiger Wind. Rechts und links vom Weg stehen die Häuser. Dazwischen sind hölzerne Schneegatter aufgestellt. Vor den Häusern türmen sich hohe Schneewächten auf. Dorthin schütten die Frauen das Schmutzwasser, dorthin werfen sie die Asche und den Abfall. Man wartet förmlich darauf, Schweine in diesem Unrat sich wälzen zu sehen. Schweine gibt es aber in Serless keine, dafür eine Unzahl schreiender Kinder, die, rotgefroren und schmutzig, wie sie sind, Schweinen gleichen. Eine solche Kinderschar, die wahrscheinlich auf das Einbringen des wildgewordenen Pferdes gewartet hatte, hockte vor mir im Hohlweg und starrte mich an. Entweder sind diese Kinder von Haus aus zu Mißtrauen und Bösartigkeit erzogen worden oder sie hatten das Wild-Werden des Pferdes mit meinem Erscheinen in Zusammenhang gebracht, jedenfalls empfingen sie mich mit feindseligem Schweigen und rührten sich nicht von der Stelle, um mir Platz zu machen. Ihre Blicke waren stumpf und kalt. Kaum war ich ein paar Schritte an ihnen vorüber, brachen sie in wildes Geschrei aus und bewarfen mich mit Schneebällen und allerlei Unrat. Durch dieses Gebrüll gleichsam alarmiert, sind Frauen und Männer aus den niedrigen, an Rattenlöcher erinnernden Haustüren getreten und haben mich, ohne dem Treiben der Kinder Einhalt zu gebieten, von oben her gemustert. Die Männer haben ihre qualmenden Pfeifen nicht aus dem Mund, ihre Hände nicht aus den Hosensäcken genommen, die Frauen haben, die Fäuste auf die unförmigen Hüften gestützt, ein Kichern nicht unterdrücken können. Zu allem Unglück bin ich gerade in diesem Moment im Schmutz des Hohlwegs ausgeglitten und der Länge nach hingefallen. Daraufhin sind alle in lautes Gelächter ausgebrochen. Meine Demütigung war vollkommen. Die Kinder hinter mir haben geschrien wie toll. Eine Zeitlang bin ich reglos dagelegen, so als wäre ich tot. Als ich mich dann mit den Händen aufstützte, um wieder aufzustehen, kam mir ein Stück Holz zwischen die Finger. Es mag ein abgebrochener Peitschenstiel gewesen sein oder eine Zaunlatte. Fest schloß ich meine Faust darum, ich spürte meinen Kopf heiß werden, ich spürte wild mein Herz schlagen, da war ich schon auf den Beinen, groß war ich, groß und mächtig, ein Riese, ein Waldmensch, ein Ungeheuer, da stürmte ich schon den Weg hinab, auf die Kinder, geradewegs auf ihre rotgebrüllten Gesichter, auf ihre kleinen, feisten Körper zu. Ein paar von ihnen trat ich einfach nieder, was sich mir sonst noch entgegenstellte, schlug ich mit dem Prügel zusammen. Erst als der Hohlweg frei vor mir lag, kam mir zu Bewußtsein, was ich getan hatte, und das Wutgeschrei, das hinter mir laut wurde, machte mir klar, daß ich nun um mein Leben laufen mußte. Einen Augenblick lang hielt ich im Schritt inne, wozu, dachte ich, wozu, der Himmel über den Wäldern war dunkel und schwer, die schwarzen Wipfel waren wie Lanzen aufgestellt, dann warf ich mich nach vorn und rannte den Abhang hinab. Rechts oder links, dachte ich an der Weggabelung, und lief dann, ohne daß es in mir zu einer Entscheidung gekommen wäre, nach links. Hinter mir hörte ich die Verfolger keuchen. Hundegebell wurde laut. Vorne,

weit vorne sah ich zu meinem Entsetzen plötzlich die beiden Männer mit dem schwarzen Pferd auftauchen, dem sie Stricke um den Hals geworfen hatten. Was blieb mir nun anderes übrig, als vom Weg abzugehen. Ich sprang in das Feld hinein und erschrak, als ich im ersten Moment mit den Füßen den Grund nicht ertasten konnte. Endlich spürte ich den Erdboden unter mir, der Schnee reichte mir bis an die Hüften. Die Verfolger waren knapp hinter mir. Die beiden Männer ließen, durch Zurufe der anderen dazu aufgefordert, das Pferd in der Obhut des Knaben zurück und versuchten mir den Weg zum Waldrand abzuschneiden. Ich erreichte eine Bodenerhebung, von der der Wind den Schnee weggeblasen hatte. Dort kam ich gut vorwärts und jagte mit Riesenschritten auf den Wald zu.
Die ganze Nacht lang lief ich fort und fort durch den Wald. Als es längst still um mich herum war, glaubte ich noch immer, die Stimmen der Verfolger zu hören. Die Nachtkälte hatte den Schnee gefrieren lassen. Aus den Baumstämmen drang ein Knarren und Ächzen. Eine Lichtung, die ich überquerte, war in blaues, eiskaltes Licht getaucht. Für einen Augenblick gaben die über den Himmel dahinjagenden Wolken die milchig-trübe Scheibe des Mondes frei. Ich lief weiter, die Finsternis konnte mir nicht dicht genug sein, um mich darin zu verbergen. Gegen Morgen zwang mich die Erschöpfung zum Stehenbleiben. An einen Baumstamm gelehnt, aß ich Schnee und Rindenstückchen. Da kam mir Gollern in den Sinn und der Grund, warum ich hier war, meine Reise, meine Pläne, aber es lag alles so weit ab von mir, daß ich es kaum verstehen konnte.

Die Stadt

Man kann nicht behaupten, ich hätte mich aus bloßer Faulheit dem Nichtstun ergeben. Auf den ersten Blick mag es ja diesen Anschein haben. Ich stehe selten vor elf Uhr auf, taumle dann, ohne mich gewaschen oder meine Kleider, in denen ich auch schlafe, in Ordnung gebracht zu haben, die Stiegen von meinem im dritten Stockwerk gelegenen Quartier hinunter und trete mit noch halb geschlossenen Augen auf die Straße, in den hellen Tag hinaus. Scheint die Sonne, so kann mir das nur einen Fluch entlocken, scheint sie nicht oder regnet es gar, fluche ich doppelt. Regen bedeutet für mich, mich unterstellen müssen, und Unterstellen-Müssen bedeutet in den meisten Fällen, etwas konsumieren müssen, und etwas konsumieren müssen bedeutet Geld ausgeben, und das ist nicht möglich, wenn man keines hat. Geld habe ich, da ich schon monatelang ohne Arbeit bin, so gut wie keines. Das fällt aber hier, in dieser Stadt, nicht weiter auf, denn arbeitslos ist jeder zweite, reich ist niemand und arm sind alle. Täglich kann man von Entlassungen, von Massen-Entlassungen hören. Von den Titelseiten der Zeitungen springt einem ständig das Wort KRISE, das noch unverständlichere, noch unheimlichere Wort WELTWIRTSCHAFTSKRISE entgegen, das sind Worte, die im Grunde nichts erklären, die die Leute bloß sagen, um überhaupt noch irgend etwas zu sagen. Mich kümmert das ganze Gerede freilich schon lange nicht mehr. Das Entsetzliche ist alltäglich geworden. Ich habe mich in den Schrecken eingelebt. Wenn man wie ich weder zur Verbesserung noch zur Verschlechterung der Lage, der eigenen wie der allgemeinen, etwas tun kann, dann geschieht alles nur mehr, die Welt ereignet sich, sie ereignet sich unaufhörlich, nur man selbst ereignet sich nicht mehr.

Meist setze ich mich gleich neben dem Haustor nieder.

Meine Knie und mein Rücken zittern vor Schwäche. Ich stecke einen Holzspan in den Mund, schiebe ihn mit der Zunge hin und her und schlucke den Speichel, der in Ermangelung eines Frühstücks reichlich fließt. Der Holzspan ist sehr wichtig, der Holzspan gibt mir die Illusion, etwas Eßbares zwischen den Zähnen zu haben. Ich kann mir damit auch in die Lippen stechen. Dann rinnt ein wenig Blut heraus. Manchmal sitze ich auf der linken, das andere Mal auf der rechten Seite des Aufgangs zum Haus, dem Hausmeister ist es niemals recht. Sitze ich da, scheucht er mich dorthin, hocke ich dort, scheucht er mich dahin. Dabei nimmt er sich ungemein ernst. »Wanze! Freche Wanze!« ruft er und gibt mir damit immer wieder Gelegenheit zu der Bemerkung, er solle doch lieber im Haus auf Wanzenjagd gehen, denn deren gibt es dort mehr als genug. Sein Gekeife geht mir beim einen Ohr hinein und beim anderen wieder heraus. Ich bin viel zu matt, um mich über ihn noch aufzuregen. Meist schlafe ich sogar ein und schrecke nur hin und wieder hoch, wenn mich die Gassenjungen mit Steinen bewerfen oder wenn mir, das kommt allerdings höchst selten vor, jemand eine Münze in den Hut wirft. Den Hut stelle ich, ganz gleich wo ich bin und was ich tue, immer vor mich hin. So nütze ich jede Gelegenheit. Der Mildtätigkeit kann man nie genug Fallen aufstellen.
Die Gegend, in der ich wohne, ist die ärmste der Stadt. Da ist natürlich nicht viel zu holen, und anstatt eines Almosens gibt es oft genug Schimpfworte oder den höhnisch vorgebrachten Ratschlag, ich solle doch arbeiten gehen. Gegen Nachmittag mache ich mich daher auf den Weg in die besseren Stadtviertel. Darunter darf man sich nicht allzu viel vorstellen. Diese Stadt ist insgesamt dreckig und verkommen. Ringsum von Kohlengruben, Steinbrüchen, Walzwerken, Schächten und Halden eingeschlossen, haben die Dächer, die Hausmauern, die Straßen, ja selbst die Menschen die Farben von Ruß und Rost angenommen. Denen, die hier geboren und aufgewachsen sind, fällt der

Schmutz, in dem sie leben und immer gelebt haben, nicht mehr auf. Die Fremden ziehen unbewußt ihre Mantelkrägen hoch, schlagen Tücher vor den Mund und laufen, sobald sie ihre Hotels erreicht haben, sogleich in die Badezimmer. Auch mich hat der Schmutz anfänglich bedrückt. Jetzt starren meine Kleider vor Dreck, und ich muß sogar froh darüber sein, ist doch ein erbärmliches Aussehen erste Voraussetzung für einen Erfolg beim Betteln. Viel Geld bringe ich ja ohnehin nie zusammen. Die Leute haben selbst zu wenig. Alles, was ich in die Hand bekomme, wandert zum Branntweiner. Einem gesunden, kräftigen Mann würde das, was ich trinke, nichts ausmachen. Bei meinem Zustand reichen ein paar Gläser Rum zur völligen Berauschung. Des öfteren finde ich mich im Morgengrauen mit glasigen Augen in irgendeiner Gosse wieder. Dann lache ich wie ein Verrückter, schlage mir mit der Hand vor die Stirn, krieche zum nächsten Brunnen und stecke meinen Kopf in das kalte Wasser. Da ist mir wohl.
Ich sehe mich noch, wie ich in die Stadt kam und wie ich dachte, daß es eine reiche Stadt sei und es wohl ein Leichtes für mich sein müsse, von diesem Reichtum etwas zu ergattern. Ich bin auf dem Berg oben gestanden, von wo die Straße in Haarnadelkurven den steilen, felsigen Abhang hinunterzieht, und unten am Meer lag die Stadt vor mir mit qualmenden Fabrikschloten und den Schiffen an den Piers aufgereiht, und draußen war das Meer, grau und grün, mit weißen Gischtnasen, voller Wind und Stimmen, und ich glaubte, sie rufen zu hören: »Sieh zu, die schwarzen Hüte hängen hier nicht allzu hoch, und die Luft flattert von Banknoten!« Da sah ich Ruß und Staub in der Luft über der Bucht aufblitzen und hielt es für Verheißung. Dabei ist der erste Tag in dieser Stadt für mich nicht anders gewesen als der letzte, einen Anfang hat es hier nie gegeben, sondern nur ein aufgeschobenes, hinausgezögertes Ende. Das wußte ich nicht, als ich in die von Rauchschwaden verhangene Tiefe hinabschaute, aus

der Fenster und Blechdächer zu mir heraufleuchteten wie goldene Münzen. Um die großen Schiffe, die im Hafen vor Anker lagen, flogen Scharen von Möwen, und das Weiß ihrer Flügel war in meinen Augen wie frisch gefallener Schnee. Bucht und Stadt waren im Halbkreis von kahlen, steil abfallenden Bergen umgeben, die sich gegen das offene Meer zu in Dunstschleiern verloren. Ich hätte ein Vogel sein mögen, mit kühnem Sprung mich in die Tiefe zu stürzen, um mit ausgebreiteten Armen alles auf einmal in Besitz zu nehmen. Damals dachte ich, ich wäre ein Falke. Heute weiß ich, daß ich bloß eine hungrige Krähe war.

Die Zeit seit meiner Ankunft ist schnell vergangen. Würde mich jemand fragen, wie lange ich schon hier bin, ich könnte es nicht genau sagen. Ich werde aber nicht gefragt, und so genügt es mir zu wissen, daß der Sommer vorbei ist und daß der Herbst begonnen hat. Die Spinnen in meiner Kammer sind müde geworden, es ist nicht schwer, sie zu fangen. In der Früh, wenn ich zum erstenmal aufwache, ist es noch bitter kalt. Zwischen den alten Kohlensäcken, mit denen ich mein Fenster verhängt habe, blinzelt trüb der Tag herein. Überall liegen tote Fliegen. Das nehme ich freilich kaum zur Kenntnis. Ich greife blind zur Schnapsflasche, die ich neben meinem Bett aufgestellt habe, und lasse einen langen Schluck die Gurgel hinunterbrennen. Das macht warm, und ich falle wieder in den Schlaf, der eher eine Bewußtlosigkeit ist, zurück. Zu Mittag hilft auch der ausgiebigste Schluck nichts mehr. Ich bin zwar benommen und schwach, aber mit dem Schlafen ist es vorbei. Jeden Tag denke ich, wozu stehst du überhaupt auf, und stehe dann doch immer wieder auf, ohne zu wissen, warum, das ist das Gesetz meines Handelns. Ich streiche mir die Haare aus dem Gesicht, reibe mir Augen und Nase. Bei dieser Gelegenheit fällt mein Blick oft auf die zerknitterten Zeitungen, mit denen ich mir jeden Abend eine Art von Manschette um das Kreuz mache, und ich lese zusammenhanglos das eine oder andere Wort. Manchmal gehe ich dann zum Fenster, schaue durch ein Loch in den Kohlensäcken auf die Straße hinunter und lache minutenlang vor mich hin. Meist sind es Worte wie ASYL oder BLINDDARM oder HILFLOSENUNTERSTÜTZUNG, die mich zum Lachen reizen. Auf dem Boden neben dem Bett liegen rote und blaue Zigarettenschachteln. Immer wieder suche ich darin nach einer Zigarette, obwohl ich doch längst weiß, daß keine einzige mehr darin ist. Wenn ich mich längere Zeit bücke, dreht sich das Zimmer langsam vor meinen Augen, der Boden schaukelt. Ich stelle mir vor, auf einem Schiff zu sein, auf einem Schiff weit draußen im Meer, und obwohl es unsinnig ist, bilde ich mir ein, das Meer habe mit Reichtum zu tun oder mit Nahrung oder mit der Hoffnung auf ein halbwegs erträgliches Leben. Das sind Spinnereien, ich weiß, und meistens sage ich, wenn ich in solche Spekulationen zu versinken drohe, laut vor mich hin: »Du Idiot, du verfluchter Idiot!« Dieser Hilfsgriff erweist sich öfter als nutzlos. Wenn ich etwa in den viereckigen Spiegel an der Wand starre und, während ich langsam näher trete, mein Gesicht darin immer größer wird, schiebe ich wie unter Zwang meine Lippen vor, bis sie dick und wulstig geworden sind, öffne den Mund und zeige meine braunen, von einem schimmelartigen Belag bedeckten Zähne. So stehe ich lange, bis mein Blick in den meiner Augen fällt und ich das runde, schwarze Sehloch in der Iris sehe, ich stehe gebannt und schaue, bis Angst in mir aufsteigt vor dem reglosen Bild, das mein Abbild sein soll und in dem ich mich nicht erkenne. Mit einem Mal glaube ich, ein Fremder stehe hinter mir, ein Eindringling, ein Mörder, ich werfe mich herum, so schnell ich kann, und fahre mit den Händen wild durch die Luft. Wenn ich zuletzt schwer atmend im Zimmer stehe, mitten im Zimmer, das ja kaum vier und vier Schritte mißt, und an die nackte, schmutzige Wand starre oder auf den abgetretenen Linoleumboden, dessen Farbe an Erbrochenes er-

innert, dann fürchte ich manchmal, übergeschnappt und endgültig verrückt geworden zu sein. Es fällt mir schwer, mich wieder zu beruhigen, und oft schlage ich zu diesem Zweck meinen Kopf so lange gegen die Wand oder gegen das Eisengestell des Bettes, bis ich das Blut warm und irgendwie beglückend herabrinnen spüre. Das bist du, denke ich, wenn ich das frische, langsam erstarrende Blut an meinen Fingern betrachte. Von nebenan klopfen die Leute an die Wand, und ich höre sie RUHE schreien. Ich lasse mich nicht stören, höchstens daß ich, wenn es mir zu arg wird, eine leere Schnapsflasche gegen die Wand schmeiße.
Die Nachbarn verfolgen mich mit ihrem Haß. Sie, die selbst nur eine ebenso jämmerliche Dachkammer bewohnen wie ich, glauben, etwas Besseres zu sein, weil sie irgendwo Arbeit gefunden haben, weil sie in irgendeiner Fabrik für ein paar Groschen zusammenkehren oder Mist wegführen dürfen. Ihre ganze Philosophie erschöpft sich in dem Satz: »Uns geht es besser, weil wir arbeiten und anständig sind!« Treffen sie mich auf der Stiege, spucken sie vor mir aus. Wo sie nur können, zeigen sie mir ihre Verachtung. Ich kann sie freilich nur bedauern, leben sie doch ständig in Angst um ihre Anstellung, träumen sie doch Tag und Nacht von der Stunde der Entlassung, die sie dem Gesindel gleichstellen würde, auf das sie jetzt herabschauen. Was mich betrifft, so habe ich längst jeden Gedanken an Arbeit aufgegeben. Bietet sich irgendwo Gelegenheit zu Handlangerdiensten, greife ich zu. Mehr nicht. Schlagt euch doch endlich die Flausen aus dem Kopf, denke ich, wenn ich am Arbeitsamt vorbeikomme, wo es zu jeder Zeit von Arbeitsuchenden wimmelt. Diese Leute sind ständig in solcher Aufregung, als handle es sich darum, in einem Tag das Glück für ein Leben zu machen. Resignieren dürfe man nicht, meinen sie, im Gegenteil, man müsse immer flinker, immer entschlossener werden, bereit, jede Gelegenheit beim Schopf zu ergreifen. Daß es keine Gele-

genheit gibt, daß sich niemals eine bieten wird, daß sie selbst sich kaum noch auf den Beinen halten können, übersehen sie geflissentlich. Die Arbeitsuche ist bei ihnen zur fixen Idee geworden. Wer weiß, ob nicht gerade zu der Zeit, wo man vor dem Arbeitsamt Schlange steht, am anderen Ende der Stadt Leute gesucht, Leute eingestellt werden?! Auf das geringste Gerücht hin setzen sie sich in Bewegung, laufen, um den anderen zuvorzukommen, laufen, als gelte es ihr Leben. Doch meist ist alle Anstrengung umsonst. An Ort und Stelle angelangt, erfahren sie, daß niemand gebraucht, niemand aufgenommen werde, daß sich jemand einen Scherz erlaubt habe, einen dummen Scherz, daß sie jetzt nicht länger im Weg stehen und sich fortscheren sollten. Mit roten, fleckigen Gesichtern und hüpfenden Adamsäpfeln machen sie dann kehrt. Ihre Niedergeschlagenheit währt aber nicht lange. Am nächsten Tag stehen sie frisch gewaschen und gekämmt wieder vor dem Arbeitsamt. Dieses ist ein weitläufiges Gebäude, groß wie ein Schiff, ein Ozeanriese gewissermaßen, und doch zu klein, bei weitem zu klein, denn zu viele Hoffnungen sind geladen, und hätten diese Hoffnungen ein reales Gewicht, so müßte das Gebäude wohl langsam versinken und im Erdboden verschwinden.

Anstatt vor dem Arbeitsamt herumzulungern und auf den lieben Gott zu warten, streife ich bettelnd durch die Stadt. Als Bettler ist man gezwungen, ständig sein Revier zu wechseln, denn ist man den Leuten erst einmal bekannt, sind sie an den Anblick gewöhnt, gehen sie achtlos vorbei und geben nichts. Daher suche ich bald den Stadtkern auf, bald das Hafenviertel, bald die Vorstädte. Mit der Zeit habe ich mir angewöhnt, die Straßenschilder genau zu studieren. Mit meinen Kenntnissen kann ich Fremden bei der Orientierung behilflich sein. Das wirft auch einige Münzen ab. Mit Vorliebe aber betrachte ich die roten, gelben und blauen Geschäftstafeln, auf denen, je nach der Profession, Rasiermesser oder Seilknoten oder frische, blutende Fleischstücke dargestellt sind. Vor den Aushängeschildern der Fleischhauer kann ich stundenlang phantasieren. Manchmal sehe ich dann eine Frau die Straße hinabgehen und stelle mir vor, wie ich sie mit einem Messer abschlachten, sauber in zwei Teile teilen und ausweiden würde. Wenn ich diese Gedanken nicht länger ertragen kann, presse ich mein Gesicht an das Fenster des Fleischhauerladens, von drinnen muß ich dann anzuschauen sein wie ein wildes Tier, und fixiere die Zinkwannen, in denen Gedärm und Innereien zum Verkauf ausgelegt sind. Fährt der Fleischhauer einmal mit seiner großen, roten Hand hinein und wirft eine Faust voll auf die Waage, so zittern mir die Knie, ich muß mich am Fensterbrett festklammern, um nicht zu stürzen.

Es geschieht immer öfter, daß ich, aus meinem Dahindösen an Straßenecken oder in Hauseinfahrten aufschreckend, nicht mehr weiß, wo ich bin, wieviel Uhr es ist, was ich tue. Einmal etwa ist mein Blick auf die Münzen in meinem Hut gefallen, ich war plötzlich ganz sicher, daß man mich bestohlen hatte, und habe laut nach der Sicherheitswache zu schreien begonnen. Erst als die Passanten um mich herum zusammenliefen und ich sie sagen hörte: »Der ist ja verrückt, der ist völlig verrückt geworden!«, habe ich meinen Irrtum bemerkt, bin verstummt und unter dem Gelächter der Leute beschämt davongeschlichen. Damals hatte ich wohl von meiner Anfangszeit in der Stadt geträumt, in der ich von Gassenjungen einmal bestohlen worden war. An jenem Tag, er hatte sich schon gegen Abend geneigt, hatte die späte Sonne die Häßlichkeit der Stadt in freundliches, ein wenig unscharfes Licht getaucht. Die Häuser sahen zwar verwahrlost und verkommen wie immer aus, doch beugten sich Frauen aus den Fenstern und hängten bunte Wäschestücke zum Trocknen aus. Das Quietschen der Drahtseile und Rollen, das Flattern der Wäsche im Wind, das Reden und Lachen der Frauen, all das gaukelte mir ein fröhliches, unbekümmertes Leben vor. Kinder liefen schreiend aus den Hausfluren und scherten sich nicht um das Gejammer der Hausmeister, sondern jagten mageren Hunden nach oder leeren Blechbüchsen, die sie mit den Füßen vor sich herstießen. Mit argloser Freude schaute ich ihrem Treiben zu, und es machte mir nichts aus, daß sie mich bei ihrem Spiel umringten. Ihre Absichten waren freilich nicht so harmlos, wie sie mir erschienen. Während ich lächelnd ihre absonderlichen Gesichter betrachtete, den meisten von ihnen fehlten die Zähne, und ihre Köpfe waren wegen der Verlausung der Quartiere kahlgeschoren, während ich also den Rummel gutgelaunt über mich ergehen ließ, zogen sie mir mit flinken Griffen alles Geld aus den Taschen. Als ich den Diebstahl bemerkte, waren sie längst verschwunden, bloß ihr Geschrei drang noch aus einer fernen Straße zu mir herüber. So schnell ich konnte, umrundete ich einige Häuserblocks, um der Diebe habhaft zu werden. Doch in der Straße, wo sie sich meiner Berechnung nach hätten aufhalten müssen, fand ich niemanden, nur ein alter Mann kehrte ohne erkennbaren Sinn immer wieder ein bestimmtes Stück des Gehsteiges. Auf meine Frage, ob er denn nicht eine Schar von Gassenjungen habe vorbeilaufen sehen, wandte er sich kopfschüttelnd ab, klopfte mit dem Besen an die Hausmauer und begann mit dem Stumpfsinn des Alters den ohnehin schon reinen Gehsteig erneut zu kehren. Wie zum Hohn wehte gerade jetzt der Wind die frechen Stimmen der Diebe herüber. Zweimal folgte ich ihnen. Dann erst sah ich die Nutzlosigkeit meiner Bemühungen ein. Als ich müde und verdrossen in einem engen Gäßchen stand und die Diebe verfluchte, stieg plötzlich der Verdacht in mir auf, der Alte müsse mit ihnen in Verbindung stehen. Das war, wie ich später einsah, nichts als ein Hirngespinst. Als ich in jene Straße zurückkam, in der ich ihn vorhin angetroffen hatte, war auch er verschwunden. Die schmutzigen Fenster reflektierten die letzten Sonnenstrahlen, ein Stück Zeitungspapier flog, in der Stille laut knarrend, die Straße hinab.

Da schlug mein Zorn in Furcht um, und ich lief, bis ich eine belebtere Gegend erreicht hatte.
Seit damals habe ich lächerliche Angst davor, bestohlen zu werden. Ich besitze nichts, was einen Dieb reizen könnte, und doch halte ich des öfteren mitten im Schritt ein, um mich nach etwaigen Verfolgern umzuschauen. Im Rausch hingegen vergesse ich auch die einfachste Vorsicht. Trete ich in die Branntweinbude, so werfe ich alles Geld, das ich in meinen Taschen finden kann, auf die Theke, zähle es gar nicht nach, überlasse das Zählen dem Wirt und schaue unentwegt auf die Regale hinter seinem Rükken, wo die in der Dämmerung des Raumes aufblitzenden Flaschen, eine neben der anderen, stehen. »Ist es genug?« murmle ich, ohne daß ich mir dessen recht bewußt bin, »ist es genug?«, fahre mir dabei mit der Zunge immer wieder über die Lippen, scharre mit den Füßen, bis der Mann das Geld endlich in die Lade streicht, sich schwerfällig umdreht und mir eine Flasche vom Billigsten herüberreicht. Gewiß betrügt er mich des öfteren, man braucht ja nur sein feistes, verschlagenes Gesicht zu betrachten, um das zu wissen, und ich nehme mir auch immer wieder vor, mein Geld schon vor dem Betreten der Schenke abzuzählen, doch wenn es dann soweit ist und ich nach einem schier endlosen Bettelgang mit eingeknickten Knien und wirrem Kopf vor der Tür stehe und von drinnen das Klirren der Gläser und Flaschen höre, ist es mit meinen guten Vorsätzen vorbei. Die Stiegen hinaufhumpeln, die Tür aufstoßen, das Geld auf die Theke werfen, ist eine einzige Bewegung. Manchmal, das kommt allerdings selten vor, reicht es für zwei Flaschen. Dieses Quantum genügt, um ein paar Tage betrunken zu sein. Mir ist es immer zu wenig. Was ich herbeiwünsche, ist ein Rausch ohne Ende. Das kann ich mir aber mit meinen Mitteln nicht leisten, heute nicht und morgen auch nicht. Doch selbst wenn sie unbeschränkt wären, würden sie nicht reichen, denn wenn ich bloß für einen einzigen Augenblick zu

Bewußtsein komme, ist alles vergeblich gewesen, das Trinken und damit das Betteln, das mühsame Aufstehen in der Früh, das Verlassen des Hauses, jede Bewegung, die ich getan habe, und das Leben überhaupt.
Wenn ich nachts im Rausch auf der Straße zusammenbreche, mich nicht mehr nach Hause schleppen kann und liegenbleibe, weckt mich die eisige Kälte zur Zeit der Morgendämmerung. Die Erde hat alle Wärme ausgeatmet. Mein Gesicht ist hart vom Frost, die Glieder sind steif. Nicht einmal einen Fluch bringe ich über die Lippen. Erst bewege ich meine Arme ganz vorsichtig, ich habe Angst, sie könnten abbrechen, dann werfe ich sie schnell und schneller um den Leib. Wenn ich halbwegs zur Besinnung gekommen bin, schlage ich meist den Weg zum Hafen ein, in der Hoffnung, dort etwas Eßbares zu erwischen. Es hilft nichts, daß ich unterwegs meine Taschen immer wieder nach Geld durchsuche: nichts, keine einzige Münze! Die Kälte, denke ich, diese Kälte, und indem ich das denke, wird mir noch kälter, als mir ohnehin schon ist, und ich beginne zu laufen. Weit komme ich dabei ja nie, dazu bin ich zu schwach. Manchmal halte ich vor einer der bereits geöffneten Branntweinschenken an und ziehe den herausdringenden Schnapsgeruch durch die Nase ein. Das belebt mich ein wenig. Zumindest bilde ich es mir ein, wenn ich vor den Schwingtüren stehe und mein Spiegelbild in den schmutzigen Glasscheiben betrachte. Die Lippen sind blau und dünn, die Nase tritt scharf aus dem Gesicht hervor, und fahre ich mit den Fingern durch das Haar, ist mir, als flögen graue, magere Vögel um meinen Kopf. Aus der Schenke fällt gelbes, rauchiges Licht. Auf der Straße bildet es ein helles Viereck. Darin ist mein schwarzer Schlagschatten eingeschlossen. Meine Augäpfel sind groß und gelb wie Ballons aus Pergament, und ich fürchte immer, sie könnten mir davonfliegen und ich würde dann blind auf der Straße stehen im Morgen. Diese Furcht treibt mich fort. Zum Hafen hinunter ist es

nicht weit, und doch erscheint mir der Weg endlos lang. Aus Hausfluren und Baugruben tauchen Unterstandslose auf, Krüppel, Herumtreiber. Von ihnen unterscheidet mich nichts, denn ich bestehe nur noch aus Hunger, und nichts anderes als Hunger und Leben-Wollen ist in ihnen auch. Wenn du diese Straße nicht mehr hinuntergehen wirst, werden sie noch immer die Straße hinuntergehen, denke ich, unrasiert, fahlhäutig und schmutzig wie du selbst, und du wirst nicht fehlen, denn die anderen sind an deine Stelle getreten und füllen sie aus, so gut oder so schlecht wie du, es ist ja ein bloßes Da-Sein. Der kommende Tag hängt als drückende Wolke über der Stadt. Oben, hoch über den höchsten Türmen, ist es schon hell, und schwebende Rußteilchen leuchten in der Sonne auf. Ich gelange in den großen Park am Hafen, in dessen Mitte ein Musikpavillon steht und wo viele fremdartige Bäume wachsen. Überall schießt das Unkraut empor, nur der gekieste Korso, der rundherum angelegt ist, weiß noch von Tanzunterhaltungen, die in besseren Zeiten hier einmal stattgefunden haben. Verwilderte Männer recken sich von den Parkbänken hoch, schlagen Decken und Regenmäntel zurück und blinzeln in die erste Sonne. Keiner redet ein Wort, jeder rafft nur rasch seine Habseligkeiten zusammen und trachtet, so schnell wie möglich auf die Kais hinauszukommen, wo es vielleicht etwas zu essen gibt. Die meisten kommen ohnehin zu spät. Die anderen, die früher da waren, haben von den Resten, die sie verzehrt haben, bloß Abfälle zurückgelassen, und die sind längst von den Möwen geholt worden. Diese Vögel, deren Flugspiele und Stürze mich früher des öfteren erfreut haben, sind mir im Lauf der Zeit zu einem Sinnbild des Hungers geworden. Nachts fahre ich aus dem Schlaf auf, weil ich glaube, die Möwen schreien zu hören, weil ich glaube, ihre gierigen Schnäbel ringsherum aus der Finsternis auftauchen zu sehen.

In der Früh ist das Hafenbecken weit und annähernd

viereckig in der Sonne. Die Schiffe stehen als schwarze Trapeze gegen das weiße, dampfende Wasser. An den Bergflanken steigen langsame, schläfrige Nebel hoch. Oft schaue ich zu den Leuchttürmen hinaus, die die Einfahrt flankieren. Um diese Zeit stellen sie ihr warnendes Blinken ein. Lotsenschiffe fahren tutend aufs offene Meer hinaus. Dort glitzert das Wasser. Es sind helle, goldene Punkte. Auch in deinen Augen sind Punkte, denke ich, rote und in der Iris smaragdgrüne, und ich kneife die Lider zusammen, höre von den Wellenbrechern das Schlagen der Brandung, atme, atme im Rhythmus des Meeres, und mit dem Sich-Überstürzen der Wellen steigt etwas in mir auf, ein glücklicher Schmerz, ein schmerzliches Glück, und ich muß an mich halten, um nicht zu weinen. In solchen Momenten bin ich nicht elend, nicht verzweifelt, und alles liegt hinter mir, die Arbeitslosigkeit, der Hunger, die Bettelei. Du wirfst eine Münze, denke ich, sie dreht sich, oben unten, unten oben, fällt, rollt über den Boden, und zuletzt ist sie auf der falschen Seite gelandet, so schnell kannst du gar nicht schauen. Die Hände in den Hosensäcken vergraben, das Meer vor mir und über mir die höhersteigende Sonne, so stehe ich stundenlang regungslos.

Wenn ich mich kräftig genug fühle, gehe ich zu den Kohlenrampen hinüber. Manchmal finde ich dort für ein paar Stunden Arbeit. Länger könnte ich das Kohlenschaufeln ohnehin nicht aushalten. Die Wurfgabeln sind schwer und fassen, so will es mir zumindest scheinen, einen halben Zentner. Werde ich eingestellt, so lege ich meine Kleider ab und steige, nur mit einer Art von Schurz bekleidet, die schwarze, rutschige Halde hinauf. Schon beim ersten Wurf bricht mir der Schweiß aus. Der Schweiß vermischt sich mit dem Kohlenstaub. Das Schiff und die Leute, die Berge und die Türme der Stadt, alles dreht sich vor meinen Augen. Ich schließe sie, spüre eine Übelkeit aufsteigen, schaufle blind, schaufle wie ein Wilder, doch der Kohlenberg wird nicht kleiner, will nicht kleiner werden, und doch muß ich ihn zum Verschwinden bringen, wie ein Zauberer muß ich ihn zum Verschwinden bringen, denn ich werde nicht nach Stunden, sondern nach Zentnern entlohnt. Manchmal halte ich kurz im Schaufeln ein, blicke zu den kahlen Felsabhängen hinüber, die oben mit einer scharfen, geraden Kante abschließen, und darüber der Himmel, dessen Bläue die Sonne nicht zu erwärmen vermag. Der Wind fährt mir um Achseln und Schultern, und mich friert. »Los, los!« rufen die Antreiber, wenn sie mich rasten sehen. Ich ducke mich schnell und beginne wieder mit dem Schaufeln. Zeit zum Grübeln habe ich genug, darüber kann ich nicht klagen. Selbst wenn ich denke, jetzt denkst du nichts, denke ich, daß ich nichts denke, und so geht es fort, ich bin müde, ich will aufhören, Schluß machen, und kann es nicht. Beim Kohlenschaufeln finde ich manchmal Ruhe. Da bin ich nichts als die Bewegung meiner Hände und ein Augen-Zusammenkneifen und ein Staub-Fressen. Wenn der Kohlenhaufen zuletzt im Schiffsrumpf verschwunden ist und bloß ein kreisrunder, schwarzer Fleck auf den Steinplatten des Kais bezeugt, daß es ihn einmal gegeben hat, kann ich es gar nicht glauben, daß ich es geschafft habe, daß ich fertig bin, und oft stehe ich mit der Wurfgabel schwarz in der Mitte des schwarzen Kreises und starre stumpfsinnig zu Boden, bis mich irgendwer anrempelt und mir ein paar Münzen als Entgelt in die Hand drückt.

Nachher schleppe ich mich in einen ruhigen Winkel, schlafe auf meinen Kleidern ein oder betrachte das Hafentreiben mit bewußtlosen Blicken. Aus den Rostspuren an den Planken abgewrackter Schiffe tauchen Bilder vor mir auf, ich sehe eine Wüstenlandschaft vor mir oder in der Kälte rauchende Moore, und immer bin ich allein darin, allein und verirrt, und so müde ich auch bin, jagt mich die Angst wieder auf, ich muß laufen, rennen, bis ich zu Hause in meiner Kammer angelangt bin, wo mich dann, wenn ich

das Gesicht gegen die Matratze presse, endlich Finsternis, vollkommene Finsternis umgibt.
Der Lohn für das Kohlenschaufeln bringt mich ein paar Tage über die Runden. Dann beginne ich wieder zu betteln. Oder ich gehe gegen drei Uhr früh in den Hafen hinunter. Um diese Zeit kehren die Fischer vom Fang zurück. Im Gedränge und Durcheinander des Ausladens, der Netze, Schwimmer und Kisten streiche ich herum wie eine Katze und warte auf einen günstigen Augenblick, um einen Fisch einzustecken. Leider bin ich nicht der einzige, der diese Art des Erwerbs betreibt. Wenn ich durch die nur spärlich erleuchteten Straßen zum Hafen gehe, ringsum dichte Finsternis, vorne die tanzenden Lichtkreise der im Wind schwankenden Lampen, hoffe ich stets, es würden nicht allzu viele Fischdiebe unterwegs sein. Je größer ihre Zahl, desto größer das Mißtrauen der Fischer, desto schwieriger der erfolgreiche Diebstahl. Meine Hoffnung erfüllt sich nie. Jedesmal steht eine Schar von Hungrigen am Kai und schaut auf das dunkle Meer hinaus, wo die Boote bald auftauchen müssen. Von draußen weht ein eisiger Wind. Die Wellen klatschen laut gegen die Pontons. Dann und wann geht ein Sprühregen über die ohnehin schon Frierenden nieder. Ich hocke mich meist auf eine der herumliegenden Taurollen, ziehe den Mantel über den Kopf und versuche, bis zur Ankunft der Boote zu schlafen. Die anderen unterhalten sich leise, stampfen mit den Füßen und fluchen.
Dann plötzlich die im Wellengang auf und ab hüpfenden Lichtpunkte der Positionslampen, rot und grün; eine Bewegung geht durch die Wartenden: Die Schiffe kommen, da kommen sie! Der Wind pfeift über den dunklen Kai. Jedesmal ist es eine Art von Erlösung, wenn die Schiffe kommen. Die Lampen werden größer, schon sieht man die schwarzen Umrisse der Aufbauten, und alle wissen, daß sich die Rümpfe nun bald an der Hafenmauer reiben werden. »Kann ich etwas helfen?« frage ich die Fischer

beim Anlanden. »Verschwinde!« entgegnen sie mir. Ich weiß längst, daß meine Frage zwecklos ist, und doch stelle ich sie immer wieder. Vielleicht ist es auch nur ein Vorwand, ein Alibi. Ich wollte ja arbeiten, denke ich, wenn ich dann zwischen den großen, glitschigen Fischhaufen herumgehe und auf meine Chance warte. Die Fischer stapfen mit ihren Gummistiefeln von Bord, schleppen Kisten herbei und drohen zwischendurch mit den Fäusten. Ich tue so, als würde ich es nicht merken, schaue scheinbar gedankenverloren in die grausprühende Dämmerung über dem Meer, bücke mich, bücke mich blitzschnell und laufe fort. Im Licht einer Bogenlampe betrachte ich meine Beute. Die Schuppen des Fisches glänzen, seine Augen haben die Farbe von Wachs, die Kiemen sind stille Öffnungen des Todes geworden. Während ich müde heimgehe, wird es heller und heller. Aus den Häusern dringen Kindergeschrei, Geschirrgeklapper und verschlafene Frauenstimmen. Bald wird die Sonne aufgehen, aus einigen Fabrikschloten steigt schon Rauch auf.
Den Fisch bereite ich erst gegen Mittag zu. Gleich nach der Heimkehr bin ich zu erschöpft. Ich wickle ihn bloß in ein Stück Zeitungspapier und werfe ihn in die Ecke, wo der Spirituskocher steht. Dann falle ich auf die Matratze und versuche einzuschlafen. Je später ich einen Tag anfange, desto besser. Herumlaufen macht müde und hungrig. Stehe ich erst zu Mittag auf, sättigt mich der Fisch für diesen Tag. Was will ich mehr?! Auf der Matratze liegend, denke ich an die Fische im Meer. Im Traum sehe ich zahllose Fische durch eine vom Wind bewegte Wiese schwimmen. Ich tauche aus einem Versteck auf und schlage sie mit einem Knüppel tot. Ich reiße ihnen die Köpfe ab, fresse sie auf. Groß und blutig stehe ich zwischen den grünen, im Wind zitternden Halmen. Oder ich sehe einen Dampfer durch die Straße pflügen und vor meinem Fenster auftauchen. Die Luft ist schwer von Ruß, in der Ferne blinkt der Leuchtturm, das Wasser schäumt um den Kiel,

die Hafenausfahrt ist erreicht, ich verlasse die Stadt. Plötzlich beginnt ein bleicher, eiskalter Regen zu fallen. Beim Erwachen glaube ich öfter, mich im Rumpf eines Schiffes zu befinden, ganz unten, nahe dem Kiel, bloß durch einige Balken und Bretter von der schwarzen Tiefe getrennt. Erst der gewohnte Griff zur Schnapsflasche bringt mich wieder zur Besinnung, ich beginne zu lachen und lache noch immer, wenn ich dem Fisch den Bauch aufschlitze und die Schwimmblase hervorziehe. Während er im Fett brät, schlage ich den Kohlensack vom Fenster zurück und lasse das Sonnenlicht herein. Ich denke an irgend etwas, nur nicht an die Zukunft.
Manchmal scheint es mir, als wäre ich überhaupt aus dem Ablauf der Zeiten ausgetreten. Ich habe eine Vergangenheit gehabt, ich habe meine Vergangenheit verloren – oder doch nicht, jeden Tag lebe ich das Leben von gestern, und es verändert sich nichts. Im Grunde genommen bin ich gar nicht mehr wahr. Ich bin mein eigenes Hirngespinst. Ich erinnere mich an Kleinigkeiten ohne Bedeutung, ohne Zusammenhang. Mehr Beweismaterial für mein abgelebtes Leben habe ich nicht. Ich sehe mich etwa an einem Tisch sitzen, an einem runden Tisch, und aus der Orchestrionmusik, die ich höre, schließe ich, daß ich in einem Wirtshaus, in einer Schnapsbude sitze. In dem Moment, wo mir das klar wird, steht ein Glas Schnaps vor mir auf dem Tisch, ein niedriges, vom langen Gebrauch abgeschliffenes, trüb gewordenes Glas, ich rieche den Schnaps, aber ich trinke ihn nicht, starre nur auf das Glas und sehe dann meine Hand neben dem Glas, schwer und träge. Eine Fliege läuft über den Tisch. Ich scheuche sie fort. Sie fliegt weg, setzt sich aber gleich wieder auf den Tisch. Ich mache noch mehrere Versuche, sie wegzuscheuchen, ehe ich sie mit einem einzigen schnellen Schlag zerquetsche.
Oder ich sehe mich schreiben, sehe mich mit einem Bleistiftstummel ein Formular ausfüllen, das muß auf dem Arbeitsamt sein, denke ich, oder auf dem Meldeamt oder auf

einer Polizeistation, und ich schreibe, schreibe mehrmals meinen Namen, mein Geburtsdatum, mache gerade Striche in die Spalten, auf deren Fragen ich keine Antwort weiß, lache, wie ich lese VERHEIRATET? MÄDCHENNAME DER FRAU? KINDER? GEBURTSDATEN DER KINDER? Eine Uniformkappe taucht auf, das Gesicht darunter kann ich nicht erkennen. »Benehmen Sie sich!« sagt eine Stimme, ich lache noch lauter, kann mich nicht beherrschen, stopfe mir eine Faust in den Mund, und die Stimme schreit: »Sie besoffenes Schwein!« Ich werde über eine Stiege hinabgeworfen, mit Fußtritten auf die Straße hinausgejagt. Auf dem Boden liegend, sehe ich Häuser und Menschen hoch und schlank in den Himmel stehen.

Manchmal habe ich den Eindruck, als hätte ich nur ein paar Augenblicke in der Stadt gelebt, als sei das alles nicht wahr, die Arbeitslosigkeit, das Nichts-Tun, das Elend. Dann laufe ich aus dem Zimmer, laufe die Stiegen hinab auf die Straße, sehe die Leute gehen, sehe die Wagen fahren und stürze wieder in meine Kammer zurück. Unlängst bin ich vom Schlagen der Turmuhr geweckt worden. Nach alter Gewohnheit habe ich mitgezählt. Es sind zwölf Schläge gewesen, zwölf Schläge, das weiß ich genau. Mittag, habe ich gedacht, Zeit zum Aufstehen, und bin, nachdem ich eine halbe Flasche geleert hatte, auf die Straße hinuntergegangen. Dort war es stockdunkel, und nirgends ein Mensch zu sehen. Ich bin wie eine Steinsäule in der Haustür gestanden. Ein Polizist ist vorbeigekommen. Als er mich im Flur entdeckte, hat er sich breitbeinig vor mich hingestellt und seinen Schlagstock mehrmals auf seine Handfläche klatschen lassen. Ich wollte etwas fragen, aber meine Lippen haben nicht gehorcht, und dann habe ich gesagt: »Es ist so kalt.« Der Polizist hat durch die Zähne gepfiffen, leise und spöttisch wie eine Ratte, hat sich abgewandt und kopfschüttelnd seinen Weg fortgesetzt. Ich habe ihm nachgeschaut, so lange nachgeschaut, bis er im Schein der Bogenlampe weit unten in der Straße für einen

Moment aufgetaucht und schließlich um die Ecke verschwunden ist.
Jedesmal wenn ich an einer Fabrik vorbeikomme, die noch in Betrieb ist, will ich im ersten Augenblick durchs Tor hineinlaufen, am Portier vorbei, dessen Buldoggengesicht ich hinter dem kleinen Fenster der Loge erkennen kann. Ich will direkt zum Aufnahmebüro laufen und mich bewerben. Um mich von der Korrektheit meiner Kleidung zu überzeugen, blicke ich an mir hinunter, sehe das schmuddelige Hemd, die Jacke, die durchgedrückten Knie der Hose und die Schuhe, deren Kappen bösartigen Äffchen gleich unter den unförmigen Stulpen hervorschauen. Ich gehe am Tor vorbei. Das Tor bleibt zurück. Ich schließe die Hände zu Fäusten. Etwas tun, denke ich, etwas tun. Da mache ich größere Schritte, mein Kopf ist heiß, und ich fürchte mich vor mir selbst.
Meine Nachbarn sagen, ich sei verrückt, und wer weiß, vielleicht haben sie recht. Es passiert mir oft, daß ich in gedrücktester Stimmung aufstehe, und plötzlich denke ich: »Heute mußt du eine Orange essen!«, und dann wieder: »Heute MUSST du eine ORANGE essen!«, und dann: »HEUTE MUSST DU EINE ORANGE ESSEN!«, und ich stelle mir eine Orange vor, und alles Glück der Welt ist in dieser Orange versammelt. Ich habe kein Geld, mir eine Orange zu kaufen. Den ganzen Tag laufe ich durch die Stadt, den ganzen Tag muß ich durch die Stadt laufen, auf der Suche nach einer Orange. Es nützt nichts, wenn ich mir sage: »DU BRAUCHST KEINE ORANGE!«, es hilft nichts, wenn ich mich betrinke, wenn ich die Tür meiner Kammer verrammle, ich muß fort und laufen, um den Wunsch zu erfüllen, der mir morgens in den Kopf gekrochen ist wie eine tollwütige Wespe. Den einen Tag ist es eine Orange, den nächsten Tag ein Stück Wurst oder ein Apfel. Wenn ich das Ziel dieser Jagden auch nie erreiche, so doch zumindest das Ende, die Erschöpfung, den Zusammenbruch.
Meine Nachbarn behaupten, ich sei verrückt, und vielleicht

haben sie recht damit. Oft sitze ich stundenlang am Hafen und schaue auf das Meer hinaus. Auch wenn es, wie jetzt im Herbst, regnet und schwarze Tropfen gegen mein Gesicht schlagen, bin ich gerne dort. Abends nimmt das Meer im Schatten des westlichen Vorgebirges eine smaragdgrüne Färbung an, während es auf der noch besonnten Ostseite golden sich ausbreitet. Auf den Kais machen die Fischer ihre Netze zur Ausfahrt fertig. Alles nimmt seinen Lauf. Zu beklagen ist nichts. Es hätte auch anders sein können, aber es ist eben nicht anders geworden. Das ist traurig, denke ich, aber traurig ist vieles. Das ist der einzige und noch dazu ein falscher Trost.

Verstreutes

Geschichte

Er ging also den Hang hinauf und auf das Haus zu. Es war erst sechs Uhr, doch herrschte schon völlige Dunkelheit. Im Vorfrühling wird es um diese Zeit dunkel. Obwohl er also nichts sehen konnte als Schwarz und in dem großen, dumpfen Schwarz die zwei erleuchteten Fenster des Hauses, auf das er zustrebte, wußte er doch, daß der Hang, den er hinaufstieg, von gelbbraunem, niedergepreßtem Gras bedeckt war. Die Schneelasten waren erst vor einigen Tagen verschwunden.

Es gluckste. Er spürte, wie der feuchte Lehm seine Schuhe haftend umschloß. Oben an der Haustür würde er die Lehmklumpen an der Schwelle von den Füßen scheren. Dort blieben sie liegen, trockneten aus und knirschten, wenn man auf sie trat.

Der Hang stieg nicht stetig an. Erst hatte man eine Steilstufe zu überwinden, dort war der Weg von eisigen Gerinnen überzogen, dann folgte ein flaches Stück, eine von jetzt entlaubten Birnbäumen bestandene Mulde, an deren tiefster Stelle sich zur Zeit der Schneeschmelze ein trüber, lehmiger Tümpel bildete, zuletzt war der Hang so steil geneigt, daß ihn der Weg nicht in der Fallinie, sondern nur in zwei langgezogenen Kehren überwinden konnte. Dabei war er bloß für Fußgänger gedacht, ein schmaler Steig, bei dessen Anlage auf nichts anderes Rücksicht genommen worden war als auf die Leistungsfähigkeit menschlicher Beine, Lungen, Herzen.

Er ging also den Hang hinauf und auf das Haus zu. In der Früh war er den Weg in umgekehrter Richtung gegangen. Er ging diesen Weg jeden Tag zweimal. Er arbeitete im Holz, in der Rutterschen Forstverwaltung. Auch Tscherner, mit dem zusammen er die Baracke, das Holzhaus, bewohnte, auf das er nun zustrebte, arbeitete dort. Offensichtlich war dieser heute früher aus dem Schlag

heimgekehrt, daher das Licht. Vielleicht hatte er schon Wasser aufgesetzt für den Tee, für das Heißmachen des Rums. Es war kalt geworden. Der Himmel schwarz und hoch, von dünnen Wolken bedeckt.
Er erinnerte sich einer schwarzen, triefend nassen, vom Wind geblähten Fahne. Diese Fahne war aus Anlaß des Todes des alten Rutter aus der Dachluke der Forstkanzlei gehängt worden. Das war schon Jahre her. Das ist mindestens fünf oder sechs Jahre her, dachte er. Der alte Rutter war damals bei einer Inspektion am Hochschlag oben von einem stürzenden Baum erschlagen worden. Die Umstände, die zu dem Unglück geführt hatten, waren nie ganz aufgeklärt worden. Es fanden erst polizeiliche, dann gerichtliche Nachforschungen statt, ein Arbeiter, ein gewisser Irsigler, wurde verhaftet, dann angeklagt, dann verurteilt, zu einer langen Haftstrafe verurteilt und eingekerkert. Irsigler war nicht geständig gewesen, mancher Nebenumstand ließ seine Schuld unwahrscheinlich erscheinen, die Wahrheit ist also nicht ans Licht gekommen.
Jetzt ist der Hochschlag ein kahler, steiniger, von verrotteten Baumstümpfen und Brombeerstauden durchsetzter Steilhang. Es mögen oft Sommer und Winter vorbeigehen, ohne daß ein Mensch dorthin kommt.
Er ging also den Hang hinauf und auf das Haus zu. Obwohl die Luft kalt war, erfüllte sie ein Geruch nach modrigen Blättern und faulen Grasstengeln. Im Sommer stand das wilde Gras kniehoch. Wegen der Steilheit des Hanges wurde es nicht abgemäht. Maschinen konnte man nicht verwenden, die menschliche Arbeitskraft war aber zu kostspielig, um sie an einer solch unproduktiven Stelle zum Einsatz zu bringen. Immer mehr Landarbeiter wanderten in die Stadt ab. Viele aus der Gegend waren diesen Weg gegangen. Beinahe hätte er, Marko, es auch getan. Warum auch nicht? Nichts band ihn an diesen Ort. Die Holzarbeit war schwer und gefährlich, der Lohn nicht angemessen. Er war trotzdem geblieben. Vielleicht war es

Angst vor dem Ungewissen gewesen, die ihn vom Gehen abgehalten hatte. Er hatte von Leuten gehört, die in der Stadt keine oder doch nur eine unbefriedigende, eine zwar leichte, aber stumpfsinnige, ja zermürbende Arbeit gefunden hatten. So war er geblieben, arbeitete in der Rutterschen Forstverwaltung und bewohnte mit Tscherner die Holzbaracke am Hang, die, Überbleibsel einer früher weit größeren Arbeitersiedlung, etwas außerhalb des Dorfes gelegen war.

Er ging also den Hang hinauf und auf das Haus zu. Je länger er ging, desto heller, gleichsam von geheimem Licht erfüllt, erschien ihm die Finsternis. Er konnte einzelne Steine, die im Weg lagen, unterscheiden. Rechter Hand sah er ein gefrorenes Gerinne aufblitzen. Die Lichter in der Baracke oben waren verloschen. Tscherner schläft, dachte er, Tscherner liegt auf seiner Pritsche und döst, oder er starrt vor sich hin ins Dunkle, oder er hat eine Frau bei sich und fickt sie im Dunkeln, weil sie sich bei Licht nicht fikken lassen will. Diese Weiber, dachte er und lachte. Es war kein richtiges Lachen, denn der steile Aufstieg hatte ihm den Atem genommen. Ich gehe immer zu schnell, dachte er, in der Baracke wartet nichts und niemand auf mich, denn Tscherner wartet nicht auf mich, wir warten nie aufeinander.

Jetzt hatte er die zweite Steilstufe überwunden. Die Baracke stand nicht direkt an der Geländekante, sondern etwas weiter zurückgesetzt, in der Mitte einer sanft ansteigenden Wiese. Oberhalb läuft die Straße vorbei, die ins Dorf hinunterführt. Diese Straße, eigentlich müßte man sagen, dieser Karrenweg, wird schon lange nicht mehr benutzt. Früher, als die Baracke bloß Teil einer ganzen Siedlung gewesen war, als fünfzig oder hundert Holzarbeiter hier gewohnt hatten, war sie täglich zweimal von einem Lastwagen der Rutterschen Forstverwaltung befahren worden. In der Früh hatte er die Arbeiter abgeholt und abends wieder heimgebracht. Für zwei Arbeiter, für

Tscherner und ihn, lohnte sich dieser Aufwand nicht. Sie gingen zu Fuß den Abkürzungsweg über den Steilhang ins Dorf hinunter. Die alte Fahrstraße verkam zusehends, wurde von Wildbächen ausgewaschen, zerschnitten, versank unter Himbeerranken und Haselstauden, ebenso wie die Trümmer der anderen Baracken, die er jetzt als schwarze, drohende Haufen rings um die ihrige aufgestellt sah.

Als er an die Haustür trat und eben damit begann, sich den Kot von den Schuhen zu scheren, bemerkte er, daß in der Dunkelheit neben ihm etwas atmete, Mensch oder Tier.

Wer ist da? rief er und sprang einen Schritt zurück.

Gelächter.

Ich bin es, ich bin es: der Paul, der Irsigler Paul!

Paul, dachte er, Irsigler, dachte er, das Blut stieg ihm zu Kopf, etwas wie Scham. Langsam trat er auf den anderen zu. Du bist heraußen, sagte er, als sie einander die Hände schüttelten.

Irsigler entgegnete nichts, und so standen sie eine Weile stumm in der Finsternis. Jetzt war es Freude, was Marko empfand, nicht eigentlich Freude, ängstliche Freude, ein durchbohrtes Glück, und er spürte, daß dieses Gefühl auch im anderen groß wurde und zwischen ihnen war.

Der Paul, sagte er leise, ganz leise, beinahe unhörbar, dann zog er ihn zur Tür, sein Gesicht hatte er noch nicht gesehen, öffnete die Tür, schlug dabei zweimal schwer dagegen, damit Tscherner drinnen wisse, daß er heimgekommen war, dann traten sie ein. In diesem Moment ging das Licht an. Tscherner, der offensichtlich geschlafen hatte, stand benommen neben seiner Pritsche, von der er gerade aufgestanden war. Man sah, daß er auf dem Gesicht gelegen war, es war rot und gedunsen. In der Baracke stank es nach Bier.

Irsigler ist da! rief er ihn an und wandte sich dann jenem zu, der hinter ihm eingetreten war. Irsigler lächelte.

Es ist kalt. Ich bin das nicht mehr gewöhnt: das Land und die Kälte draußen, den Wind, sagte er.
Sechs Jahre! rief Tscherner, sechs Jahre!
Ich bin auf Bewährung entlassen worden. Ich bin wegen guter Führung frühzeitig entlassen worden. Irsigler lachte.
Dreizehn Jahre Kerker, schwerer, verschärfter Kerker, murmelte Tscherner, im Prozeß damals das Urteil: dreizehn Jahre! Man hat keine Vorstellung, wenn man hört: dreizehn Jahre, und vielleicht ist das gut so.
Sie halfen Irsigler aus dem Mantel und warfen diesen, weil es keinen freien Haken zum Aufhängen gab, auf eine der Pritschen.
Kann ich hierbleiben, nur für diese eine Nacht? fragte Irsigler, geht das?
Er schaute sich im Raum um. Die Baracke bestand nur aus diesem einzigen Zimmer: links und rechts je eine Pritsche an der Wand, daneben zwei Spinde, bei der Tür der Ofen, ein Kanonenofen, vis-à-vis die beiden Fenster, je ein Wandbrett über den Pritschen, voll mit Speck und Schnapsflaschen und Zigarettenschachteln, das war alles, das heißt, ein Tisch war noch da, wenn man das unter den Fenstern entlanglaufende Brett so bezeichnen will.
Ja, sagte Tscherner, ja, sagte Marko, was wirst du anfangen, Irsigler? Dieser schwieg, ließ sich lang und schwer auf die Pritsche fallen, so daß die Bretter knackten, und lachte. Als Mörder, meinte er dann, als einer, der wegen Mordes eingesperrt war, finde man nicht so leicht Arbeit.
Stumm räumten sie daraufhin Speck, Brot und Schnaps herbei, Tscherner strich mit der Hand ein paar Mal über das Brett, das als Tisch diente, Marko warf große Kohlenstücke in den ohnehin schon rotglühenden Ofen.
Das nimmt dir keiner ab, sagte Irsigler, den Mörder putzt dir keiner ab und das Gefängnis auch nicht! Er lachte laut auf, und die anderen stimmten zögernd in sein Lachen ein.

Iß! Greif zu! sagte Marko und schob ihm ein Brett mit Speck und Brot hin, legte dann ein Messer dazu.
Sechs Jahre, fuhr Irsigler fort, sechs Jahre jeden Tag an den Hochschlag denken, an das Unglück und wie es geschehen ist! Das könnt ihr euch nicht vorstellen! Immer wieder sehe ich das vor mir: der Rutter unter der Fichte, unter der großen Fichte, wie sie am Hochschlag oben gewachsen sind, am Steilhang bis in die Schlucht herunter – die Fichte und die Äste und wie sie den Rutter unter der Fichte herausgezogen haben.
Iß, Irsigler! rief Marko vom Ofen herüber. In einem Topf stellte er Wasser auf. Willst einen Tee? Heißen Tee?
Sechs Jahre Gefängnis, fing Tscherner an, sechs Jahre Holzarbeit. – Er sprach nicht zu Ende. Keiner sagte etwas. Sie aßen, sie rauchten. Draußen hatte sich ein Wind erhoben. Jetzt konnte man durch die Fenster die Sterne sehen. Das Teewasser auf dem Ofen summte. Marko zog den Topf zur Seite, warf Tee hinein. Dann goß er mit Rum auf. Tscherner und Irsigler schauten ihm zu.
An diesem Tag, begann Irsigler, haben wir vormittags noch am Waldsee gearbeitet, oberhalb des Hochschlags. Es war neblig, wie es im Dezember oft ist. Der See ist langsam zugefroren. Wie Rauch ist der Nebeldampf über das noch dünne, faserige Eis hingetrieben. Es war ganz still. Nur manchmal hat das Eis geknackt. Da ist man unwillkürlich zusammengeschreckt. Wir haben Steine auf das Eis geworfen. Sie haben es mühelos durchschlagen. Morgen, hat einer gesagt, ist der See schon dick zugefroren. Dann sind wir mit den Hacken und Seilen in den Wald hinein, in den Hochschlag hinunter.
Sie schwiegen. Sie tranken so lange, bis alle Flaschen leer waren. Ist ja nicht jeder Tag ein Entlassungstag, meinte Tscherner. Der Ofen ging langsam aus, aber ihre Gesichter glühten. Als sie sich zum Schlafen auskleideten, sahen sie, daß Irsiglers Körper bleich und schwammig geworden war. Sie lachten, obwohl ihnen nicht zum Lachen war.

Auf morgen, sagte Tscherner, aber die anderen schliefen schon. Er drehte alle Flaschen um, aber es war nichts mehr drinnen. So legte er sich vor dem Ofen auf den Boden, ein wenig Glut spritzte noch aus der Asche hervor, als er hineinblies, der Gestank in der Hütte war dumpf und warm.

Die Versetzung

Der Zug habe Verspätung gehabt. Damit habe alles angefangen. Der Zug sei, in langgezogenen Kehren höher steigend, von der Dämmerung in die Finsternis gefahren. Mehrmals habe er das Fenster zu schließen versucht, es dann aber aufgegeben und sich mit dem Frieren abgefunden. Daß er für den Aufenthalt in Gerungs schlecht ausgerüstet sei, nicht die richtige Kleidung habe, sei ihm bald klargeworden. Er sei allein im Abteil gesessen, also keinerlei Ablenkung, also Zeit genug, um über alles nachzudenken. Worüber? Daß er von seiner Firma gegen seinen Willen von der Baustelle in Tratten abgezogen und von heute auf morgen nach Gerungs beordert worden sei. So geschehe es ihm nun schon seit Jahren: Kaum habe er sich an einem Ort ein wenig eingelebt, werde er versetzt, und zwar ohne Rücksicht auf seine Einwände, da helfe kein Protest, da helfe gar nichts, wenn man wie er, durch einen Vertrag gebunden, einer Firma auf Gedeih und Verderb ausgeliefert sei. Früher habe er in ständiger Angst vor Versetzungen gelebt. Jetzt habe er sich mit dem unsteten Leben abgefunden, weil er sich habe abfinden müssen. Natürlich leide er nach wie vor unter den Versetzungen, leide er nach wie vor daran, daß er sich stets in der Fremde aufhalten müsse, unter Menschen und Verhältnissen, die er nicht kenne, und wenn er behaupte, daß er sich an das ewige Hin- und Herkommandieren von seiten der Firma gewöhnt habe, dann sei das im Grunde genommen doch nichts anderes als Selbstbetrug. Die Notwendigkeit der Versetzungen habe er immerhin eingesehen, Kraft und Willen, sich dagegen aufzulehnen, besitze er längst nicht mehr. Im übrigen, das erstaune ihn manchmal selbst, richte er sich von vornherein schon nicht mehr auf Endgültiges, sondern bloß noch auf Vorläufiges ein, auf Provisorisches aller Art. Bleibe der Versetzungsauftrag einmal für längere

Zeit aus und lasse auf sich warten, werde er von Unruhe erfüllt. Wenn er es von dieser Seite betrachte, sei er geradezu froh, andauernd versetzt zu werden. Nach einigen Wochen fixer Stationierung könne er den Zeitpunkt einer neuerlichen Versetzung kaum mehr erwarten. Oft habe er überlegt, ob er auf diese Weise nicht selbst Ursache für die fortwährende Versetzung sei. Manchmal, das geschehe aber nur selten, bedrücke ihn das Zigeunerleben, wie er es führen müsse, zu welchem er teils von der Firma, teils von seiner eigenen Geisteshaltung verurteilt sei. So sei es ihm auch im Zug ergangen, als er, um sich die Zeit zu vertreiben, eine Weile in die Finsternis hinausgeschaut habe. Da draußen nichts zu sehen gewesen sei, nichts außer den schwarzen Umrissen der Nadelbäume in der Nacht, sei sein Schauen bald zu einem Starren geworden, seine anfängliche Gedankenlosigkeit zu einer beängstigenden, ihn beklemmenden Gedankenfülle, sodaß er schließlich den Moment der Ankunft in Gerungs mit aller Kraft herbeigewünscht habe. Wohl an die zehn Mal habe er aus Nervosität seinen Koffer vom Gepäcknetz heruntergenommen, um ihn gleich wieder hinaufzulegen. Mit dieser Ablenkungstätigkeit habe er nichts erreicht, auch nicht mit dem Überfliegen einer Zeitung und auch nicht mit dem Essen eines Apfels, im Gegenteil, sein Leben als Baupolier sei ihm immer sinnloser, die ewige Versetzerei immer grausamer, der Zustand überhaupt als immer unhaltbarer erschienen. Zum Glück sei der Zug dann bald in Gerungs eingetroffen. Der Schaffner habe ihn mit seinem Ruf aus den quälenden Gedanken aufgescheucht. Beinahe fröhlich sei er auf den leeren, windigen Bahnsteig hinausgesprungen. Über den schiefen Bretterbahnhof habe er fast lachen müssen, so übermütig sei er gewesen. Diese Stimmung sei aber gleich wieder verflogen. Der Wind habe sie gewissermaßen mit sich fortgerissen und in der Finsternis zerblasen.

Auf dem Bahnhofsplatz habe er, mit dem Koffer im Schlagschatten des Bahnhofsgebäudes stehend, bereits ein

unerschütterliches Urteil über Gerungs gehabt, über das, was ihn hier erwartete. Hier bin ich schon gewesen, habe er gedacht, das ist Gerungs, habe er gedacht, aber es könnte ebenso gut Tratten oder Veitsch oder Trummern sein. Tatsächlich verliere man, je mehr man herumreise, den Blick für das Besondere, überall sehe man bloß noch das Allgemeine, das, was man überall sehen könne und unter dem man überall leide. Man empfinde nichts als die Langeweile der Wiederholung anfangs, nichts als den Schmerz des Unter-Solchen-Umständen-Leben-Müssens später. Bahnhofsplätze, wie auch Gerungs einen habe, kenne er bis zum Überdruß. Es sei ja immer das Gleiche: die Menschenlosigkeit, die nur spärlich erleuchtete Leere im Vordergrund, der wirre, dunkle Haufen der Häuser im Hintergrund, wo sich das Wirtshaus befinde, das Wirtshaus, von dem man wisse, daß man dort bald nachtmahlen und später schlafen werde. Er habe daher auf dem Bahnhofsplatz keinen Moment gezögert und sei die erstbeste der sich vor ihm auftuenden Straßen in den Ort hinuntergegangen. Die Bahnhöfe lägen ja immer ein wenig außerhalb der Ortschaften, sodaß man fast den Eindruck habe, die Bewohner fürchteten den Anblick der Züge, die, so jämmerlich sie im einzelnen auch aussehen mögen, doch einen Hauch von Fremde und Ferne mit sich führen. Anders als unter dauernder Fixierung des Hier und des Jetzt sei ein Leben in diesen Dörfern wohl nicht möglich und wahrscheinlich kein Leben überhaupt.
Er sei die leicht abfallende Straße hinuntergegangen, die Hauptstraße, wie er später erfahren habe. Der Koffer sei ihm schwer in der Hand geworden, und doch habe ihn gerade diese Schwere beglückt, sei doch sein Koffer das einzige gewesen, was zu ihm gehört habe, was er unzweifelhaft besessen habe. Diesem Gefühl der Schwere, das er als Entschlossenheit gedeutet habe, habe er sich ganz hingegeben. Er habe weder nach links noch nach rechts geschaut und auch nicht der winzigen Regentropfen geachtet,

die, vom Wind zerstäubt, aus dem dunklen Himmel gefallen seien. Gerungs sei ihm mit einem Mal völlig gleichgültig gewesen. Gestern Tratten, habe er gedacht, heute Gerungs. Zwischen den meist unbeleuchteten, schon schlafenden Häusern sei er durchgegangen wie durch ein mit Felsblöcken übersätes Feld. Er habe sich zwar gedrängt und vorwärtsgestoßen gefühlt, doch habe er sich nicht gewehrt, habe dieses endlose Straßen-Hinuntergehen, gestern in Tratten, heute in Gerungs, stumm über sich ergehen lassen im Bewußtsein, es nicht ändern zu können, im Bewußtsein, wider die Gewalt, die ihn treibe, keine Gegenkraft zu besitzen. Ich schwimme mit dem Strom, habe er gedacht und zu wissen geglaubt, daß er, hätte er gegen die Strömung anzukämpfen versucht, verloren gewesen wäre. Diese Momente der Übereinstimmung mit dem übergeordneten Willen, mit dem Willen der Firma, seien immer seine glücklichsten gewesen. Das Demütigende eines solchen Glücks liege auf der Hand.
Schon von weitem habe er das mit einem Adler geschmückte Aushangschild des Wirtshauses erkannt. Das Gasthaus ZUM SCHWARZEN ADLER sei ihm von seiner Firma als Unterkunft angegeben worden. Da er darüber, daß er nun bald an Ort und Stelle sein werde, weder Freude noch sonst irgendetwas empfunden habe, habe er seine Schritte weder beschleunigt noch verlangsamt. Dann sei er vor der Wirtshaustür gestanden, habe sie aufgestoßen und sei mit dem Koffer voran in die Stube eingetreten. So trete er immer in fremde Wirtsstuben ein, mit dem Koffer voran, dann sehe jeder gleich, daß er einen Zugereisten vor sich habe. Das mache die Leute in der Regel zwar neugierig, doch halte sie eine gewisse Scheu meist von allzu aufdringlichem Benehmen zurück. Er für seinen Teil sei immer froh, wenn man ihn in Ruhe lasse. An das Allein-Sein gewöhnt, sei ihm jede Geselligkeit im Grunde zuwider. Deshalb habe er seinen Blick gleich nach dem Eintreten in der Wirtsstube herumgehen lassen. Zu seiner Freude sei diese

völlig leer gewesen. Auf die hinteren Tische habe man schon die Sessel gestellt gehabt, um leichter zusammenkehren zu können. Jetzt sei ihm die Zugverspätung in den Sinn gekommen, und er habe sich dazu beglückwünscht. Dadurch sei er wenigstens den unausweichlichen Gesprächen mit betrunkenen und halb betrunkenen Gästen entgangen. Die Bewohner abgelegener Ortschaften seien ja meist von aufreibender Geschwätzigkeit. Von der Welt abgeschnitten, wie sie lebten, sei ihr Hunger nach Neuigkeiten außergewöhnlich. Ständig lauerten sie auf Sensationen, auf etwas Noch-Nie-Dagewesenes, und all ihre Fragen, die sie ohne Unterlaß stellten, zielten in diese Richtung. Für ihn sei dieses Frage-Und-Antwort-Spiel immer peinigend gewesen. So geht doch fort von hier, tut Euch um, habe er seinen Zuhörern im Zorn des öfteren zugerufen, doch daraufhin hätten sie nur verlegen gelacht und in ihre Bierkrüge geschaut.
Eine Weile sei er schweigend in der Stube gestanden, habe stumpfsinnig die Bierreklamen betrachtet, den Ölfußboden und das feucht glänzende Zinkblech der Schank. Dann habe er sich geräuspert, daraufhin sei eine offensichtlich zur Küche führende Tür aufgegangen und eine fettleibige Frau, die Wirtin, wie er an der Schürze erkannt habe, sei darin erschienen. Als sie seinen Gruß nur undeutlich erwidert habe, sei er langsam an die Schank herangetreten und habe nach einem Zimmer gefragt. Ist hier ein Zimmer frei, habe er gefragt, obwohl er beinahe sicher gewesen sei, daß alle Zimmer hier frei waren, frei sein mußten, denn wer komme im Spätherbst schon nach Gerungs, in dieses gottverlassene Nest, wenn er nicht kommen müsse. Ja, ja, habe die Wirtin geantwortet und mit ihren fetten Händen über die Schürze gewischt. Daraufhin habe er seinen Koffer auf dem Boden abgestellt. In Wirtshäusern stelle er seinen Koffer immer erst dann nieder, wenn man ihm ein Zimmer zugesagt habe, denn nichts sei demütigender, als sich bei einer Absage nach dem Koffer bücken, den Koffer

wieder aufnehmen zu müssen. Der Koffer sei ihm in dieser Situation stets als eine Art von Anker erschienen. Wenn man fortgewiesen werde, wenn man sich fortscheren müsse, so sei das leichter zu ertragen, wenn man zuvor nicht gezeigt habe, daß man hätte bleiben wollen. Was den ersten Kontakt mit Wirtsleuten im besonderen, mit den Menschen im allgemeinen betreffe, sei es das Vernünftigste, immer Gemeinheit, Kälte und Abweisung zu erwarten. Rechne man damit, werde man wenigstens nicht enttäuscht.

Die Wirtin, die unschlüssig neben der Schank gestanden sei, habe ihn neugierig angestarrt. Um ihren Fragen nach dem Woher und Wohin vorerst zu entgehen, habe er eine Flasche Bier bestellt. Beinahe mechanisch habe er seine Jacke aufgeknöpfelt. So, nun bist du da, habe er gedacht und dabei schon Müdigkeit in sich aufsteigen gespürt. Während sich die Wirtin zum Eiskasten umgedreht habe, um das Bier herauszuholen, habe er Gelegenheit gehabt, sie zu betrachten. Sie sei beinahe größer gewesen als er selbst, jedenfalls ungleich massiger, sodaß er sich noch kleiner vorgekommen sei. Sie habe ein blaues Kattunkleid getragen, das durch aufgedruckte winzige rote Blumen gemustert gewesen sei. Dennoch habe er das Gefühl gehabt, sie nackt vor sich zu sehen. Als sie mit dem rechten Arm in die Tiefe des Eiskastens gelangt habe, sei an ihrem Hals, knapp unter dem Ohr, ein roter, blutunterlaufener Fleck sichtbar geworden. Das habe ihn geekelt. Mit erstaunlicher Behendigkeit habe sie sich dann umgedreht und die kalt überronnene Bierflasche vor ihn hingestellt. Das Geräusch, das beim Aufreißen der Bierkapsel entstanden sei, habe ihn zusammenfahren lassen. Ob er ein Nachtmahl wünsche, habe die Wirtin gefragt. Ja, eine Kleinigkeit, habe er geantwortet. Aus Verlegenheit habe er dann die Bierflasche ergriffen und in einem Zug zur Hälfte geleert, obwohl ihm die eiskalte Flüssigkeit widerstanden sei. »Leni!« habe die Wirtin gerufen, »Leni!«, und gleich darauf sei ein Mädchen in der Küchentür erschienen. Diesem, welches er kaum beachtet habe, sei von der Wirtin in barschem Ton das Anrichten eines Nachtmahls aufgetragen worden. Was ihn denn nach Gerungs führe, habe die Wirtin dann gefragt. Darauf habe er, sich einem der Tische zuwendend, geantwortet, er sei Polier, Baupolier, er werde die Baustelle an der Brücke über den Gerrbach leiten, die zu eröffnende Baustelle, er bilde gewissermaßen das Vorkommando, ein paar Wochen, wenn nicht Monate werde er hier in Gerungs sein, wohl sein müssen, die Gerrbachverbauung sei kein kleines Projekt, er werde den Arbeitseinsatz dort dirigieren, so könne man es ausdrücken, so lange, bis alles fertig sei, bis er von seiner Firma zu neuen Vorhaben abkommandiert werde. Die Wirtin habe, während er gesprochen habe, immerfort das Zinkblech der Schank poliert, von links nach rechts, von rechts nach links, bloß einmal habe sie innegehalten, als er nämlich von Wochen und Monaten gesprochen habe, das habe sie sichtlich erfreut, habe sie doch damit gerechnet, daß er ebenso lang sein Zimmer belegen werde. Das sinnlose Herumhantieren der Wirtin an der Schank habe ihn irritiert, trotzdem habe er seinen Blick nicht von ihren weißen, an den Gelenken ein wenig eingeschnürten Händen abziehen können. Ohne darauf zu achten, habe er unterdessen sein Bier mit einigen Schlucken ausgetrunken. Gerade in dem Moment, als er ein neues habe bestellen wollen, sei das Mädchen mit einem Teller in Händen aufgetaucht und habe ihn auf Anweisung der Wirtin auf einem der Tische serviert. Wieder habe er das Mädchen kaum beachtet, habe sich schweigend an den Tisch gesetzt und zu essen begonnen.

Erst habe er gar nicht bemerkt, daß die Wirtin an den Tisch herangetreten war. Schmeckt es, habe sie dann gefragt, und er habe mit vollem Mund ein Ja hervorgestoßen und der Wirtin von unten her in ihr lächelndes Gesicht geschaut. Meine Tochter, sei sie ohne Zusammenhang fortgefahren, die Leni ist meine Tochter, da staunen Sie wohl?! Währenddessen habe er auf den unter dem Kleid zitternden Bauch der Wirtin gestarrt, an dem, weil sie ihn an die Tischkante angepreßt habe, eine tiefe Falte entstanden sei. Ihre Tochter, habe er mit gespieltem Interesse gefragt, obwohl er ein solches doch nicht im mindesten gehabt habe. Ja, meine Tochter – der Mann ist tot, mein Mann, verunglückt, voriges Jahr, in der Mure umgekommen, am Gerrbach, habe die Wirtin gesagt, und jetzt sei ihre Hand hinter der Hüfte hervorgekommen, eine Hand wie ein kleines, unförmiges Tier. Sie habe sich langsam auf die Tischplatte gesenkt und sei dort, da die Wirtin sich aufgestützt habe, unter dem Druck ihrer Körpermasse gleichsam auseinandergeflossen. Als er sich wieder seinem Essen zugewandt habe, sei dieses schon halb kalt gewesen. An der Oberfläche der Sauce habe sich schon ein dünnes Häutchen gebildet. Der Anblick dieses Häutchens, unter dem, als er es mit dem Löffel durchstoßen habe, sogleich die zähflüssige Sauce hervorgequollen sei, habe ihn im Verein mit dem intensiven Schweißgeruch, der von der Wirtin ausgeströmt sei, derart angeekelt, daß er nicht habe weiteressen können. Eine Weile habe er auf den Teller gestarrt, auf dem die Speisen mehr und mehr erkaltet seien. Er sei unfähig gewesen, etwas zu tun, etwas zu sagen, er habe bloß den Blick der Wirtin auf sich ruhen gespürt und ihren schweren Atem gehört. Schließlich habe er sich gewaltsam vom Teller abgewandt und in die dunkle Tiefe der Wirtsstube geschaut, aus der die Zugluft kalten Zigarettenrauch zu ihm hergeweht habe. Wenig Geschäft heute, habe die Wirtin, das Schweigen unterbrechend, gesagt. Für gewöhnlich sei ja mehr los, weit mehr, sei sie fortgefahren, wäre immer nur so wenig Geschäft, dann würde sich der Aufwand nicht lohnen, nein, dann müßte sie zusperren, der Gewinn sei ohnehin gering genug. Die Wirtin habe, da er unfähig gewesen sei, ihr ins Wort zu fallen, ein schier endloses Selbstgespräch über seinen Kopf hinweg

geführt, und ihre Worte, auf die er anfangs kaum geachtet habe, seien immer schwerer und immer dichter auf ihn niedergegangen, tatsächlich niedergegangen wie ein bleierner Regen. Je tiefer er unter ihren Worten zusammengesunken sei, desto lauter habe ihm der Kopf gedröhnt, desto fahriger sei das sinnlose Hin- und Hertappen seiner Hände auf der Tischplatte geworden. Aus der Schwäche, aus dem Gefühl des Ausgeliefertseins habe er plötzlich Haß in sich aufsteigen spüren und das Verlangen, aufzuspringen, die Wirtin zu Boden zu werfen und auf ihr herumzutrampeln. Jetzt, habe er gedacht, und jetzt, und seine Finger seien bereits um die Tischkante verkrallt gewesen, da sei er durch das Mädchen, das, an den Tisch herantretend, der Wirtin eine Frage gestellt habe, von seinem unsinnigen Vorhaben abgebracht und erlöst worden. Beinahe dankbar habe er seinen Kopf erhoben und mit den Augen den Blick des Mädchens gesucht. Sie sei aber vom riesigen Leib der Wirtin halb verdeckt gewesen, sodaß er nur ihr kurzgeschnittenes, dunkles Haar habe sehen können und ein Stück der weißen Haut ihres Halses und die Hüfte, die sich ein wenig eckig unter ihrem Kleid abgezeichnet habe.
Während sich die Wirtin nun halblaut mit dem Mädchen unterhalten habe, offensichtlich sei es dabei um das Zimmer gegangen, das er bewohnen sollte, habe er, durch eines der Fenster auf die leere, dunkle Hauptstraße von Gerungs hinausschauend, an das Bauvorhaben am Gerrbach gedacht, an die Wildbachverbauung überhaupt, er habe sich dabei an die Worte der Wirtin, an Hochwasserkatastrophen, die er selbst erlebt hatte, erinnert, und zwar nicht so sehr der eingerissenen Häuser, der vermurten Straßen und Wiesen, als vielmehr der donnernd zu Tal schießenden Wassermassen, die von mitgeführter Erde dunkelbraun gefärbt seien. Er habe sich plötzlich inmitten einer Geröllawine stehen sehen, inmitten einer schier uferlosen Mure, und die Vorstellung sei so stark gewesen, daß

er, am Tisch sitzend, die Hände vor das Gesicht geschlagen, die Hände fester und fester gegen seine Stirn gepreßt habe. Als ihn die Wirtin dann angesprochen habe, sei er, aus seinen Angstträumen auffahrend, in lautes, stumpfsinniges Gelächter ausgebrochen, in dem er, obwohl er sich geschämt habe, nicht habe einhalten können.
Leni wird Sie hinaufführen, habe die Wirtin gesagt, meine Tochter wird Ihnen das Zimmer zeigen. Noch immer lachend habe er daraufhin seinen Koffer ergriffen, ohne sich dessen bewußt zu sein, sei er auch aufgestanden, wie eine Marionette sei er aufgestanden und habe zur Wirtin gesagt, daß ihm das Essen geschmeckt habe und daß er den nächsten Tag bezahlen werde. Dann sei er hinter dem Mädchen her aus dem Schankraum gegangen, in dem, kaum daß sie in das Stiegenhaus getreten seien, schon das Licht ausgelöscht worden sei. Im Dunkel habe er noch das Blinken des Zinkbleches der Schank zu sehen, das lächelnde Gesicht der Wirtin als hellen, undeutlichen Fleck zu erkennen vermeint, aber das mochte bloß ein Trugbild gewesen sein, das ihm seine überreizten Sinne vorgegaukelt hätten. Als er seinen Blick von der Wirtsstube abgezogen habe, habe er sich mit einem Mal ganz nahe neben dem Mädchen gefunden, in der kalten Zugluft des Stiegenhauses, das sie hintereinander langsam hinaufgestiegen seien, sie vorne, er hinten. Mit jeder Stufe, die er, dem Mädchen folgend, genommen habe, sei es ihm leichter gewesen, sei er ruhiger geworden, habe er sich freier und immer weiter weg von dem Ort Gerungs gefühlt, in den er zur Arbeit abkommandiert gewesen war und der ihn von allem Anfang an bedrückt hatte. Ein, zwei Stockwerke seien sie hinaufgestiegen, ohne ein Wort zu reden, und da einige Lampen kaputt gewesen, wahrscheinlich von betrunkenen Gästen demoliert gewesen seien, habe ihr Weg bald vom Hellen ins Dunkle, bald vom Dunklen ins Helle geführt. Er habe das Mädchen während des Höher-Steigens nicht ein einziges Mal angeschaut, er habe sich, den Blick zu Boden gesenkt,

nur dem Gefühl hingegeben, im Alleinsein nun doch nicht allein zu sein. Dieses Gefühl habe jenem geglichen, das man empfinde, wenn man in einem leeren Zimmer sitze, vor sich hinstarre und nebenan, hinter der bloß angelehnten Tür, einen fremden und doch wieder nicht ganz fremden Menschen wisse. Geborgenheit sei das zwar nicht, aber doch Glücks genug, um nicht verzweifeln zu müssen.
Er sei wie vor den Kopf gestoßen gewesen, als sie mit einem Mal vor der Zimmertür gestanden seien, als das Mädchen diese geöffnet und das Licht angeknipst habe. Einen Moment lang sei er unschlüssig auf der Schwelle gestanden, mit gesenktem Kopf. Sein Koffer sei ihm schwer in der Hand geworden, und er habe sich daran erinnert, daß er noch am Vortag in Tratten gewesen war und in nicht allzu ferner Zukunft irgendwo, irgendwo anders sein werde. Da habe er den Blick des Mädchens auf sich gespürt und gewußt, daß es kein Stehenbleiben gebe, daß er, wie er nun eingetreten, ein anderes Mal werde fortgehen müssen. Das Zimmer sei hell vor ihm gelegen, mehr lang als breit, und im ersten Moment habe er das in der Mitte stehende Mädchen bloß als dunklen, undeutlichen Fleck wahrgenommen. Dann habe er ihr Gesicht gesehen, zum ersten Mal, wie er gedacht habe, und er habe ihre Augen gesehen, und etwas sei ihm in diesem Gesicht zu viel gewesen, anders könne er es nicht ausdrücken, das Lächeln vielleicht, mit dem sie ihn angelacht, die Bewegung des Kopfes, mit der sie ihn zum Eintreten aufgefordert habe. Unschlüssig habe er einen Schritt gemacht und dann noch einen. Seine Hände und Füße seien ihm überflüssig vorgekommen, alles an ihm sei ihm zu schwerfällig, zu ungeschlacht gewesen. Um irgend etwas zu tun, habe er seinen Koffer neben das Bett gestellt. Das Bett sei ja gleich neben der Tür gestanden. Ohne den Koffer, mit freien Händen habe er sich noch unsicherer gefühlt, nicht im Denken, sondern körperlich. Er habe zu schwanken geglaubt. Wenn man wolle, könne man seinen Zustand in diesem Augen-

blick eine warme, glückliche Betrunkenheit nennen. Das Mädchen habe sich, wie er aus den Augenwinkeln gesehen habe, umgedreht und am Waschtisch, der am Fußende des Bettes aufgestellt gewesen sei, zu schaffen gemacht. Jetzt sei er mit schnellen Schritten durch das Zimmer gegangen, wie ein Dieb sei er hinter dem Rücken des Mädchens durch das Zimmer gehuscht und ans Fenster getreten. Während er, das Gesicht an die kalte Scheibe gepreßt, auf die dunkle Straße hinuntergeschaut habe, sei ihm immerfort der Gedanke durch den Kopf gegangen, daß er die Zimmertür nicht abgeschlossen, sondern offengelassen habe. Warum hast du offengelassen, habe er gedacht, du hättest zumachen müssen, habe er sich vorgeworfen, und die Unruhe habe ihn schließlich gezwungen, zur Tür zurückzugehen, um sie zu schließen. Auf dem Weg dorthin habe er das Bild der Straße vor Augen gehabt, wo sich das Nieseln in einen schweren Regen verwandelt gehabt hatte. Die Finsternis habe sich mit dem Regen zu einer einzigen schwarzen Masse verbunden. Die gegenüberliegenden Häuser seien kaum zu erkennen gewesen. Das Geräusch der am Boden aufschlagenden Tropfen, das er bislang nicht wahrgenommen habe, sei ihm nun schmerzlich zu Bewußtsein gekommen. Als er die Tür ins Schloß gedrückt habe, sei ihm unwillkürlich das Wort »So!« entfahren. Das sei das erste Wort gewesen, das er seit dem Verlassen der Wirtsstube gesprochen habe, und das Mädchen habe daraufhin zu lachen begonnen. Es sei kein lautes, nein, im Gegenteil, ein ganz leises, unterdrücktes Lachen gewesen, und doch habe es ihm in den Ohren gedröhnt. Sein Kopf sei heiß, sein Mund sei heiß und trocken geworden, und langsam, unendlich langsam habe er sich dann umgedreht. Da sei das Mädchen wieder in der Mitte des Zimmers gestanden, auf dem roten, abgetretenen Läufer und habe mit den Händen ihr Kleid, ihr grünes Kleid glattgestrichen. »Gefällt Ihnen das Zimmer?« habe sie ihn gefragt, und er habe nach langer Pause bloß Ja gesagt und Ja und Ja Ja. Dabei habe er das Mädchen angeschaut, nein, angestarrt, er habe sich nicht helfen können, und es habe auch nichts genützt, daß er gedacht habe, so darfst du nicht schauen! Reglos sei er dagestanden, und sein Herz sei ein schwerer Klumpen in seiner Brust gewesen, und den Regen draußen habe er gegen das Fenster schlagen hören. Als das Mädchen dann zum Bett gegangen sei und die karierte Überwurfdecke zurückgeschlagen habe, unter seinen Augen, direkt unter seinen Augen, da habe er zum letzten Mal versucht, wieder zur Besinnung zu kommen. Sie ist ein Kind, habe er gedacht, sie ist ja noch ein Kind, und dieser Gedanke sei allein schon dadurch paralysiert worden, daß er auf ihren hellen, zum Dunkel des Haares kontrastierenden Nacken gestarrt habe. Plötzlich sei eine große Wärme in ihm aufgestiegen, er habe sich schwach und hilflos gefühlt, habe sich vorgebeugt, weit vorgebeugt und seine Hände um ihre Hüften gelegt. Sie habe sich nicht gerührt, habe nichts gesagt, nur weiter das Leintuch gespannt und geglättet. Dieses Erdulden der Berührung habe ihn vollends seiner Beherrschung beraubt. Das Zimmer sei ihm mit einem Mal viel zu niedrig gewesen, viel zu eng wie auch seine Kleider, wie auch sein Kopf. Er habe geglaubt, warmes Wasser an seinem Gesicht herabrinnen zu spüren. Es sei nicht in hastiger Gier, sondern mit der Schwerelosigkeit einer an Ohnmacht grenzenden Müdigkeit geschehen, daß er das Mädchen zu sich herumgedreht und mit seinen Armen umschlungen habe. Da sei ihr Atem an seinem Hals gewesen, klein und warm, und laut und drohend habe er jetzt wieder das Schlagen des Regens gehört. Auch sei ihm die Wirtin in den Sinn gekommen, und er habe Angst vor ihr empfunden wie vor der ganzen Welt. Du bist wahnsinnig, du bist ja verrückt, habe er gedacht und doch nicht von der Umarmung abgelassen; um so weniger, als sich das Mädchen nicht gewehrt, sondern sich an ihn angeschmiegt habe. Als er ihre Berührung nicht erwidert habe, habe sie leise zu lachen begonnen, sie habe ihn ausgelacht, ja, so habe er es empfunden. Eine kalte Ruhe habe sich daraufhin, von seinem Kopf ausgehend, in ihm ausgebreitet, er habe seine Arme von den Schultern des Mädchens gelöst, mit einer schnellen Bewegung das Licht ausgedreht und gesagt, sie solle sich ausziehen. Dann habe er gehört, wie sie sich im Dunkeln ausgezogen, sich Stück für Stück ihrer Kleider entledigt habe, und auch er habe sich entkleidet. Ein wenig habe ihn zu frösteln begonnen, es sei nämlich, entgegen seiner früheren Wahrnehmung, im Zimmer kalt, eiskalt gewesen. Das Mädchen sei zu seinem Erstaunen vor ihm ins Bett gestiegen, ganz selbstverständlich habe sie die Decke heraufgezogen und auch ihn, als er gefolgt sei, damit bedeckt. Als sie nun eng aneinandergepreßt in der Finsternis gelegen seien, habe er plötzlich mit lauter Stimme gefragt, ob ihr denn von ihrer Mutter, der Wirtin, das alles angeschafft worden sei. Dieser Verdacht sei schlagartig in ihm aufgestiegen, weil er aus der Dunkelheit heraus das fette Gesicht der Wirtin auftauchen zu sehen geglaubt habe. Nein, nein, habe das Mädchen geantwortet und sich an ihn gedrückt. Da habe er den Geruch ihres Haares gerochen und den Druck ihrer Fingernägel an seiner Hüfte gespürt, da sei er nicht länger groß gewesen und sie nicht länger klein, sie seien einig gewesen, er könne es nicht anders ausdrücken, kein Kampf, keine Angst, kein Hindernis. So mochte eine lange Zeit vergangen sein, er wisse es nicht. Er habe weder geschlafen, noch sei er wach gewesen, er habe sie bloß neben sich gespürt und gedacht, daß er jetzt gut aufgehoben sei, und obwohl er sie begehrt habe, sei er reglos gelegen wie ein Stein im Wasser, und manchmal habe er vermeint zu fliegen oder zu schwimmen durch ein nachgiebiges, duftendes Element. Er sei glücklich gewesen, doch stärker als die Empfindung des Glücks sei die Angst vor dem Verlust dieses Glückes gewesen. Obwohl er sich bewußt gewesen sei, daß das, was eben geschah, nur einmal geschehen könne, nur diese eine Nacht, und daß Worte wie Liebe oder Dauer unzutreffend

und sinnlos, vollkommen sinnlos waren, sei ihm doch die Firma in den Sinn gekommen und die Baustelle am Gerrbach und die Tatsache, daß er unweigerlich wieder versetzt, abkommandiert werden würde und Gerungs über kurz oder lang werde verlassen müssen. Er habe all die Orte und Baustellen vor sich gesehen, die vergangenen, an denen er gewesen war, durch die er getrieben worden war, und die zukünftigen, an denen er sein würde, durch die er gehetzt werden würde als ein Mensch ohne Gewicht, ohne Ziel, als ein atmendes Irgendwas. Da habe er sich in seiner Furcht an das Mädchen gepreßt, draußen sei der Regen durch die Finsternis gestürzt, und er habe zu spüren vermeint, daß auch sie sich enger an ihn drücke, beide seien sie Angst gewesen, nichts als eine einzige Angst.
Irgendwann müsse er dann doch richtig eingeschlafen sein, denn er erinnere sich deutlich daran, daß er durch eine noch im Schlaf wahrgenommene Bewegung neben sich wach geworden sei. Als er die Augen aufgeschlagen habe, sei das Mädchen in dem trüb durch das Fenster einsickernden Morgenlicht reglos vor dem Bett gestanden. »Was tust du?« habe er gefragt, tatsächlich habe er »du« gesagt, und er sei ganz arglos gewesen. Doch noch ehe sie geantwortet habe, habe er schon gewußt, daß sie sich anziehen wollte, daß sie sich anziehen und fortgehen wollte aus dem Zimmer. Da sei die Angst, die er im Schlaf verloren habe, mit einem Schlag wieder über ihn gekommen, es sei nichts Vernünftiges in ihm gewesen, nur ein Nicht und ein Nein. Er sei aus dem Bett gesprungen, habe im Halbdunkel seine Hose gesucht, wahrscheinlich habe er sich anziehen, mit dem Mädchen fortgehen wollen, genau wisse er das nicht. Zufällig sei seine Hand in die Hosentasche geglitten. Zuerst habe er die Geldbörse in die Hand bekommen, und in einer momentanen Eingebung habe er dem noch immer reglos dastehenden Mädchen Geld hingehalten, mehrere Scheine. Doch sie habe bloß den Kopf geschüttelt, und die Traurigkeit, die aus dieser Geste gesprochen habe, habe

ihn bestürzt. Er habe das Geld wieder in die Börse, die Börse wieder in den Hosensack gestopft, wo er sein Taschenmesser ertastet und hervorgezogen, absichtslos hervorgeholt habe, wie ja alles, was gefolgt sei, das Aufklappen des Messers, das Zustechen, das Herausziehen und das Zustechen, das Zustechen, das, was jetzt Mord genannt und ihm als solcher vorgehalten werde, ohne Absicht geschehen, bewußtlos geschehen und ihm erst als Wirklichkeit erschienen sei, als er das Mädchen vor sich auf dem Boden habe liegen sehen. Er habe sich abgewandt. Er habe zu weinen begonnen. Es sei ein stilles, friedliches Weinen gewesen. Er habe sich angekleidet. Er sei aus dem Haus getreten, er sei durch die Straßen gelaufen, durch die noch morgendlich leeren Straßen von Gerungs, bis er den Gendarmerieposten gefunden und sich den Gendarmen mit den Worten gestellt habe, ja, ich bin schuldig, ich bekenne mich schuldig, ich nehme alles auf mich.

Drei Berichte

Nachher, die vollkommene Stille ist bestürzend. Selbst Arbeiter, die schon zehn oder zwanzig Jahre beim Autobahnbau sind, werden von der Stille, die nach großen Sprengaktionen eintritt, berührt. Für Neulinge ist der Moment nach der Sprengung, sind die Minuten, in denen alle gebannt zur Sprengstelle hinüberschauen und auf das Absetzen der Staubwolken warten, kaum zu ertragen. Obwohl die Stille, die kurz vor der Sprengung eintritt – der Sprengmeister hat noch einmal die exakte Anbringung der Donaritladungen überprüft und den Befehl, in Deckung zu gehen, gegeben –, sich tatsächlich durch nichts von der Stille nach der Sprengung unterscheidet, wird jedem doch sofort der Unterschied klar. Erfahrene Sprengmeister erklären diesen Unterschied aus der Anspannung der Nerven, aus dem gewaltigen Luftholen, wie sie sagen, VORHER, aus der augenblicklich eintretenden Erschöpfung, aus dem langen, glücklichen Ausatmen NACHHER. – Diesen Versuch einer Erklärung sollte man nicht ohne weiteres abtun. Die Sprengmeister sind, obwohl sie die Psychologie nie studiert haben, gute Psychologen. Sie wissen zum Beispiel ganz genau, welche Arbeiter sie für welche Arbeiten einsetzen können. Die unverläßlicheren werden für das Bohren der Löcher, die verläßlicheren für das Anbringen der Sprengladungen verwendet. Das Verbinden der Ladungen mit dem Zünder, das Auslegen der Zündschnüre ist einigen wenigen vorbehalten, doch selbst diese läßt der Sprengmeister nie aus den Augen. Die Berechnung der Sprengstoffmenge, der Brenndauer der Zündschnüre, also jene Überlegungen, die die Koordination der Einzelexplosionen zu jenem lawinenartigen Effekt, der Hochgehen genannt wird, bewirken, werden von ihm auch an den zuverlässigsten Arbeiter nicht delegiert. – Ob allerdings der vermeintliche Unterschied, den die Arbeiter zwischen

dem Zustand vor der Sprengung, dem naturhaften, wie man sagen möchte, und dem Zustand nach der Sprengung festzustellen glauben, tatsächlich nur auf einer Überforderung der Nervenkraft beruht, wie es die Sprengmeister darstellen, muß dahingestellt bleiben.
Im Baulos Acht schneidet die projektierte Autobahntrasse quer durch einen steil zum Talboden hinunter abfallenden, nasenartig vorspringenden Felskamm. Von oben betrachtet, bildet sein am weitesten hinausragender Teil eine Art von Kanzel, die, da das Gelände ringsherum trotz des beträchtlichen Gefälles von dichtem Nadelwald bestanden ist, als nackter, baumloser Felszacken besonders ins Auge sticht. Hinter dieser Kanzel, hangwärts, wo sich das Gelände zu einem Sattel einwölbt, der allerdings für das freie Auge kaum erkennbar ist und erst durch geodätische Messungen festgestellt wurde, soll die Autobahntrasse durchgeführt werden. Die Probebohrungen der Geologen haben an dieser Stelle die günstigsten Werte in Hinsicht auf Härte des Gesteins, Schichtenlagerung usf. ergeben. Die Felskanzel soll nach den Plänen der Ingenieure die Autobahntrasse turmartig flankieren und eine natürliche Hangsicherung bewirken. Probleme, die durch das sogenannte »Wandern« der Gesteinsmassen gerade im Baulos Acht immer wieder aufgetreten sind, sollen dadurch auf billige, weil auf von Natur aus schon Bestehendes zurückgreifende, den Plänen der Ingenieure ideal entsprechende Weise aus der Welt geschafft werden.
Um sechs Uhr früh zerreißt das Knattern der Motorsägen die Stille des Waldes. Dort, wo die Autobahntrasse verlaufen soll, wird eine Schneise geschlagen. – In der Früh ist der Himmel von einer scharfen, silbrigen Kälte. Die Talniederung ist von Nebel erfüllt. Im steil abfallenden Gelände um die Kanzel kommen die Holzarbeiter nur langsam vorwärts. Von ferne klingt das häßliche Kreischen der Motorsägen wie ein helles, an- und absteigendes Singen. Hilfsarbeiterpartien zu zehn Mann bringen die

Stämme zu der weiter talwärts gelegenen Verladestelle. Alles muß händisch gemacht werden. Die Steilheit des Geländes erlaubt den Einsatz von Zugmaschinen nicht. Den ganzen Tag über ist der Wald von Arbeitslärm erfüllt. Die Lichtung, die die Holzarbeiter aufreißen, nimmt allmählich die von den Ingenieuren vorbestimmte Form an. In der Mittagshitze duftet das Harz. Die schweren, holzbeladenen Lastwagen schleichen auf einer schmalen, von Schubraupen in kürzester Zeit geschaffenen Behelfsstraße zu Tal. Infolge der herrschenden Trockenheit ziehen sie lange, weiße Staubfahnen hinter sich her. Die durch Zeitknappheit nervös gemachten Ingenieure schreien mit den Arbeitern herum.
Das nackte, von frischen Baumstümpfen übersäte Gelände zeigt unter einer dünnen, nadeligen Humusschichte das blaßgelbe, von unregelmäßigen dunkleren Bändern durchzogene Gestein. Der Sprengmeister geht mit den Geometern immer wieder das Gelände ab. Durch in den Boden geschlagene, rot überpinselte Pfähle wird das Sprengfeld abgesteckt. Die Geometer weisen den Sprengmeister auf diese und jene Besonderheit der Gesteinsformation hin. Von den Geologen ist das Gestein als stark verworfener Triaskalk identifiziert worden. Das aus den Baumstümpfen quellende Harz ist von toten Insekten bedeckt. Auf der Felskanzel drüben haben sich ein paar Vögel niedergelassen. Dohlen, sagt einer der Geometer. Mächtig gebankte Triaskalke, sagt ein anderer, auf das Gestein weisend. Die Arbeiter werden in Ermangelung von anderer Arbeit mit dem an sich sinnlosen Zusammenklauben der abgehackten, von den Holzpartien zurückgelassenen Äste beschäftigt. Der Sprengmeister schreit mit einem von ihnen, um vor den Geometern seine Autorität zu beweisen. Früher haben die Bäume mit ihrem Astwerk den Himmel verdeckt und das Gelände in ewige Dämmerung getaucht. Jetzt grenzen die gelben, an der Geländekante vollkommen nackten Gesteinsmassen hart an das kalte

Blau des Himmels. Die Bankung des Gesteins in etwa fünf Meter breite, schräg gegen das Erdinnere zu verlaufende Schichten tritt klar zu Tage. Kleine Gerinne – Sikkerwasser, sagen die Geologen – glänzen in der Sonne. Die Arbeiter tragen die Äste auf Haufen zusammen und spukken hin und wieder aus.
Am Morgen sind die Preßluftbohrer zum Sattel hinaufgetragen worden. Jetzt, es ist etwa acht Uhr, müht sich der Sprengmeister mit seinen Leuten damit ab, den schweren Kompressor über den Steilhang heraufzubringen. Seilwinden und Flaschenzüge werden eingesetzt. Das Winseln der Ketten und Seile, die bis zum Zerreißen gespannt sind und dort, wo sie am Boden aufliegen, in diesen allmählich bis auf den Fels einschneiden, wird vom Wind fortgetragen. Der Sattel tritt im Sonnenlicht scharf gegen das Dunkel des weiter hinten stehenden, unversehrten Waldes kontrastierend aus dem Gelände heraus. Wenn man der leichten Krümmung seiner Begrenzungslinie gegen Wald und Himmel langsam mit den Augen folgt, erscheint er einem beinahe wie etwas Lebendiges. Die Arbeiter, die in der Früh ein paar Flaschen Bier im Boden vergraben haben, holen sie in der Pause aus den Erdlöchern heraus. Das Bier hat die Kälte des Steins. Der Sprengmeister, der sich selbst keine Pause gönnt, reißt, wie es in der Fachsprache heißt, inzwischen die Bohrlöcher an. Mit Löschkalk, den er in einem Kübel mitträgt, bezeichnet er die Punkte. Immer wieder vergleicht er mit seinem Plan. Die Arbeiter verstehen bei einem Blick auf den Plan nicht, daß das, was dort dargestellt ist, mit dem vor ihnen liegenden Gelände identisch sein soll. Die Dohlen lassen sich hunderte Meter über dem milchig-grün in der Sonne liegenden Talboden von den Strömungen des Aufwindes treiben. Nachmittags wird der Kompressor angeworfen. Sein Brüllen übertönt beinahe das harte Schlagen der Gesteinsbohrer. Wenn die Arbeiter in der Dämmerung zu den Baracken hinuntersteigen, wo sie schlafen, sind sie fast

taub. Im Mondlicht wirft der Sattel einen parabolischen Schlagschatten auf das umliegende Gelände. Das Gestein der Felskanzel leuchtet wie von Scheinwerfern bestrahlt weiß. Infolge der Schwierigkeit des Terrains ist Arbeit in Nachtschichten nicht möglich.
Während die einen die Preßlufthämmer zu Tal bringen, schaffen die anderen den Sprengstoff herauf. Die Donaritkisten werden, so gut es die Neigung des Geländes erlaubt, aufeinandergestapelt. Der Sprengmeister kontrolliert laufend ihre Zahl. Zuletzt wird der Kompressor abgeseilt. Der Regen, der in der Nacht niedergegangen ist, hat den Humus fast zur Gänze abgeschwemmt, sodaß das Gestein nun überall zu Tage tritt. Das Anbringen der Sprengladungen geht infolge der Erfahrung, die die Arbeiter in hunderten Fällen schon erworben haben, schnell vor sich. Die Unverläßlichen und die Neulinge heben unterdessen einen Deckungsgraben aus. Mit Brechstangen lockern sie das am Vortag angebohrte Gestein. Aus Baumstämmen wird ein Schutzwall gebaut, der mit den ausgehobenen Erd- und Gesteinsmassen verstärkt wird. Der Unterstand liegt gute fünfhundert Meter vom Sprengfeld entfernt. Während der Sprengmeister ein letztes Mal die sachgemäße Anbringung der Sprengladungen überprüft, gehen die Arbeiter in den Unterstand. Da die umliegenden Gebiete unwegsam und nicht besiedelt sind, erübrigt sich die Aufstellung von Warnposten. Der eine oder andere Arbeiter schaut auf seine Uhr. Die Bedeutung des Verrinnens der Zeit wird jedem bewußt. Der Sprengmeister geht, immer wieder zum Sprengfeld zurückblickend, langsam auf den Unterstand zu. Die nackten Gesteinsmassen, aus denen sich der Sattel aufbaut, liegen in der Spätnachmittagssonne da wie tot. Haufenwolken treiben über den Himmel und werden vom Wind zu den verschiedenartigsten Gestalten verformt. Die dämmrige Luft im Unterstand hat Farbe und Konsistenz des Harzes. Das Gestein des Sattels bildet eine mattgelbe, ungegliederte, leblose Masse.

Nach der Zündung, beinahe im selben Augenblick, steigt der früher eingewölbte Sattel auf wie ein Katzenbuckel. Das ungeheure Getöse nimmt man, weil man entgegen dem Befehl des Sprengmeisters mit dem Kopf nicht in volle Deckung gegangen ist und den Blick unverwandt auf den Sattel gerichtet hat, kaum wahr. Die Kraft, die einen Moment lang aus den muskelgleich sich aufwölbenden Gesteinsmassen gesprochen hat, löst sich schlagartig in nichts auf. Das Gestein zerplatzt. Unwillkürlich denkt man an das Zerschellen einer Woge. Der Luftdruck wirft einen zu Boden. Unfern schlagen schwere Gesteinstrümmer ein. Wenn man später, wie aus einem Traum, wie aus einer Betrunkenheit erwacht, seinen Blick auf das Sprengfeld richtet, zittert der Staub in der plötzlich eingetretenen Stille. Der früher dumpfe, unterirdische Schmerz ist jetzt in helle, schreiende, bis an den Irrsinn heranreichende Qual verwandelt.

In unmittelbarer Nähe des Bahnhofes befindet sich der Schlachthof. Um den klaglosen Antransport des Schlachtviehs zu gewährleisten, hat man den Schlachthof gleich neben der Bahn erbaut. Aus dem Schlachthof hört man den ganzen Tag das Schreien der Tiere. Der Lärm der an- und abfahrenden Züge kann dieses Schreien nicht übertönen. Während heutzutage fast ausschließlich Rinder und Schweine geschlachtet werden, sind früher auch Pferde am Schlachthof verarbeitet worden. Das Ansteigen des Wohlstands auf der einen, die von Tierschutzvereinen geförderte Entwicklung eines Mitleids, eines in seiner Beschränkung auf eine bestimmte Tiergattung eigentlich sinnlosen, jedenfalls verlogenen Mitleids auf der anderen Seite haben den Konsum von Pferdefleisch weitgehend zurückgedrängt. Je weniger Pferde geschlachtet werden, desto mehr Rinder, desto mehr Schweine, insbesondere Schweine, müssen zur Bedarfsdeckung herangezogen werden.

Wenn man am Bahnhof auf seinen Zug wartet, wird man durch das andauernd vom Schlachthof herüberdringende Tiergeschrei irritiert. Während aus den auf einem Rangiergleis stehenden Viehwaggons das Muhen der Rinder, das Grunzen der Schweine dringt, so schallt aus dem Schlachthof das Brüllen der Rinder, so gellt aus dem Schlachthof das Quieken der Schweine herüber. Je länger man am Bahnhof wartet, desto eindeutiger kann man die verschiedenen Tierschreie unterscheiden. Es nützt nichts, wenn man zurück in die Kassenhalle oder in den Warteraum hinein geht, um das Schreien nicht länger hören zu müssen. Es dringt überall hin. Die Eisenbahner, die hier Dienst machen, hören das Geschrei der Tiere freilich nicht mehr, das heißt, sie hören es schon, aber es bleibt bei der bloßen Wahrnehmung. Auf diesen Tatbestand hin angesprochen, verweisen die Eisenbahner auf die Abhärtung der Schlächter, die im Zentrum des Lärms arbeiten und sich nicht darum kümmern. Sie erzählen eine Anekdote, die von einem Schlächter berichtet, der sich einen Finger abgehackt und trotzdem ungerührt weitergearbeitet haben soll. In der Mittagspause kommen die Schlächter öfter in die Bahnhofsrestauration herüber und trinken dort mit den Eisenbahnern Bier. Während die einen nur Schweine schlachten, schlachten die anderen nur Rinder. Einen guten Schlächter erkennt man an seiner sauberen, blau-weiß gewürfelten Leinenmontur. Da ist kein Spritzer Blut zu sehen. Eine in der Bahnhofsrestauration über dem Stammtisch der Schlächter, der spaßhalber »Schlachtbock« genannt wird, hängende, eingerahmte Photographie zeigt die Schlachtburschen auf dem ungepflasterten Schlachthof. Vor dem dunklen, maulartig sich hinter ihnen öffnenden Hallentor zeichnen sich ihre Gestalten in den hellen Monturen gut ab. Durst und Hunger der Schlächter sind groß. Daher sind sie in der Bahnhofsrestauration gern gesehen.

Wochentags ist auf dem Bahnhof nicht viel Leben. Außer

den Pendlern, die im Morgengrauen zur Arbeit fahren und abends wieder zurückkehren, sieht man kaum Reisende. Am Freitag bietet der Bahnhof ein anderes Bild. Aus den umliegenden Gebieten, wo zur Zeit große Bauvorhaben ausgeführt werden, strömen die Arbeiter, die oft von weit her zu Hause sind, am Bahnhof zusammen. Jeder Autobus, der auf dem staubigen Platz vor dem Bahnhof einfährt, bringt einen neuen Schwung. Die Arbeiter sind von den Anstrengungen der Woche übermüdet. Am Freitag wird nur bis drei Uhr gearbeitet. Dann ist Auszahlung. Schon beim Anstellen vor der Zahlmeisterbaracke kommt gute Stimmung auf. Das gründliche Waschen, das Vertauschen der Arbeitsmontur mit sauberen Kleidern macht die Arbeiter übermütig. In der Waschbaracke drängt sich alles vor dem Spiegel. Am Bahnhof treffen die Gruppen von den verschiedenen Baustellen zusammen. Die Bahnhofsrestauration ist überfüllt. Der Wirt, der sonst meist untätig in der Tür lehnt, trägt eine Kiste Bier nach der anderen hinter die Schank. Wenn es nach ihm ginge, müßten die Arbeiter das ganze Wochenende hier am Bahnhof verbringen. Die Gespräche der Arbeiter drehen sich meist um die erhaltene Löhnung, um das, was man dafür kaufen wird, um Frauen, um die Vorgesetzten usf. Die kroatischen Arbeiter aus dem Südburgenland finden sich an einem Tisch zusammen. Die Eisenbahner beneiden die Arbeiter um ihre gute Löhnung. Die Arbeiter laden die Eisenbahner auf ein Bier ein.

Ein Bauarbeiter, der freitags nicht in die Bahnhofsrestauration gehen würde, wäre als Eigenbrötler abgestempelt und würde ausgespottet. Daher findet man am Bahnhof keinen, in der Restauration alle Arbeiter. Jeder Sessel ist besetzt, ja, man muß Glück haben, wenn man einen halbwegs ruhigen Stehplatz finden will. Erst wenn nacheinander die verschiedenen Züge einfahren, kann man sich ein bißchen rühren. Gruppenweise erheben sich die Arbeiter von ihren Plätzen und besteigen diesen oder jenen Zug.

Die Kroaten besteigen einen Zug, der nach Oberwart fährt. Von dort aus fahren sie mit Autobussen in ihre Heimatgemeinden. Wenn die Arbeiter die Restauration verlassen, sind sie meist schon stark angeheitert. Der Bahnhofsvorstand fühlt sich, obwohl man die Harmlosigkeit dieser Menschen auf den ersten Blick erkennt, bemüßigt, den einen oder anderen abzumahnen. In den Aktentaschen, die sie, wenn sie leer sind, zusammengerollt unter den Arm geklemmt tragen, nehmen die Arbeiter noch ein paar Flaschen Bier für die Fahrt mit. Im Zug ist das Bier teurer. Außerdem haben viele Züge gar kein Buffett. Durch das Ankommen der Züge zu verschiedenen Zeiten hat sich unter den Arbeitern in der Restauration eine gewisse Ordnung herausgebildet. Jene, deren Zug als erstes kommt, sitzen gleich bei der Tür. Die Gruppe, die als letzte abfährt, hat ihren Stammplatz in der Tiefe des Raumes. An sich ist alles in der Restauration von ausgesuchter Häßlichkeit. Der geölte Fußboden ist von Zigarettenstummeln übersät. Das spärliche Mobiliar ist verdreckt. Die Tische, auf denen keine Tischtücher aufgelegt sind, kleben von eingetrockneten Bierlachen. Der Wirt tut nichts zur Verbesserung der Zustände. Jeden Freitag legt er frische Bierdeckel, die er von der Brauerei geschenkt bekommt, auf die Tische. Die Arbeiter kümmern sich nicht darum, wie es in der Restauration ausschaut. Manchmal, wenn das Bier zu warm ist, beschimpfen sie den Wirt, und er läßt es sich gefallen. Die Wände sind vom Zigarettenrauch dunkelbraun geworden. Vor ein paar Wochen hat der Wirt eine Musikbox aufstellen lassen. Ihre Wähltasten sind aus orange leuchtendem Bakelit. Die Arbeiter, die anfänglich eher mißtrauisch gegen den chromblitzenden Kasten gewesen sind, werfen nun eine Münze nach der anderen ein. Obwohl die Lautsprecher auf höchste Lautstärke eingestellt sind und die Arbeiter mit vom Alkohol laut gemachten Stimmen aufeinander einreden, ist das Geschrei der Tiere auch hier zu hören. Es scheint, daß das vom Schlachthof herüberdringende Tiergeschrei vom Lärm der Menschenstimmen und der Musikbox eher verstärkt als abgeschwächt wird. Nachdem die Arbeiter mit Bier den ärgsten Durst gelöscht haben, bestellen sie Schnaps. So schnell wie der Wirt, dessen Gesicht von Alkoholexzessen und Schlaflosigkeit aufgedunsen ist, einschenkt, kann man nicht schauen. Die Arbeiter kippen die Schnäpse und werfen immer wieder Münzen in die Musikbox. Während sich seine aufgesprungenen Lippen andauernd bewegen, bilden Augen und Tränensäcke im Gesicht des Wirtes eine starre, gallertige, beinahe leblose Masse. Man muß sich das Schreien der alkoholisierten Arbeiter, das Dröhnen der Musikbox und das vom Schlachthof herüberdringende Schreien der Tiere vorstellen, man muß sich alle diese Geräusche von äußerster Intensität vorstellen, um ein richtiges Bild von den atmosphärischen, nervlichen Zuständen in der Bahnhofsrestauration zu haben. Je länger die Arbeiter in der Restauration sitzen, desto öfter werfen sie ein und dieselbe Platte in der Musikbox ein. Oft wird zehn-, fünfzehnmal hintereinander dieselbe Platte gespielt. Meist spielen die Arbeiter »Du bist wieder da« oder »Ramona« oder etwas in dieser Art. Je länger man sich in der Restauration aufhält, desto durchdringender scheint einem das vom Schlachthof herüberdringende Tiergeschrei zu sein. Die wochenlange Enthaltsamkeit und der Alkoholgenuß steigern das Verlangen der Arbeiter nach Frauen bis zur Gier. Der Wirt zerreißt, um einen schweinischen Witz zu demonstrieren, eine grellrote Bierreklame. Während die Arbeiter gespannt seinen Bewegungen folgen, erscheint plötzlich sein wurmförmiger, behaarter Finger im ausgefransten Schlitz des zerrissenen Papiers. Die Arbeiter schreien vor Lachen. Der Wirt läuft mit der Flasche von Tisch zu Tisch und schenkt nach. Wenn ein Arbeiter von seiner Frau erzählt, wird er aufgefordert, alles genau zu beschreiben. Die Köpfe der Feiernden sind vom Schnaps und vor Erregung gerötet. Wenn der Wirt ein

Fenster aufstößt, um ein bißchen frische Luft hereinzulassen, gellt einem das Schreien der Tiere in den Ohren. Das Pfeifen der einfahrenden Züge veranlaßt die Arbeiter zum Zahlen. Unter Geschrei und Gelächter drängen sie aus der Restauration auf den Bahnsteig. Das Schreien der Tiere aus dem Schlachthof steigert sich während des Verlassens der Restauration, während des Besteigens des Zuges, während der Ab- und der darauffolgenden Vorbeifahrt am Schlachthof.

Vor einigen Tagen erhielt ich zwei Briefe. Ich war erstaunt, etwas anderes als Reklamesendungen in meinem Postkasten vorzufinden. Ich war gar nicht erstaunt. Da waren zwei Briefe. Der eine stammte von einem Freund, einem ehemaligen Freund, von einem Bekannten, von dem ich schon lange nichts gehört hatte und der von mir schon lange nichts gehört hatte. Dieser blondhaarige, gutmütige, eher schwache als starke Mensch ist durch den Zeitablauf, der erst im Rückblick seine an Naturgewalten erinnernde Macht zeigt, immer weiter von mir, von der Welt, in der ich lebe, abgetrieben worden. Eigentlich war es nicht er, der sich fortbewegt hat, sondern ich, aber das ist ja nur für den Beginn von Belang und hat späterhin gar kein Gewicht mehr. Aus seinem Brief wurde mir deutlich, daß er offensichtlich annahm, ich befände mich immer noch an der Stelle, an der wir uns getrennt hatten. Sein Brief lautete:

Lieber Georg!
Gestern, als ich in einem Gasthausgarten bei einem Bier saß, bin ich durch einen auf der Straße vorbeigehenden Menschen an dich erinnert worden. Sein Gesicht, sein Gang, die Haltung des Kopfes – er ähnelte dir in allem. Beinahe hätte ich ihn schon angerufen, als er mir, wohl durch meine Beobachtung aufmerksam geworden, das Gesicht zu-

wandte. Jetzt erst sah ich, daß du es nicht warst, und lachte.
Wie geht es dir?
Ich bin, wie du aus dem Poststempel ersiehst, zur Zeit in Klagenfurt. Hier wird eine große Eisenbahnbrücke gebaut. Ich bin als Eisenbieger beschäftigt und verdiene sehr gut. Der Sprengdienst interessiert mich nicht mehr. Das war mir auf die Dauer doch zu gefährlich. Wenn meine Frau – du kennst sie ja gar nicht, wie mir jetzt einfällt – nicht so gegen die Arbeit beim Sprengen gewesen wäre, wäre ich wahrscheinlich noch dabei. Meine Frau ist in Wien, und wir sind, von meinen einmal im Monat möglichen Besuchen abgesehen, nur durch Briefe in Verbindung. Die Trennung macht mir zwar nichts aus, aber ich hätte die Maria doch lieber bei mir. Du kannst dir schon denken, warum! – So wohne ich halt in einer Baracke mit dreißig Mann. – Andererseits spare ich auf diese Art auch ein bißchen Geld.
Wir arbeiten hier in Tag- und Nachtschichten. In der Nacht hast du fünfzehn Perzent Aufschlag. Dazu gibt es Akkordlöhne. Wohnen ist frei. Essen gibt es in einer Art Werksküche. Ein Schlangenfraß, aber man kann viel Geld sparen. Bei der Arbeit kommt man ziemlich dran. Wegen der erforderlichen Genauigkeit müssen wir alles händisch biegen. Am Abend juckt dich überall der Eisenstaub und der Rost. Wenn ich frei bin, gehe ich meist in das Wirtshaus, von wo ich dir jetzt schreibe. Hin und wieder wird es schon ein ordentlicher Rausch. Im allgemeinen trinke ich weniger als früher, weil ich sparen muß.
An unserem Projekt arbeiten etwa tausend Leute. Wir Hilfsarbeiter müssen weiße Sicherheitshelme tragen, so ähnlich wie in Scharnitz. Die Professionisten haben grüne, die Ingenieure gelbe Helme. So erkennt man gleich, wen man vor sich hat. Ich arbeite in einer Partie. Wir sind gut aufeinander eingespielt. Wir sind fünf Mann, alles Burgenländer. Einen kenne ich noch von der Schule in

Deutschkreuz. Ist dir vielleicht der Name HAMATER schon einmal untergekommen?
Nächste Woche habe ich wieder Kurzurlaub und fahre nach Wien. Da könnten wir uns treffen. Schreib mir, wo ich dich erreichen kann.
Schöne Grüße – Erwin.

Der zweite Brief stammte von der Bundespolizeidirektion Wien. In einer Sache, die schon länger gegen mich läuft, wurde ich wieder vorgeladen. Das Kuvert war gelb. Der Brief lautete:

Herrn / Frau / Fräulein
Georg Malej
Nordbahnstraße 27
1020 Wien

Ladung

Obgenannter, geboren 17. 6. 1945, wird ersucht, sich am 19. 3. 1972 um 11 Uhr in Zimmer 25, II. Stock, im unten gefertigten Amte einzufinden. Ausweispapiere (Reisepaß, Führerschein, I-Karte etc.) sind mitzubringen. Bei Nichterscheinen treten die Rechtsfolgen des Paragraphen 125 in Verbindung mit Paragraphen 210 ff. AVV in Rechtskraft.
Datum des Poststempels gez. Fornach, PPH

Nachdem ich beide Briefe gelesen hatte, ging ich ein wenig spazieren. Es war zehn Uhr vormittags. Der Tag streckte sich vor mir wie eine geöffnete, müde am Rücken liegende Hand, die darauf wartet, daß man etwas in sie hineinsteckt oder -sticht. Ich bin jetzt seit vier Wochen ohne Arbeit. Arbeit gibt es genug, aber ich will nicht mehr arbeiten. Mir ist alles zuwider. Selbst die Frauen, auf die ich eine Zeitlang ganz versessen war, lassen mich kalt.
Erwin werde ich nicht antworten, der polizeilichen La-

dung nicht Folge leisten. Das eine nicht aus Lieblosigkeit, das andere nicht aus Ungehorsam. Ich gehe herum und lasse die Zeit vergehen. Das ist alles, was mit mir vorfällt. Das ist alles, was vorderhand mit mir passiert.

Alben – unser Dorf

Man glaubt, daß wir, weil wir in einem Grenzgebiet beheimatet sind, viel über dieses und jenes, viel sowohl über die Umstände hier wie über jene dort auszusagen haben. Dem ist aber nicht so. Als Grenzbewohner sind wir weder der einen noch der anderen Sprache ganz mächtig. Da wir weder hier noch dort richtig beheimatet sind, leben wir auf ein kleines Territorium beschränkt in unserem Dorf.
Alben, so heißt unser Dorf, hat kaum hundertfünfzig Einwohner. Jeder ist mit jedem verwandt. Städter, die sich manchmal hierher verirren – meist sind sie zur Hauptstadt des Nachbarlandes unterwegs –, behaupten mit dem naiven, eigentlich aber verlogenen Idealismus, den sie allem, was auf dem Land lebt und besteht, entgegenbringen, wir seien eine einzige Familie. Wenn sie freundlich und von der Armut, die aus allem bei uns spricht, verlegen gemacht solche Behauptungen aufstellen, kann man ihnen nicht böse sein. Ihnen die wahren Sachverhalte erklären zu wollen, wäre ein sinnloses Unterfangen. Von den Umständen, unter denen wir leiden, sind sie entzückt. Unser Wirtshaus, ein dreckiges, verkommenes Loch, finden sie urig, unsere Nahrung, die in der Hauptsache aus Polenta und Speck besteht, bezeichnen sie als würzig und handfest, daß die Kinder bei uns nur mit Steinen und Fetzenpuppen spielen, kann sie zu Tränen der Rührung hinreißen.
Wir sind alles andere als eine Familie. Die Feindseligkeit und der Haß, mit der jeder jedem hier im Dorf begegnet, sind auf die Dauer kaum zu ertragen. Durch Armut und andere Gebrechen aneinandergefesselt, sind wir ohne Unterlaß einander ausgeliefert. Am liebsten würden wir übereinander herfallen und uns gegenseitig totschlagen. Wenn das Strafgesetz sagt, daß, wer in der Absicht, ihn zu töten, auf solche Art gegen einen Menschen handelt, daß

daraus dessen oder eines anderen Menschen Tod erfolgt, sich des Verbrechens des Mordes schuldig macht, so erfüllen wir tagtäglich das erste Tatbestandsmerkmal, die Mordabsicht spricht aus allem, was wir tun, wir sind – man braucht ja nur unsere Gesichter und Hände, unseren Gang, unsere Reden zu beobachten – potentielle Mörder.
Die Hauptursache dieser Zustände ist unsere sprachliche, nationale Vermischung. Etwa die Hälfte der Bewohner von Alben spricht Deutsch, ein Drittel Ungarisch, das verbleibende Sechstel Kroatisch. Verhielte es sich nun so, daß jene Hälfte tatsächlich deutscher, jenes Drittel tatsächlich ungarischer, jenes Sechstel tatsächlich kroatischer Abstammung wäre, tatsächlich Deutsch beziehungsweise Ungarisch beziehungsweise Kroatisch spräche, dann hätten die Feindschaft und der Haß wenigstens eine Grundlage, eine, wenn auch durch die Auswirkung ad absurdum geführte, zu verwerfende Berechtigung. Durch unsere lange Geschichte, durch das jahrhundertelange Zusammen-Gesperrt-Sein auf einem Fleck sind die einzelnen Gruppen aber vollkommen miteinander vermischt und verschmolzen worden. Allein die Familiennamen haben die ursprüngliche, sprachlich bedingte Prägung behalten. Sowenig wie einer von uns heutigen Albenern reines Deutsch spricht, Deutscher ist, sowenig ist ein anderer Ungar oder Kroate. Trotzdem fühlt sich eine Familie dorthin, die andere dahin gehörig und verfolgt die »Fremden« mit Haß. – Die Deutschen betrachten sich schon deshalb als überlegen, weil der Name unseres Dorfes, Alben, deutscher Herkunft ist. Außerdem stellen sie die Mehrheit. Die Ungarn wieder weisen über die Grenze, über die in sumpfigen Mäandern unweit unseres Dorfes sich schlingende Sark hinüber – dort erhebt sich inmitten einer Schar schmutzigweißer Häuser die Kirche von Szentmiklosch – und behaupten, daß Alben seit alters bloß ein Ableger von Szentmiklosch gewesen und als solcher den Grundherren, den ungarischen Herren von

Szentmiklosch steuerpflichtig gewesen sei. Am schlechtesten ist die Stellung der Kroaten. Zahlenmäßig unterlegen, seit eh und je auf die Taglöhnerei beschränkt, bewahren sie nur durch einen an Idiotie grenzenden Stolz ihre Eigenart, die wie die Eigenart der anderen beiden Gruppen eigentlich in nichts als ein paar lächerlichen Kleinigkeiten besteht, etwa wie man in der Kirche das Kreuz schlägt und wie man im Wirtshaus den Bierkrug in die Hand nimmt. Tatsächlich hassen die einen, indem sie die anderen hassen, nur sich selbst. Jene Eigenschaften, die ihnen an sich selbst widerwärtig sind, messen sie den anderen zu, die Vorzüge, die sie an sich zu erkennen glauben, wollen sie allein gepachtet haben.

Im äußeren Erscheinungsbild der Ortschaft ist von den inneren Unterschieden und Feindseligkeiten nicht viel zu merken. Alben ist ein Rundangerdorf. Um einen unregelmäßigen, annähernd kreisförmigen Platz, der teils von Schotter und Staub, teils von schütterem Gras bedeckt ist, stehen die Häuser. In alter Zeit, in den Jahrhunderten der Türkenkriege, wurde auf dem Anger bei Gefahr das Vieh zusammengetrieben. Jene ferne Epoche war unsere glorreiche Zeit. Eine der größten Entscheidungsschlachten gegen die aus dem Osten vorstoßenden Türkenheere wurde unweit unseres Dorfes in der versumpften Niederung der Sark geschlagen. Hinter dem Dorf erhebt sich ein von der Sonne verbrannter, mit ein wenig Gestrüpp bestandener Hügel. Wenn man von dort zum Fluß hinunterschaut – der Höhenunterschied mag etwa hundert Meter betragen – und sieht, wie sich hinter den Häusern von Szentmiklosch die dort sich ausbreitende Ebene in Dunst und Hitze verliert, so kann man sich die ungeheure Stille vor der Schlacht, das Geschrei der schließlich durch Schilf und Ried vorstürmenden Türken vorstellen, man glaubt die herrlichen Leiber ihrer Pferde durch die spiegelglatt dahinfließende Sark pflügen zu sehen, Gischt spritzt auf, Wolken von Pfeilen steigen blitzend aus der Au, kleine Fahnen flattern an den Lanzen der Reiter, immer neue Scharen brechen schreiend aus dem Gehölz hervor, alles scheint schon verloren, da stürmt plötzlich das christliche, abendländische Heer die diesseitigen Hänge hinab und in Fluß und Au beginnt ein furchtbares Ringen. – Alben, dieser Name hätte einen Wendepunkt in der Geschichte Europas bedeuten können, sagen die Gelehrten, die dann und wann an der Sark unten nach Kriegszeug aus jener Zeit graben. Die Türken sind aber besiegt worden. Der Name unseres Dorfes steht in den Geschichtsbüchern. Für unser Leben bedeutet es nichts.

Etwa in der Mitte des Dorfangers ist ein Brunnen. Zwei Eichen geben ein wenig Schatten. Dreckige, ewig schnatternde Gänse wälzen sich dort im Schlamm. Sonst regt sich oft stundenlang kein Laut. Mit dem großen Hoftor und den Stirnseiten der Langhäuser schauen die Höfe ringsum auf den Anger. Ein Streckhof liegt neben dem anderen. Den ganzen Tag sieht man auf dem Platz kaum einen Menschen. Die Männer und meist auch die Frauen arbeiten auf den Feldern, die Kinder gehen zeitig in der Früh nach Matlar, es liegt eine gute Wegstunde von Alben ab, dort ist die Schule. Nur die Alten, die Ausgedingleute halten sich tagsüber in den Höfen auf. Hin und wieder hört man von drinnen ein Schlurfen und Scheppern oder die Geräusche, die beim Holzhacken entstehen. Von der Kirche von Szentmiklosch dringt alle Stunden das Schlagen der Glokken herüber. Alben hat keine eigene Kirche, hat nie eine gehabt. Früher sind die Leute hie und da nach Miklosch zur Kirche gegangen, jetzt ist ihnen der Weg zu beschwerlich. Statt dessen gehen sie lieber nach Matlar, obwohl es dorthin weiter ist, aber in Matlar gibt es ein großes Wirtshaus mit einer Wurlitzerorgel. Selbst diejenigen, die sich hier in Alben als Ungarn bezeichnen, gehen nicht hinüber nach Szentmiklosch, sondern nach Matlar. Szentmiklosch ist rein ungarisch. Die Ungarn aus Alben werden dort nicht gerne gesehen, denn außer Tschokolon und Kössenem

können sie kaum ein Wort ungarisch. So lächerlich, wie ein Zwerghuhn unter richtigen Hühnern anzuschauen ist, so armselig wirken die Albener Ungarn unter denen von Szentmiklosch. Diese kommen nie nach Alben herüber. In Alben gibt es ja weder ein Geschäft noch sonst etwas, das den Weg verlohnen würde. Wenn sie etwas brauchen, was sie im Dorf selbst nicht haben, fahren sie lieber zwei Stunden nach Akśád, einem staubigen Landstädtchen in der Tiefebene. Eine Brücke über die Sark hat es nie gegeben. Die Furt, die in alter Zeit viel benutzt worden ist – das Wasser reicht einem dort kaum bis zur Wade –, gerät immer mehr in Vergessenheit. Zwischen den mächtigen Steinquadern, mit denen der Zufahrtsweg zur Furt gepflastert ist, wachsen Gras und Unkraut. Es bedarf keiner Mauern, um anzuzeigen, daß zwischen Alben und Szentmiklosch die Grenze verläuft.
An manchen Häusern ist über dem Hoftor der Hausname zu lesen. So heißt es bei einem Haus vulgo Sagmeister, beim anderen Gostilla. Bei vielen allerdings ist die Inschrift schon längst unter der Tünche verschwunden. Jährlich werden die Häuser bei uns mit Kalk getüncht. Für ein paar Wochen macht das Dorf einen sauberen Eindruck. Aber der Wind, der ständig aus der Tiefebene heraufweht, bedeckt alles bald wieder mit gelbgrauem Staub. Von dem lateinischen Wort ALBUS, ALBA, ALBUM für WEISS stammt jedenfalls der Name unseres Dorfes nicht her. Die beherrschende Farbe im Dorf ist ein helles, schmutziges Gelb. Die Erde, die Hausmauern und Dächer – sie sind teils aus altem, vergilbtem Stroh, teils aus billigen, schlechtgebrannten Ziegeln –, selbst die Blätter der Dorfeichen tragen diese Farbe. Kaum daß die frischen Blätter und Gräser im Frühjahr hervorgekommen sind, werden sie auch schon dürr und gelb. Im April sollte man die Augen Tag und Nacht auf das bißchen Grün richten, denn schon Anfang Juni ist es damit wieder vorbei. Im Sommer trocknet der Fluß beinahe aus, und man hört das Rascheln des

braun gewordenen Schilfes und den schrillen, immer wieder aus- und einsetzenden Gesang der Grillen. Die Schotterhänge, die von der Anhöhe, auf der unser Dorf liegt, sanft gegen die Sark hin abfallen, betritt man um diese Zeit besser nicht, denn sie wimmeln von Schlangen. Die Angst und der Abscheu, den diese Tiere um sich verbreiten, haben freilich weniger in ihrer tatsächlichen Gefährlichkeit als im jahrhundertealten Aberglauben ihre Ursache.
Auf der Schulter der Anhöhe, die beinahe parallel zum Fluß verläuft – einmal weiter gegen ihn vorspringend, einmal sich in weitem Schwung von ihm zurückziehend –, liegen die Felder. In der Hauptsache werden Mais und Weizen gebaut. Auf den fetteren Böden, wie sie sich in kleinen, zwischen den Hügeln im Westen des Dorfes eingestreuten Becken finden, können Erdäpfel und Rüben gepflanzt werden. Der Maisbau bildet die Grundlage für Geflügel- und Schweinezucht. Neben der Zucht in den Ställen wird auch noch eine Art von Weidewirtschaft betrieben. Jene Hügel im Westen, die als Ellender Wald bezeichnet werden, sind zum Teil von schütterem Eichenwald bestanden. Dorthin werden Schweine aufgetrieben, die in Eicheln und Gräsern ihr Futter finden. Diese Schweine sind durch die Bewegung muskulös gemachte Fleischschweine, jene der Stallzucht Fettschweine. Auf den Märkten draußen im Land werden immer mehr Fleischschweine gesucht, während die Preise für Fettschweine ständig im Sinken begriffen sind. Im Ellender Wald können aber kaum fünfzig Schweine ihr Futter finden. Seit Jahren ist man bemüht, die Züchtung von Fleischschweinen auch im Stall zu ermöglichen. Freilich gibt es Rassen, die auch im Stall ein gutes Fleischergebnis bringen. Zum Ankauf solcher Rasseschweine reicht aber bei uns Albener Bauern das Geld nicht. So sind wir gezwungen, bei den Monatsmärkten in Matlar, bei den Jahrmärkten in Schützen und in Wardein unsere Schweine zu niedrigen, lächerlich niedrigen Preisen loszuschlagen. Es ist bedrückend,

wenn man von weiten Reisen, wie sie jene nach Schützen und Wardein bedeuten, beinahe ohne Gewinn und im Bewußtsein zurückkehrt, daß man im nächsten Jahr aller Voraussicht nach mit noch weniger heimkommen wird. Die Schweine sind an unserem Elend unschuldig, gewiß, doch wenn man ihnen beim Fressen zuschaut und merkt, wie sie von Tag zu Tag immer fetter werden und sich schließlich in ihrem Koben kaum noch umdrehen können, möchte man am liebsten eine Hacke ergreifen und ihnen die rosigen Schädel einschlagen. Die Verbesserung der Weidewirtschaft im Ellender Wald ist unsere einzige Hoffnung.

Wenn man an klaren Tagen von seiner Höhe zur Sark hinunter, auf das Häusergewirr um den steil und spitz aufragenden Kirchturm von Szentmiklosch schaut, wird der Blick förmlich mit Gewalt in die Weite der Tiefebene hinausgezogen, fort, immer weiter fort bis an den Horizont, der selbst an solchen Tagen nicht als deutliche Linie erkennbar ist. Dort, an der äußersten Grenze, vermischen sich Himmel und Erde zu einer undurchdringlichen, dunstigen Masse, zu einer Art von heißem, wallendem Urstoff, der nicht Erde ist, nicht Luft und nicht Wasser. Es scheint, als würde am Rand draußen die Erde neu erschaffen aus Licht und Finsternis. Geschichten aus alter Zeit, die man manchmal auch heute noch erzählen hören kann, berichten von einem Ungeheuer, das in der Tiefe der Ebene wohnen soll und dessen Atem man an klaren Tagen an der Erdkimmung sehen könnte. Daran glaubt heute freilich nicht einmal mehr ein Kind. Es ist schwer, über die Dinge, die einen dauernd umgeben, hinauszusehen. Die meisten Tage hier in Alben sind aus Staub und Hitze gemacht. Wenn man am Ellender Wald oben ist, zieht man mit großer Anstrengung den Blick von der im Ungewissen verlaufenden Grenzlinie ab – Glück und Unheil liegen dort ungeschieden nebeneinander, so daß man das eine für das andere halten kann – und richtet ihn auf die ungarischen

Städtchen, die man über die Ebene verstreut erkennt. Da ist Akśád, scheinbar gar nicht weit von Szentmiklosch entfernt und doch zwei Stunden mit dem Wagen dorthin zu fahren, östlich davon, scheinbar in gleicher Entfernung wie Akśád von Szentmiklosch und tatsächlich viele Stunden dahin zu fahren, liegt Hodosch, eine große, mit ihren östlichen Vororten bereits im Dunst verschwindende Stadt. Im Westen von Akśád liegt Srem. Man erkennt das mächtige Häusergeviert des Klosters, um das sich dort die Ansiedlung gebildet hat. Vögel durchqueren den Luftraum in der Nähe und in der Ferne. Vom Süden, aus der Richtung, wo Keschmet liegt, ein winziges Dörfchen, kommen im Frühjahr die Zugvögel, Enten, Störche, Schwalben und Stare. Wir in Alben haben von den Staren wenig zu fürchten. Eine Tagreise nördlich, wo große Weinbaugebiete liegen, haßt man diese Vögel wie die Pest. In den sogenannten Starenjahren vernichten sie oft die ganze Ernte. Wenn uns die Vögel auch nicht erfreuen, so sind sie doch nicht unsere Feinde. Sie sind da, wie auch wir da sind. Während wir aber an den Ort gefesselt sind, ziehen sie bald südwärts, bald nordwärts. Wir sind weit davon entfernt, die Vögel um ihr Geschick zu beneiden. Sie stehen unter demselben Gesetz wie wir. – Solchen Überlegungen geben wir uns selten hin. Es ist nicht unsere Art, große Gedanken zu wälzen. Wenn man aber am Ellender Wald oben sitzt – die Schweine, deretwegen man eigentlich heraufgestiegen ist, suchen grunzend nach Eicheln und Wurzelstöcken und erfordern keine besondere Beachtung – und auf die Ebene hinausblickt, geschieht es beinahe von selbst, daß man solche Gedanken spinnt. Man denkt an die Schwalben, die sich in den Torbögen der Häuser aus kleinen Lehmkügelchen und Steinchen ihre Nester bauen, man sieht sie knapp vor einem Gewitter in der Sarkniederung kaum einen Meter über dem Boden dahinjagen, man hört ihre Stimmen den ganzen Abend durch bis in die Nacht. Man erinnert sich an den Lößfelsen, der auf dem Weg nach Höflein, südlich von Alben gelegen, aus den Schotterhügeln aufsteht, in dem die Segler, die Mauer- und Steinsegler, schwalbenähnliche Vögel, ihre Löcher gebohrt haben, worin sie die Brut pflegen. Erst denkt man immer an Schwalben und Segler, oder an die Störche, die man als weiße Punkte am Himmel gegen Norden oder Süden fliegen sieht, je nach der Jahreszeit. Die Eichen ringsum duften in der Hitze nach Harz und Öl. Man schaut gegen Keschmet und sieht die verschiedenfarbigen Streifen der Felder, die Staubstraßen und Zäune, und wenn es klar ist, die Rauchsäulen an den Kaminen der Häuser, die Hirtenfeuer im offenen Feld gegen Hodosch zu und das Leuchten der goldenen Kreuze am Sremer Kloster. Erst ist es immer die Wahrnehmung oder die Erinnerung, also wiederbelebte Wahrnehmung, bis man sich allmählich von den Dingen löst und träumt, ohne daß man sich bewußt würde zu träumen, ohne daß man das Gefühl hätte, eine Grenze überschritten zu haben.

Die Eichen im Ellender Wald sind uralt, und jede steht für sich. Wenn es auch Ellender WALD heißt, so ist es doch eigentlich kein WALD. Die Bäume verbinden sich nicht zu jener Einheit, die man gemeinhin WALD nennt. Das ganze Jahr über tragen die Eichen Blätter. Die im Herbst braun, rotbraun gewordenen entlassen sie erst, wenn die jungen, grünen schon hervorkommen. Niemals hat man eine Eiche ohne Blätter gesehen. Wenn der Herbstwind geht, fallen die Eicheln von den Ästen wie Hagel. Das im Frühjahr weiche, haarige Gras ist längst braungrau und struppig geworden. Unermüdlich durchwühlen die Schweine den Boden. Im Herbst beginnt das Schlachten, das den ganzen Winter andauert.

Von der Höhe des Ellender Waldes gelangt man in einer dreiviertel Stunde nach Alben, in einer dreiviertel Stunde nach Matlar. Der Weg, den die Leute für gewöhnlich benutzen, führt aber nicht über die Höhe, sondern durch einen jener Taleinschnitte, wo man ohne sonderliche Mühe eben dahingeht. Der Weg wird von Apfel- und Birnbäumen begleitet. Ihre Früchte sind roh kaum genießbar, sie werden für die Mosterzeugung verwendet. Zum kleineren Teil wird daraus ein starker, für fremde Zungen widerlich schmeckender Schnaps gebrannt. Wir Albener sind stolz auf unseren Schnaps, obwohl er wirklich nichts ist, auf das man stolz sein sollte. In der Brandzeit versinkt das ganze Dorf in ein dumpfes Delirium. Um diese Zeit ist die Ernte schon eingebracht, Arbeit gäbe es trotzdem genug, aber man hockt müde und untätig in der Stube herum. Da wir außer der Arbeit in Feld und Stall keine Beschäftigung, keinen Lebensinhalt kennen, tut sich, wenn wir dort keine Arbeit vorhaben, in der Früh der Tag vor uns auf wie ein Abgrund. Kaum daß die Kinder in die Schule fortgeschickt sind, versammeln sich die Männer im Preß- und Brennhaus. Es steht etwas außerhalb des Dorfes schon am Abhang zur Sark hin. Vom Westen her treiben riesige, schwarze Herbstwolken der Ebene zu. Der Boden, der noch vor kurzem heiß war wie ein Fiebergesicht, knackt nun vor Kälte. Die Vögel sind längst fort. Von Szentmiklosch sieht man nur den Kirchturm. Alles andere wird von Nebel bedeckt. Selbst die Sonne kann den Nebel nicht zerstreuen. Ihr Licht ist trüb, und man weiß nicht, ob es gegen Mittag geht oder gegen Abend. Der Luftraum über der Ebene, der sommers einen herrlichen, von kristallener Helle erfüllten Saal gebildet hat, ist in eine enge, diesige Kammer verwandelt. Schon von weitem tönt einem aus dem Preßhaus das Geschrei der Betrunkenen entgegen. Aus der Stumpfheit, in der man sich befindet, steht eine Gier auf, Flüche und Gelächter, und man beeilt sich zum Preßhaus zu kommen. Jeden Tag wird eine Schicht bestimmt, die während der Nacht das Brennen beaufsichtigt. Viele melden sich freiwillig dazu. Beim Brennen sind die Deutschen, die Ungarn und Kroaten gleicherweise beteiligt. Wie die Apfel- und Birnbäume allen gemeinsam gehören, so gehören auch Most und Schnaps allen Dorf-

bewohnern zu ungeteilter Hand. Es ist ein ungeschriebenes Gesetz, daß in der Brennzeit keine Streitigkeiten ausgetragen werden dürfen. Will einer dennoch Streit beginnen, so wird er von der Mehrheit einfach zusammengeschlagen und bewußtlos geprügelt. Er wird vor die Hütte geworfen und angepißt. Für drei Tage ist ihm der Eintritt ins Brennhaus verwehrt. – Obwohl der Branntwein rabiat macht, kommt es selten zu Streitereien. Jeder fürchtet die Strafe und die Demütigung, die damit verbunden ist.
In der Brennhütte wird kaum gesprochen. Ein großes Feuer wird unterhalten. In einer Ecke wird ständig Holz gehackt. Die älteren Männer bestimmen unter sich einen zum Brennmeister. Sobald der Vorlauf abtropft, wird gekostet. Allein vom heißen Schnapsdampf wird man sofort betrunken. Jeder trinkt soviel er kann. Das Trinken ist eine Art von stillem, grausamem Wettkampf. Manche können sich bald nicht mehr erheben. Sie bleiben mit ausdruckslosen Gesichtern am Boden liegen. In der Hütte stinkt es nach Schnaps und Erbrochenem. Die Hitze läßt die Gesichter rot anschwellen. Draußen heult der Sturm. Wenn man vor die Hütte tritt, sieht man im Mondlicht die schwarzen, aufgepeitschten Wasser der Sark. Hinter Szentmiklosch versinkt alles in der ungeheuren Herbstfinsternis. Wer noch gehen kann, taumelt ins Dorf zurück oder kriecht auf allen vieren dorthin. Die Frauen arbeiten den ganzen Tag in Stall und Haus. Die Angst vor den Männern macht sie wirr wie Herbstfliegen. Den Betrunkenen kann man es nicht recht machen, sosehr man sich auch bemüht. Den Haß, den der eine oder andere während des Tages in der Brennhütte in sich aufgestaut hat, läßt er abends an seiner Frau aus. Nicht selten reißt einer gleich beim Eintreten in den Flur den Ochsenziemer vom Nagel und schlägt wahllos auf Frau und Kinder ein. Einmal hat eine Frau ihren Mann mit dem Küchenmesser erstochen. Die meisten lassen sich aus Angst, es könnte den Kindern etwas geschehen, alles gefallen. Die Kinder verstecken sich

auf der Kellerstiege, wenn sie den Vater heimkommen hören. Mancher Betrunkene befiehlt seiner Frau sich auszuziehen – »damit das Gewand nicht zerrissen wird« – und peitscht sie dann im Hof draußen aus, bevor er über sie herfällt. Auch wenn die Frau noch so laut schreit, greift niemand ein. Die Frauen sind das ganze Jahr über schwarz gekleidet. Der Anblick des weißen, weichen Fleisches treibt die Betrunkenen an den Rand des Irrsinns. Am nächsten Tag führt der Weg zwangsläufig wieder zur Brennhütte. Wenn das Brennen vorbei ist, versinkt das Dorf in tiefe Ermattung, wenn es dem Winter zugeht, allmählich in Schlaf.

Wer weiß, wie lange das Brennen noch betrieben wird?! – Vor Jahren schon sind die ersten Schlepper im Dorf aufgetaucht und haben die Männer durch märchenhaft klingende Erzählungen von Wohlstand und Reichtum fortzulocken versucht. Es drängt sich geradezu auf, die Schlepper mit dem Rattenfänger von Hameln zu vergleichen. War jener mit einem seltsamen schwarzen Kostüm bekleidet und spielte auf einer Flöte, so tragen diese etwas schäbige, fleckige dunkelblaue Anzüge und haben ständig ein laut plärrendes Kofferradio lässig am Arm, um die Aufmerksamkeit auf sich zu lenken. Meist sind sie unrasiert und stinken schon von weitem nach Bier und Schnaps. Wenn sie das Wirtshaus betreten – es ist ja ihr eigentlicher Dienstort –, spendieren sie eine Lokalrunde nach der anderen und bieten aus billig eloxierten Tabatieren Zigaretten an. Erst erzählen sie in ihrer ordinären, großspurigen Art allerlei Anekdoten und Witze, später, wenn alle schon betrunken sind, rücken sie mit den Arbeitsverträgen heraus und versuchen die Männer zur Unterschrift zu überreden. Trotz ihrer leicht zu durchschauenden Vorgangsweise haben sie immer wieder Erfolg. Diesen kann man aber keineswegs ihrer klugen Taktik, sondern nur der Verzweiflung derer, die ihnen schließlich folgen, zuschreiben. – In unserem Dorf sind ihnen zuerst die

Zweit- und Drittgeborenen gefolgt. Auf Erbschaft dürfen sie nicht hoffen. Vom ersten Tag ihres Lebens an sind sie zur Knechtschaft verurteilt. Meist richtet der Älteste ein strenges Regiment über sie auf. Aus Mangel an Besitz ist ihnen auch das Heiraten verwehrt, denn niemand gibt seine Tochter einem Mann zur Frau, der nichts und nicht einmal die Aussicht hat, einmal etwas zu haben. In Matlar drüben gibt es ein paar Huren, die ihnen am Wochenende das wenige Geld, das sie verdienen – meist besteht ihr Lohn fast zur Gänze in Naturalien –, auch noch abnehmen. Dabei ist das einzige Frauliche, was an diesen Huren noch ist, ihr warmes, haariges Loch. – Es ist also kein Wunder, daß diese Männer den Schleppern gefolgt sind. Wohlstand und Reichtum haben sie deshalb auch nicht erlangt. Die meisten arbeiten als Hilfsarbeiter am Bau. Sie zigeunern von einer Baustelle zur anderen. Die Löhnung wäre nicht so schlecht, aber der Großteil geht für das Trinken auf. Die Ausgewanderten sind die Habenichtse geblieben, die sie immer gewesen sind. Wenn sie ins Dorf zurückkommen, können sie nichts Erworbenes vorweisen außer einem billigen Anzug und der Gewohnheit, eine Flasche Bier nach der anderen zu trinken. Trotz dieses eher abschreckenden Beispiels finden sich immer wieder welche, die den Schleppern folgen. Das erste Jahr kassieren die Schlepper beinahe das ganze Geld der Vermittelten als Provision. Man sollte diese Kreaturen zum Dorf hinausjagen, sobald sie sich blicken lassen, aber niemand rührt auch nur einen Finger. Man erzählt zwar, daß der eine oder andere Schlepper umgebracht worden sei, weil er die Vermittelten bis aufs Blut aussaugen wollte, aber das mag stimmen oder auch nicht.

Wenn man sagt, daß die Nachgeborenen schlechter dran sind als die Erstgeborenen, so stimmt das freilich nur bedingt. Die Nachgeborenen besitzen nichts. Die Erstgeborenen haben die Last des Besitzes zu tragen, der, so gering er in den meisten Fällen auch ist, sie an die Stelle bindet

wie das Schwein an den Pflock. Man muß eine Albener Wirtschaft betreten haben, um diese Worte recht zu verstehen. – Da ist der Hof selbst, rechts vom Hoftor das langgestreckte Wohngebäude, linker Hand der etwas breitere, gedrungenere Wirtschaftstrakt. Dort sind die Ställe, dahinter die Scheune, zuletzt ein offener Schuppen, wo der Wagen und die Gerätschaft für den Feldbau aufbewahrt werden. Oberhalb der Stallungen sind ein oder zwei Zimmerchen, die man über eine steile, außen geführte Treppe erreicht. Dort wohnen die Alten. Da sie über die Treppe nur schwer herunter- und beinahe überhaupt nicht wieder hinaufkommen, bleiben sie, sobald sie einen gewissen Grad an Gebrechlichkeit erreicht haben, den ganzen Tag, das ganze Jahr über in ihrem Zimmer. Müßte man ihnen nicht täglich ein bißchen Essen hinauftragen und den Abtrittkübel ausleeren, so könnte man vergessen, daß sie noch leben. Manchmal sieht man ihre gelblichen, verschrumpften Gesichter in den winzigen Giebelfenstern auftauchen. Man kann nicht unterscheiden, ob Mann oder Frau. Ihre Augen blicken nirgendwohin. Die Kinder, die im Hof unten spielen, lachen und zeigen zu den Fenstern hinauf. Niemand rügt sie. Im Winter steigt dünner Rauch aus dem Kamin der Ausgedingler. Wie sie am Fenster erschienen sind, so verschwinden sie auch wieder. Man denkt an den Wind, der die ausgedroschenen Ähren über die Stoppelfelder fortträgt. Man denkt an den Wind, der im Herbst die Hütten umkreist und umzischelt. Man denkt an den Regen, der in die abgeernteten Äcker fällt wie in ein müdes Gesicht. Man denkt immer dasselbe, man denkt immer an den Tod.
Auf den Höfen liegt allerlei zerbrochene Gerätschaft herum. Wenn Kinder beim Haus sind, findet man Fetzenpuppen und seltsam abgerundete Steine, mit denen sie eine Art von Würfelspiel spielen. Aus den Türen der Ställe rinnt Jauche. Von drinnen hört man das wohlige Grunzen und Schmatzen der Schweine, und man riecht ihren war-

men, fauligen Geruch. Zweimal am Tag bekommen die Schweine Futter, morgens und abends. Die Frauen kochen Mais und Rübenverhack für die Mast. Wenn es junge Schweine gibt, spielen die Kinder mit ihnen. Sie jagen die Ferkel im Hof herum und ergötzen sich daran, daß diese ihren eigenen Unflat durchwühlen. Bei Regen sieht man die Kinder in Schuppen und Scheune herumturnen. Sie spielen »Deutscher und Kroat« oder »Ungar und Deutscher«, je nachdem, wohin sich ihre Familie als zugehörig betrachtet. Am Schulweg schlagen sie einander blutig. Sind schon die Eltern der angeblichen Heimatsprache kaum mächtig, so sind es die Kinder noch weniger. Ihr einziges Erbe ist der Haß.
Wenn man in den Wohntrakt eintritt, gelangt man zuerst in den Flur. Es ist dämmrig, von der Kellerstiege her weht kalter Mostgeruch. In einem Steinkrug wird die Milch aufbewahrt. Die Kinder schlecken den Rahm ab. An der Wand hängen Wetterflecke, Stöcke und Peitschen. Rechter Hand geht es in die Stube, wo gekocht und gegessen wird. Links liegen die Schlafkammern. Alles ist so niedrig und eng, daß man an dunstigen Tagen glaubt ersticken zu müssen. Auf den Bettstellen liegen mit Laub und Riedgras gefüllte Säcke. Über dem Bett des Bauern hängt ein Bild, das den gemarterten Heiland zeigt oder die Schmerzensreiche Muttergottes mit den sieben Schwertern im Herz. Vor dem Schlafengehen und bei den Mahlzeiten ist früher noch gebetet worden. Jetzt geht es stumm vor sich. Wenn die Kinder nicht alles aufessen, werden sie vom Vater geschlagen. Erbricht eines, muß es das Erbrochene wieder essen. Abends kommen Most und Schnaps auf den Tisch. Dann geht es ins Wirtshaus. In der Nacht hören die Kinder den Vater durch den Flur poltern. Sie schreien im Halbschlaf. Im Winter liegen die abgestochenen Schweine draußen im Hof. Die Kinder träumen. Vaterliebe ist ihnen fremd. Das frische Blut raucht in der Kälte. Der Boden ist gefroren, es liegt aber kaum ein bißchen Schnee. Die

Kinder spielen mit den Schweinsblasen und dem noch von Kot erfüllten Gedärm, das später für die Krähen an der Dachrinne aufgehängt wird. Mit den ausgestochenen Schweinsaugen treiben die Kinder allerlei Unfug. Die Frauen reiben mit heißem Wasser, das sie aus der Stube herausgetragen haben, die Schlachtbank so lange ab, bis das Holz weich und beinahe weiß geworden ist. In der Kälte werden ihre Hände blau. Das Fleisch wird mit dem Wagen zu den Eiskellern fortgebracht, die am Fuß des Ellender Waldes in die Hügelflanken hineingegraben sind. Das Eis wird unten an der Sark gebrochen. In den Kellern liegt das Fleisch, das zur Deckung des eigenen Bedarfes berechnet ist. Die Männer, die in den Kellern arbeiten, sind dick vermummt. Länger als zwei Stunden hält es drinnen keiner aus. Abends sind die Männer am Rande ihrer Kraft. Während der Nacht überzieht sich der ganze Hof und jedes Ding draußen mit Rauhreif.
Da in unserer Gegend nur wenig Schnee fällt, kann keine Wintersaat gebaut werden. Die Sämlinge würden im Boden erfrieren. Die Felder sind steinig. Im Frühjahr wird der Stalldung aufgeführt. Der einem Hof zugehörige Grundbesitz ist in der Regel gering. Früher war Alben eine Ansiedlung von Pächtern. Aller Grund und Boden bis nach Matlar im Westen, bis nach Höflein im Süden gehörte zur Herrschaft von Szentmiklosch.
Das liegt heute hundertfünfzig Jahre zurück. Die Gutsherrschaft von Szentmiklosch existiert auch in ihren ungarischen Teilen nicht mehr. Trunksucht und Überschuldung des letzten Herrn haben vor ein paar Jahren zu ihrer Auflösung geführt. Obwohl wir Albener schon lange in Freiheit leben, haben wir doch den Charakter schlauer, verlogener, duckmäuserischer Hintersassen nicht verloren. Bis heute hassen wir alles, was uns mit Herrschaftsanspruch gegenübertritt. Zu offener Auflehnung können wir uns aber nicht durchringen, sondern versuchen nach der Art der Ratten durch allmähliches Zernagen der untersten, in

Schlamm und Unrat steckenden Fundamente die Herrschaft zu Fall zu bringen. Begeisterung ist uns fremd. Wir kauen an den Lederriemen der Herrschaft und schlucken den bitteren Saft, damit man im Auswurf die feinen Lederstückchen nicht erkennen kann, die wir schon abgenagt haben. Was in dem Land, dem wir zugehören, vorgeht, kümmert uns nicht. Die politischen Parteien, die das Geschehen bestimmen, haben bei uns keinen Fuß fassen können. Die Beamten vom Steueramt in Matlar versucht jeder Albener zu betrügen, wo er nur kann. Viele Burschen hacken sich einen Finger ab, damit sie nicht zur Wehrmacht eingezogen werden können. Es gibt keine Polizei hier bei uns, und wir brauchen auch keine. Unsere Streitigkeiten machen wir untereinander aus. Vor Jahren hat es einen Mordfall gegeben, aber die Gendarmen aus Matlar haben nichts herausfinden können. Auf ihre Wahrnehmungen hin befragt, haben die einen überhaupt geschwiegen, andere haben vorgegeben, kein Deutsch zu verstehen, schwerhörig zu sein. In der Nacht ist das Motorrad der Gendarmen mit Scheiße beschmiert worden. – Die Bewohner der umliegenden Gebiete sagen, wir Albener seien ein bösartiges, verschlagenes Pack. Uns berühren solche Behauptungen nicht. Hauptsache, wir erreichen durch unser Verhalten das, was wir wollen. Man soll uns in Ruhe lassen! – Man kann ruhig sagen, wir seien tollwütige Hunde. Ehre haben wir keine im Leib.

Bis heute ist uns Alben nicht zur Heimat geworden. Ob man irgendwo beheimatet ist, ist im wesentlichen eine Frage des Besitzes. Das Dorf und die Felder betrachten wir bis heute als fremde, geliehene, auf Widerruf gepachtete Sache. Unser Hausrat gleicht dem der Zigeuner, die manchmal in die Ortschaft kommen. Mit ein paar Griffen könnten wir alles zusammenraffen. Wollte man ein Wappentier für uns aussuchen, so müßte man die braungraue Wanderratte wählen, die in trockenen Jahren scharenweise aus der Tiefebene heraufzieht. Am Fluß versu-

chen wir mit Knüppeln diese widerwärtigen, kräftigen, von dumpfer, gefräßiger Wildheit gekennzeichneten Tiere auszurotten. Nach dem Durchschwimmen der Sark sind sie von der Anstrengung in dem ihnen fremden Element noch etwas taumelig. Mit Prügeln und Hacken schlagen wir auf sie ein und werfen ihre Kadaver in den Fluß. Die stärksten und gewandtesten überleben dieses Massaker und werden durch ihre Vermehrung rasch zur Landplage. Dagegen gibt es keine Abhilfe. Das Auslegen von Giftködern hat sich als sinnlos erwiesen. Die Ratten sind zu schlau, um sie zu fressen. Alles, was wir tun können, ist warten, denn zu einem von uns erhofften, aber durch nichts zu bestimmenden Zeitpunkt wandern die Ratten weiter. Überall in den Scheunen und Ställen, selbst in den Wohngebäuden findet man ihre von stinkenden Exkrementen erfüllten Schlupfgänge. Die Kinder fangen zurückgebliebene junge Ratten ein und quälen sie zu Tod.
Unsere Felder liegen auf der Anhöhe rings um das Dorf. Sie sind auch heute noch in Gemenglage, das heißt, keiner hat zusammenhängenden Grundbesitz, das Ackerland ist in Lose gleicher Güte aufgeteilt, innerhalb derer jeder nach seinem Anspruch beteiligt ist. Von Flurbereinigung, von Kommassation wird im Land draußen viel geredet. Wir wollen aber nichts verändern, wir wollen alles beim alten lassen. Daß bei den derzeitigen Besitzverhältnissen viel Grund mit Zufahrts- und Durchfahrtswegen verlorengeht und Maschinen wegen der geringen Ausdehnung der Felder kaum sinnvoll eingesetzt werden können, stört uns nicht. Die Reden der Agrartechniker und Geometer, die, von den Landesbehörden entsandt, hin und wieder ins Dorf kommen, beantworten wir mit verstohlenem Gelächter. Wir sind keine Besserwisser, wir hängen auch nicht am Althergebrachten, wie es scheinen mag. Wir wollen nichts verändern, weil wir in einer Veränderung keinen Sinn sehen können. Die Umstände, unter denen wir existieren, sind chronisch und inkurabel. Wollte man uns

mit einem Kranken vergleichen, so könnte man sagen, wir seien apathisch. Die Zeit, zu der Hilfe sinnvoll hätte sein können, ist lang vorbei. Letzten Endes ist uns alles, was um uns herum vorgeht, gleichgültig. Wir betreiben alles gerade so viel, als es unbedingt notwendig ist. Wir wollen nichts, wir machen weiter, so wie die Jahreszeiten um uns herum weitermachen, vom Frühling werden wir in den Sommer gestoßen und vom Sommer in den Herbst. In der Nacht schlafen wir den Rausch aus, den wir uns abends angetrunken haben. Das Trinken und die Frauen sind unser einziger Lichtblick. Man sollte immerfort betrunken, immerfort zwischen den Schenkeln einer Frau sein.
Wenn man von Westen her, von Matlar kommend, das Dorf betritt, wird man von Misthaufen und verlotterten Scheunen begrüßt. Etwa in der Mitte des Dorfes, am Anger, merkt man ostwärts blickend zum ersten Mal, daß dort ein großer, herrlicher Raum sich öffnet. Die Gehöfte und das überall aufschießende Unkraut stehen wie jämmerliche Zahnstummel in der Öffnung dieses großartigen Maules. Von den letzten Häusern weg fliegt der Blick, durch nichts mehr behindert, fort in die Weite. Die grüne, sanft gewellte Tiefebene bildet eine schwingende Tenne, und man denkt an jenes Gleichnis, das vom Worfler erzählt, der das Korn in den Wind wirft, damit sich die Spreu vom Weizen sondere und ein jedes klar werde. Von hier, wo man sich befindet, ist nichts zu erwarten, von dort aber, wohin man den Blick gerichtet hat, alles.
Auf den zwischen den Feldern sich hinziehenden Wegen möchte man bald dahinstürmen wie ein mit vier Pferden bespannter Wagen, bald möchte man verharren wie ein Feldstein. In den Apfel- und Birnbäumen am Wegrand rauscht der Wind. Ihre Stämme sind von Flechten und Moosen bedeckt. Viele sind schon zu alt, um noch Früchte zu tragen. In der Windstille, die meist vor Gewittern auftritt, stehen sie starr unter dem schwarzen Himmel. Der Mais, der übermannshoch aufwächst, knarrt in der Hitze.

Das geringste Geräusch tönt einem in den Ohren wie ein Peitschenknall. Die Sonne hat ihre kreisrunde Form verlassen. Ihr rotes, orangerotes Wallen liegt über dem Land. Der Staub, den man mit den Füßen aufwirbelt, bleibt lange in der Luft stehen. Angenehm ist die Kühle des Staubs an den Fußsohlen. In den tief eingegrabenen Furchen der Wagenspuren sonnen sich Schlangen. Sobald man näher kommt, suchen sie das Weite. Schlangen und Wiesel finden in den Feldmäusen reichliche Nahrung. Hin und wieder sieht man Menschen in den Feldern arbeiten, oder sie rasten gerade im Schatten der Bäume. Dort liegen auch die in feuchte Tücher eingeschlagenen Mostkrüge. Wenn man fremd ist, versucht man besser nicht, mit den Leuten am Feld ein Gespräch zu beginnen. Man wird nichts als Ablehnung und Argwohn begegnen. In jedem Fremden vermuten die Bauern einen Landvermesser, einen Gendarm oder sonst einen Aussendling der Obrigkeit. Ihre Antworten lauten daher meist JA oder NEIN oder, beide in eins verbindend, NAJA. Meist ist das, was Fremde, insbesondere Städter, daherreden, geradezu lächerlich. Hinter allem vermuten sie ein Geheimnis, eine versteckte Schönheit. Dabei ist die Welt um Alben herum so glatt und graubraun wie die Schotterhänge, die zur Sark hinunter abfallen. Dort an der Geländekante stehen ein paar steinerne Pestkreuze. – PESTKREUZE, sagen die Städter mit besonderer Betonung, dabei ist die Pest eine tödliche Seuche, und wir sind froh, daß wir seit mehr als zweihundert Jahren von ihr verschont geblieben sind. Alben ist im Lauf seiner Geschichte von der Pest mehrmals nahezu vollständig entvölkert worden. An der Sark unten hat man damals Gruben ausgehoben und die Toten darin verbrannt. »In der Pesten« heißt heute noch ein Teil der Sarkauen.

Wenn man den Fluß in seinen anmutigen Schlingen durch die Niederung fließen sieht, denkt man, es müsse doch von ihm Belebung und Abwechslung ausgehen, aber man irrt.

Untiefen und unregelmäßige Wasserführung verhindern jede Schiffahrt. Während die Sark im Sommer beinahe ausgetrocknet ist, schwillt sie im Spätherbst, zur Zeit der Novemberregen, mächtig an. Von dem Erlen- und Weidengestrüpp, das den Boden der Senke bedeckt, sieht man dann nur noch die Spitzen der höchsten Äste. Für uns ist es gleichgültig, was der Fluß treibt. Hochwasser haben wir auf der Höhe nicht zu befürchten. Das Wasser, das wir zum Leben brauchen, mit dem wir unsere Tiere tränken und das unsere Felder befeuchtet, kommt aus Quellen, die am Fuß des Ellender Waldes entspringen. Seit auch die Furt nach Szentmiklosch hinüber kaum noch benützt wird, ist der Fluß bei uns beinahe in Vergessenheit geraten. Nach dem Zurückgehen des jährlichen Hochwassers vermerken wir mit Erstaunen, daß er sein Bett verlegt hat, daß er, wo er früher nach links geflossen war, nunmehr nach rechts fließt, aber diese Feststellung ist für uns nicht von Belang. Würden wir eines Nachts bemerken, daß der Polarstern nicht mehr an seiner Stelle steht, es wäre gleichviel. Auf diese Art führt der Fluß ein, obgleich dem unseren eng benachbartes, dennoch vollständig abgetrenntes Leben. Die Kinder laufen manchmal hinunter, um im Wasser zu spielen, aber sobald sie älter werden, geben sie es auf und vergessen das Wort SARK und alles, was damit zusammenhängt.

So gehen in Alben die Jahre dahin. Man war einmal jung, und dann ist man plötzlich alt und muß sterben. Es ist einerlei. Das ganze Jahr über putzen die Frauen an den Häusern herum, den Staub, der überall hindringt, halten sie doch nicht auf. Wie man das Unkraut auf den Feldern auch austilgt, im nächsten Jahr ist es wieder da. Nachts schließt man die Augen, und es ist das Beste, was man tun kann, die Einübung auf das Sterben.

Wenn das, was wir über Alben, das doch unser Dorf ist, auszusagen imstande sind, den Anstrich des Beiläufigen hat, wenn man in unserer Beschreibung das Detail, das liebevoll ausgemalte Detail vermißt, wenn man merkt, daß es uns aller Liebe zum Gegenstand ermangelt, sollte man sich nicht wundern. Die Städter, die, wie schon gesagt, manchmal ins Dorf kommen, verstehen es freilich nicht. Sie reden immerzu in Bildern und Vergleichen. Für sie scheinen die Dinge eine dünne, zarte Haut zu besitzen, unter der sie Blut und Adern durchschimmern sehen können. Alles, was sie sehen, wird ihnen zum Gleichnis. Wir dagegen sind auf die Wahrnehmung beschränkt, auf die unausgesetzte Wahrnehmung. Wir sehen, was ist, wir hören, was vorgeht. Das Reden in Gleichnissen ist uns von alters her bekannt, aber wir haben es in Anschauung der Dinge beinahe verlernt. Unser Reden ist Feststellung. Wollte man unsere Reden mit der großen Tiefebene vergleichen, so könnte man sagen, sie führen einen weder nach oben noch nach unten, weder dem Himmel noch der Tiefe zu, sondern nur fort und immer weiter fort. Wollte man unsere Reden mit der allereinfachsten Algebra vergleichen, so müßte man sagen, daß ihnen die Multiplikation ebenso unbekannt ist wie die Division. Sie sind bloße Additionen in dem Sinn, wie eins und eins zwei ist und eins und zwei drei. Selbst das ist aber noch zu hoch gegriffen – der Vergleich hinkt –, eine Summe wird von unseren Worten nicht gebildet, eines steht neben dem anderen wie eins und eins und eins.

Inhalt

LANDSTRICHE

WEGE

VERSTREUTES